とらすの子

芦花公園

「とらすの会」の人は皆優しくて、居心地が良かったです。特にマレ様なんて嘘みたいに綺麗で、悩みを聞いて抱きしめてくれました。でも“会議”では、誰かが「許せない人」への恨みをマレ様に訴えて、周りの人たちも口々に煽って……翌日、その人は死体で見つかるんです。それが怖くて行かなくなったら、裏切者って責められて……。時間がないです、私、殺されます――錯乱する少女は、オカルト雑誌のライター・美羽の眼前で、爆発するように血肉を散らして死んだ。スクープを狙った美羽は「とらすの会」を訪ねるが、マレ様と出会うことで想像を絶する奈落へと突き落とされる――。

とらすの子

芦花公園

創元推理文庫

CHILD OF TRAS

by

Rokakouen

2022

目次

とらすの子

坂本美羽①

坂本美羽は都内でライターをしている。
不幸な女性だ。

都内無差別連続殺人事件

令和[redacted]年（二〇[redacted]年）、三月十四日（木）、東京都墨田《すみだ》区押上《おしあげ》に所在するアパートの室内で、女性（当時十六歳）が殺害される事件が発覚しました。

同年一月十六日（水）に発覚した男性四名、女性三名、二月八日（金）に発覚した男性五名、女性七名、二月二十八日（木）に発覚した男性七名、女性一名、三月四日（月）に発覚した男性五名、女性五名、さらに同日東京都世《せ》田谷《たがや》区上《かみ》祖《そ》師谷《しがや》・玉川《たまがわ》、港《みなと》区赤坂《あかさか》・芝大門《しばだいもん》・海岸《かいがん》、中《ちゅう》央《おう》区銀座《ぎんざ》・勝《かち》どき、狛江《こまえ》市の男女計八名の殺害事件と同様の手口で殺害されているため、警視庁では連続殺人事件として捜査しておりますが、被疑者はまだ明らかになっておりません。些《さ》細《さい》な情報でも構いませんのでお寄せください。

また、本件は地域を問わず発生しており、非常に巧妙かつ凶悪な犯行であるため、住民の皆様はくれぐれもご注意ください。

事件の概要
発覚日：令和[redacted]年（二〇[redacted]年）、三月十四日（木）
発生場所：東京都墨田区押上所在のアパート室内
現場の状況：発見された遺体は居住者の女性（十六歳）のもので、全身を滅多刺しにされた状態でキッチンで倒れているところを、女性の母親に発見されました。遺体はひどく損壊されており、死後数時間が経過していました。

捜査の経緯：遺体の状態から過去の類似事件と同一犯による犯行と考えられたため、既に設置されている「都内無差別連続殺人事件」特別捜査本部に捜査が引き継がれました。

情報提供依頼：捜査本部では以下のような情報を求めています。どんな些細なことでも結構です。お心当たりのある方は情報提供をお願いします。

令和[redacted]年（二〇[redacted]年）一月十三日（日）から同年三月十四日（木）にかけて、

・発生場所周辺を通行した
・不審な行動をする者を見かけた
・争う声を聞いた

この他にも、

・犯人を知っている
・被害者と金銭関係等でトラブルになっていた人物を知っている
・事件について異常な興味を示す人物がいる

等、どんな些細なことでも結構ですので、左記連絡先まで情報提供をお願いします。

1

「滅多刺しって」

副編集長の森田《もりた》が言った。副編集長とはいっても、ルナ出版——オカルト、インチキ医療、ダイエット、インフルエンサーや宗教家の自伝などの書籍を主に取り扱っている——の正社員は三人しかおらず、一人は編集長、残りは副編集長だ。

「このネット社会で誤魔化せるわけねえのにな」

森田は警視庁のホームページを閉じ、代わりに個人のウェブサイトを立ち上げた。画面には、かろうじて人の形をした肉塊が映っている。視線を向けてしまうと、目は焦点を合わせ、それがどうなっているか認識してしまう。私は目を逸《そ》らした。

「あれ？　坂本《さかもと》ってこういうのダメなん？　女の方がグロ耐性強いと思ってたわ。月一で血見てるから。あっ、こういうのって今セクハラになんだっけ？　なあ」

森田は私と同じくアルバイトで来ているライターの佐古《さこ》くんと馴れ馴れしく肩を組んだ。佐古くんは困ったように笑っている。

佐古くんは私と同じように、夢破れてこんなところに流れ着いた人間だから、シンパシーみたいなものを感じる。私だって同じ立場だったらニヤニヤ笑ってその場をやり過ごすことしかできないだろう。

「おい、坂本よぉ」

「はい」

森田は佐古くんを突き飛ばして、今度は私の肩に手を回してくる。毛穴が開いた浅黒い肌も、煙草《たばこ》とコーヒーが混ざった口臭も、死ぬほど気持ちが悪い。

「お前さ、こんなんでいいと思ってんの」

私のタブレットを指さし、ぐりぐりと圧迫している。画面には、ルナ出版が電子のみで刊行しているオカルト雑誌『月刊魑魅魍魎《ちみもうりょう》』の次号に載せる予定の記事が表示されている。

「『オーパーツから読み解く古代ギリシャの謎』ってお前さ、こんなん誰が読むの」

「でも……」

「でもじゃねえよ、誰が読むのかって聞いてんの」

森田の腕が不自然に動く。

「もういい加減小説家志望引き摺《ず》るのやめたら？　今のお前はこういう雑誌の穴埋め原稿書く係なんだからさ。穴埋めでもこんなの通せないけどね。ウチの読者なんてネットから流れてくる奴がほとんどなんだから、ニーズに合ってないわけ。こういう系は『百鬼夜行《ひゃっきやこう》』さんとかに任せときゃいいんだよ。そもそも、クオリティも段違いだしな」

『百鬼夜行』は私が生まれる前からあるオカルト専門誌だ。確かにクオリティは『魑魅魍魎』

より圧倒的に高く、有名な小説家やライター、大学教授などが真剣に情熱を持って作っているのが分かる記事ばかりだ。名前ですら『百鬼夜行』に乗っかってテキトウにつけた『魑魅魍魎』とは志からして違う。森田の口調は厭味《いやみ》ったらしいし、こうして言い訳のできる形で私の胸や尻を触るのは不快だが、言っていることは筋が通っていて正論だ。私は恥ずかしくなった。この記事も『百鬼夜行』の記事を参考にして書いたものだ。二番煎《せん》じだ。

「なんかさ、漏れ出てるんだよね。『私こんなことやりたくないです～』っていうのが。でも悪いけどこっちも仕事だからさ。佐古はその辺割り切っててエラいよ。ネットの記事、うまいこと継《つ》ぎ接《は》ぎして」

佐古くんがまた、曖昧《あいまい》に笑っている。

森田はもう隠すこともなく私の尻を撫でた。

「ゴミみてえな小説……ネットで流行《はや》ってるやつ、異世界系っていうんだっけ？　あんなの九割ゴミだけどよ、多分坂本にはああいうのも無理なんじゃねえかな。だって読者のニーズが分かってねえんだから」

小説家志望だったことなんて話さなければよかった。いや、「だった」じゃない。今でも私は小説家になることを諦めてはいない。だから、こんなに傷ついてしまうのだ。

「とにかく、別のネタ用意しろ、な。あ、そうだ。いいネタちょうどあんじゃん」

森田は自分のパソコンのモニターを指さした。

「これだよ。これ調べてこい。タイトルもちゃんと考えろよ」

都内無差別連続殺人事件。今最も注目されているトピックだ。テレビをつけてもネットを見てもこの事件を目にしない日はない。

性別、年齢を問わず、全くランダムに人が残忍な方法で殺される。公的な報道では滅多刺しと言われているが、実際は先ほど森田が表示した画像の通り、もっとひどい。人間が口から肛門まで一本のちくわみたいな構造をしているとしたら、ちくわをむりやり裏返したような、そんな異様な姿で発見されている。三人目の犠牲者が出たときに、第一発見者の男がSNSにアップした画像だが、男のアカウントはすぐに凍結されたにもかかわらず、画像は広く出回ってしまった。

女性だけ殺されるとか、老人だけ殺されるとか、台東区《たいとう》に住んでいる人だけ殺されるとかだったら、もっと皆危機感を持っていたかもしれない。しかし、とにかく何の法則もなく殺されるのだ。ある一定の基準を超えると、逆に警戒心が下がってしまうのかもしれない。エンターテインメント的にこの事件を消費している人もかなり多くいた。

犯人は誰。被害者は誰。死体の様子。

良識のないネットの人間たちが何の根拠もない情報を次々と更新していく。私もそういう良識のないことをしないといけないのだ。そうでもしないと、次がない。

ここを追い出されたら、もう次がない。

「聞いてんのか坂本」

「は、はい……」

曖昧に頷くと、森田はフンと鼻を鳴らした。犬でも追いやるかのように、手を振ってさっさと行け、のジェスチャーをする。

私は鞄をつかんで外に出た。

スマートフォンに入っている「吉岡智樹《よしおかともき》」の着信を無視する。どうせ別れ話だ。一週間前、小柄な女を連れてラブホテルに入って行く智樹と目が合った。私は逃げてしまった。それ以来何も話していない。不思議はなかった。もうずっと前から好きな子ができたから別れたいと言われていた。どうしても別れたくないから、絶対に受け入れなかった。

智樹に対してはもう恋愛感情はない。あるのは五年付き合った情だけだ。でも、私は来年三十歳だ。最近は皆晩婚だし、普通の女性なら三十代だっていくらでも好きな人を見つけて結婚くらいできるだろう。普通の女性なら、だ。

私みたいな何もない女が三十を超えて、どうやって生きていけばいいというのだろう。結婚したかったのだ。結婚というステータスだけが欲しい。愛情なんてなくていい。好きな子なんていくらでも作って浮気もすればいい。ただ、結婚している状態になりたかったのだ。私みたいな女でも、普通になれるという証明が欲しかった。

結局は駄目だったわけだ。先延ばしにしたところで結果は同じだ。私はまた、何も持たない女に戻るのだ。

着信履歴のタブを閉じて、ツイッターを開く。

検索欄に「都内無差別連続殺人事件」と入れる。ダメだ。無数に出てくる。

候補を絞るために「真相」という言葉を加える。これもダメだ。『都内無差別連続殺人事件の真相をお伝えします』というタイトルのくだらないYouTuberの動画がいくつもヒットするだけだ。

こんなことしたくない。気持ち悪い死体も、頭のおかしい犯人の正体も知りたくない。ゴミみたいな雑誌に載せる下らない記事なんて書きたくない。私はただ、普通の女と同じように、普通の仕事をして、普通に生活したいだけなのだ。それなのに。

私は無意識に「助けて」と入力していた。

検索結果がぐっと少なくなる。ホーム画面に戻ろうとして、一つのツイートが目に留まった。

《都内無差別連続殺人事件、犯人ひとりじゃない。真相知ってます。助けてください》

誰もリツイートもいいねもしていない。信憑性《しんぴょうせい》も何もないが、妙に引っかかるものを感じ、そのツイートのアイコンをタッチする。

《ミライ@病み垢》

どうやら女性のようだ。自己紹介欄には、

《鬱《うつ》です。いつでも死にたい。イジメ／自傷／登校拒否／ＰＴＳＤ／ＨＳＰ／専門／#病み垢女子／#病み垢さんと繋がりたい》

自己紹介通り、定期的に希死念慮《きしねんりょ》が呟かれている。

画像欄はリストカットと内服薬、猫グッズの画像。典型的なメンヘラだ。

私はこういう女が大嫌いだ。

辛い辛い、苦しい苦しいとアピールして、焼きイカみたいな腕を晒《さら》して、世間に甘えている。自分が落ちこぼれの異常者だということを社会のせいにして、現実から目を背けている。若いから仕方ないなんて思えない。むしろ、若ければ若いほど腹が立つ。まだいくらでも時間があって、スマートフォンで外に発信できるくらい余裕があって、それでずっと愚痴ばかり言っているのは甘えでしかない。

私にはどれもないものなのに、全て持っているくせに、甘えている。

ダメだ。画面の向こうの見知らぬ少女に苛《いら》ついたって仕方がない。私はとにかく、情報を集めなくてはいけないのだから。

ミライのアカウントを遡《さかのぼ》ると、二か月前から希死念慮や日常生活のツイートとは違う、妙な雰囲気のツイートが増えている。

《誰にも言えない》

《ほんとに死んだ。やばい》

《どうしたらいいんだろう。確かに死んでほしかったけど》

《これでよかったのかな、眠ると出てくる》

《やっぱりやめたい、許してください》

《私もあいつらと同じだった》

《どうしたらいいか分からない。誰が助けてくれるのかな。チャム抱っこしてもダメだ》

《チャムが私のこと嫌いな気がする。当然》

《ごめんなさい》
《都内無差別連続殺人事件》
《都内無差別連続殺人事件の犯人》

チャム、はどうやら彼女の飼い猫のようだ。色が真っ白で可愛い。

ミライは他のアカウントからの《どうしたの？》《大丈夫？》というリプライにも一切返信していない。返信しないならワザワザ呟くな、とまた怒りが湧いてくる。

なんとか怒りを抑えて考えてみる。彼女がこの妙な雰囲気のツイートをし始めた時期と、事件が起こった時期が被っているのだ。警察や大手報道機関が取り扱わないような情報を持っているかもしれない。メンヘラ特有の妄想だとしても、何か話が聞ければそこから発展させて記事を書けばいい。学校の怪談以下の与太話《よたばなし》を特集記事にしてしまうようなゴミ雑誌なのだ。それくらいで十分だ。

ダイレクトメールは解放されているようだった。私は自分のアカウントから、なるべく明るく、メンヘラの機嫌を損ねないような文面で会えませんか、と送った。

2

土曜の昼は驚くほど人通りが多い。

相手は若い女の子だから、たとえ女同士でも初対面の人間には警戒心を抱くだろう。そう思って、密室は避け、原宿《はらじゆく》のオープンカフェを待ち合わせ場所にした。いかにも若い女の子が好きそうな浮かれたデザインのカフェで、メニューもカロリーが高そうなものしかない。こういうところは無駄に値段も張る。自分の財布の中を見て、溜息《ためいき》を吐いた。

周りの席に座っている若い女たちに怒りが湧いてくる。恐らく自分の金でここに来ている奴なんて誰もいない。よほど、甘やかされているのだろう。それか、パパ活とか。

視界に入ると苛々《いらいら》してしまうので、なるべく客は見ないようにして、道路のすぐ傍《そば》に立っている街灯に目を向ける。ライトの横に時計も付いたタイプだ。メンヘラの妄想だったら話を切り上げて帰ろうと思っているから、スマホを見ずに時間が確認できるのは幸いだった。

ミライはどんな女だろう。私は、ロリータっぽい服で、サンリオキャラクターを身に着けている、黒々とした化粧の女を想像する。やたら厚底の靴で、短い脚を誤魔化しているかもしれない。

約束の五分前になってミライは現れた。私の目印は「ルナ出版」と大きく書いてある封筒をテーブルの上に広げていること。ミライの目印は赤いリュックサックだった。

しかし、目印なんてなくてもすぐに分かった。私の想像とは違っていたが、ミライは徹底的に日向《ひなた》の似合わない女だった。周囲から完全に浮いている。

若いはずなのに、肌はボソボソしていて、色白だが美しくもなんともない。

中肉中背だが、首が太く、姿勢が悪いから太って見える。ベージュのパーカーとデニム生地のロングスカートを着ているのがいかにもオシャレに興味のない、ダサい女の子という感じだ。

私と目が合っても歩調を早めることはなく、ビクビクした様子で辺りを確認しながら近寄ってくる。

はっきり言って、周囲のいかにも今この時を楽しんでいるといった感じの若い女共より腹が立つ。自己紹介欄に「イジメ」と書いてあったが、私が同級生でもミライのことはいじめていただろう。

「あ、あの……」

「ルナ出版の専属ライター、坂本美羽《みう》です」

ミライが言い終わる前に名刺を渡す。喋り方も想像通り、とろくて苛ついた。

ミライは名刺を受け取って、私の顔をじろじろと見た後、向かい側の席に着いた。

「今日は来てくれてありがとう。若い子向けのお店が分からなかったから、適当に選んだんだけど。好きなものを頼んでください」

ミライはアイスココアを指さした。こういうときは一番安いものを頼む、そのくらいの気遣いすらもできない子。私は心の中で悪態をつきながら、一番安いコーヒーを注文した。店員が、ファンシーな星形のストローが挿さったアイスココアを運んでくるまで、ミライは一言も話さなかった。まさか、最初の挨拶を遮《さえぎ》ったことで、怖がられているのだろうか。何も話さないミライ相手に、できる限り気を遣って世間話をしても、やはり返ってこない。

店員がココアを置き、去ると同時にミライが口を開いた。

「お姉さんは、私の言うこと、し、信じて、くれますか」

蚊の鳴くような声だった。

ミライは目を潤ませて私の方を見つめている。

私は笑顔を作って、

「はい。だって、あなたのアカウントを見て、この人は本当のことを言っていると思って、話を聞きに来たんですから」

ミライはそれを聞いても全く表情を緩めることなく、周囲をきょろきょろと見回した。これは彼女の癖なのだろうか。こういう態度だから人を苛つかせるのだということが分からないものだろうか。

うんざりして話を切り上げようとする寸前に、じゃあ話します、とミライが絞り出すような声で言った。

＊　＊　＊

私は、中学にはほとんど通ってません。一年半くらいです。

耐えられなかったから。

イジメです。

お姉さんはいじめられたことありますか？

ああ、無視……も、イジメですよね。

私のは、もっと……イジメにマシとかないですけど、もっとひどい、肉体的なやつでした。最初は持ち物がなくなるとか、それくらいだったんですけど……ごめんなさい、自分から言っといて。思い出したくないようなこと、沢山されました。今でも、夢で見て、飛び起きて、トイレで吐きます。私顔がパンパンでしょ？　これ、よく吐いてる人は皆こうなるみたいです。

私がまだマシだったのは、お母さんもお父さんも優しかったことです。イジメのこと恥ずかしくて、情けなくて、言えなかったんですけど、なんとなく察してくれて、「ミライ、学校行かなくていいよ」って言ってくれました。

それで、学校に行かなくなったあと、フリースクールに通ってました。葛飾《かつしか》区にある、「東京さくら園」ってところです。

さくら園は、自宅での学習が前提で、決められた日に登校して、授業やレクリエーションに参加する、っていうタイプのフリースクールでした。クラスもざっくりは分けられてたんですけど、基本的にいろんな年齢の、いろんな人と交流することができました。

そこで仲良くなったのが夏奈《かな》ちゃんです。夏奈ちゃんも私と同じで、すごくいじめられて、学校に通えなくなったたって聞きました。

夏奈ちゃんは私より小さくて、ちょっとぽっちゃりしてて……私が言うのもなんですけど、いかにもいじめられっ子って感じの女の子でした。

でも、大人しくて、絶対ひどいこととか言わなくて……二人とも、漫画が好きだったので、登校したときはいつも一緒にいましたね。

通い始めて三か月くらいしてからかな、なんか、夏奈ちゃんの様子がおかしくなったんです。自信たっぷり、っていうのかなあ。

夏奈ちゃん、イジメが原因で、外を一人で歩けないし、電車にも一人で乗れないとかで、いつもおじいちゃんが車で送り迎えしてたんですけど、さくら園にも一人で来るようになったし、ツイッターに、一人で遊んでる写真とか上げるようになって。明るくなったっていえばそうなんですけど、ちょっと……嫌な感じだったんですよね。うまく説明できないんですけど、乱暴な言い方とかも増えて、怖いなって思いました。

だから、勇気を振り絞って聞いてみたんです。最近ちょっと変わったね、どうしたの？って。

夏奈ちゃんはにやっと笑って、

「分かる？」

って言うんです。

「分かるよ、最近明るくなったもん」

怖かったので、そういうふうにしか言えませんでした。夏奈ちゃんは、真ん丸の顔を横いっぱいに伸ばして、

「だってもう怖いものないんだもん。最高だよ。なんでもできる」

そう言いました。

私がそうなんだ、と言って話を終わらせようとすると、

「いやいや、ミライ、そういうとこがダメなんだって。うちら友達なんだからさ、もっとぐいぐい来ていいのに」

夏奈ちゃんは溜息を吐いて、

「でも、無理ないよね。あいつらがいる限り、そういう感じだよね。私もそうだったし。あのさ、明日暇？」

突然聞かれたけど、私は頷きました。だって、登校がない日は、何もしてなくて、本当に暇なんです。うちは、共働きで、昼間は誰も家にいないし。自宅学習の課題なんて、あとで適当にやればいいんです。フリースクールの子たちに、すごく勉強ができることなんて、誰も期待していないですから。

「じゃあ、連れてってあげる。絶対、もうなんにも怖くなくなるよ」

夏奈ちゃんが自信たっぷりに笑いました。

次の日、夏奈ちゃんと待ち合わせて、連れて行かれたのは民家でした。住所、ここに書いてあります。検索して衛星写真とか見てもらえば分かると思うんですけど、割と大きいだけで、ただの家です。

「ここ、誰の家なの？」

「いいから黙ってついてきて。優しい人たちだから大丈夫」

夏奈ちゃんがインターフォンを鳴らして挨拶をすると、中から小柄なお婆さんが出てきました。

「お母さん、来たよ！」

夏奈ちゃんがそう言うと、お婆さんは微笑《ほほえ》みました。

「あら夏奈ちゃん、お友達？」

「そうだよ。マレ様に会わせたくて」

「まあ、そうなの。今日は他に誰もいないし、ちょうどいいわ。お上がりなさい。あなたも」

お婆さんは私を見て優しく微笑みました。夏奈ちゃんが本当のお母さんでもなく、明らかにお婆さんの年齢の人を「お母さん」と呼んでいたのは不思議だったけど、テレビで老人を「お母さん」「お父さん」って呼んでることもあるから、それなのかなって……あと、確かに優しい人っぽかったですし。

お婆さんについていくと、内装も、普通の民家で。玄関からまっすぐ行った突き当りの階段まで来たところで、お婆さんが、

「夏奈ちゃんは上に行って休んでいて。お菓子は好きに食べていいわよ」

「はーい」

夏奈ちゃんは自分の家みたいに階段を上がっていきました。

「あなた、お名前は？」

「あ、相沢《あいざわ》未来《みらい》です……」

「そう、未来ちゃん、素敵なお名前ね」

急に声をかけられて、すごく変な声が出てしまったのに、お婆さんは全然気にしていないと

いう感じでした。

お婆さんはこっちへどうぞ、と言って、階段の手前、玄関から見て左側の部屋に私を招き入れました。

息が止まるかと思ったんですよね。部屋の様子じゃありません。部屋は、バレエ教室とかの床みたいな材質で、ピアノがあることだけが変わったところだったかなあ、本当に普通の、椅子と机だけがある、どちらかというと殺風景な部屋でしたから。部屋にいる人が問題だったんです。

冗談抜きで、今まで見た人の中で一番綺麗でした。

総レースの黒いドレスを着ていましたね。腰くらいまであるウェーブのかかった黒髪が艶々《つやつや》と輝いていて、真っ白な肌にぴったりでした。目も黒かったです。日本人だとしたら当たり前じゃない？　はい、そうですけど……あんなに真っ黒な目、初めて見ました。吸い込まれそうでした。とにかく、目も鼻も口も、信じられないくらい綺麗なんです。女優とかモデルとか、あの人に比べれば皆安っぽいです。絶世の美女って、あの人のためにある言葉だと思いました。

「緊張しなくてもいいのですよ」

声も綺麗でした。穏やかで、聞いているだけで落ち着くような声です。

「お母さん、椅子を用意してあげて」

美女がそう言うと、お婆さんが木の椅子をずるずると引き摺って来て、私の前に置きました。

お婆さんは、普通のお婆さんで、若いころ美人だっただろうな、とかそういうふうには思えませんでした。だから、やっぱり美女のお母さんでもないと思ったんです。多分、「お母さん」っていうあだ名なのかなと。

私は、木の椅子に座りました。美女の顔が近くに見えます。近くで見ると、さらに綺麗でした。薄暗い部屋で、そこだけ光が当たっているみたいでした。

よく見ると、美女の横にはお爺さんがいたんですけど、そんなこと、気になりませんでした。ていうか、もう、よくよく考えると、薄暗い部屋の中にものすごい美女がいる、っていうだけで違和感しかないんですけど、どうでもいいくらい綺麗だったんですよね。

私が何も言えないでいると、美女はにっこり微笑みました。

「相沢未来さん」

お婆さんが名前を伝えた様子はなかったんですけど、はっきりとそう言われました。

「随分辛い思いをしたのですね」

声が耳から入って、じわじわ全身に染み込んでいく、そういう感じでした。お酒は飲んだことがないからよく分からないけど、お酒を飲んで楽しくなる感覚ってこういう感じなのかもしれない、と思いました。

私は頷いていました。

そして、聞かれてもいないのに、話してしまいました。イジメのことです。

今まで、夏奈ちゃんにさえ言ったことないのに、あいつらにされた本当にひどいことも全部話してしまいました。話しているとどんどん記憶がはっきりして、涙がボロボロ零《こぼ》れて、全然ちゃんと話せていたとは思えないんですけど、とにかく、全部話してしまっていました。

話し終わると、美女が立ち上がって、近付いてきて、ぎゅって抱きしめられました。

「もう大丈夫ですよ」

なんでかその声を聞いた瞬間、本当に大丈夫なんだ、って思っちゃったんです。不思議な感覚でした。涙も止まって。その時に気付いたことがもう一つあります。美女は、すごく背が高かったんですよね。それも、もしかしたら、急に安心したことと関係あるかもしれません。

「ありがとうございます」

「明日からきっと、全部良くなります」

美女はそう言って、もう一度抱きしめてくれました。

お礼を言ってからドアを開けると、外で夏奈ちゃんが待っていました。

「マレ様、どうだった？」

マレ様っていうのが、美女の名前です。本名かどうか知りません。私も、それからはマレ様って呼んでました。

「優しくて、あったかくて、すっごく綺麗だった」

私は夢見心地で幼稚園児みたいな感想を言いました。夏奈ちゃんは満足そうに頷いて、

「分かったでしょ？」

私もなんとなく理解しました。きっと、マレ様は凄腕のセラピストなんだ、って解釈しました。本当に、明日から全部良くなるって確信していました、その時は。

こんなにすごい人を紹介してくれて、しかも、お金とかも請求されなかった。夏奈ちゃんにも何度もお礼を言って、私は家に帰りました。

その日は本当にご飯が美味しかったです。お母さんもお父さんも、よく食べるね、いいことあったの？　って喜んでくれて、人生で一番幸せな日だったと思います。

次の日の朝――私はいつも、九時くらいに起きるんですけど、お母さんに揺すり起こされて、時計を見たら七時半だったので、まだ眠いよ、って文句言ったら、それどころじゃないの、早く来て、って急《せ》かされて、階段を下りました。

居間でテレビがついてます。

画面に、見覚えのある家が映っていました。

『きょう未明、台東区の一軒家の玄関付近で、女性が殺害されているのが発見されました。女性はこの家の次女・安原京香《やすはらきようか》さんと見られ――』

ニュースの音声が、耳にくわんくわんと響きました。

安原京香。

私をいじめていたグループの、女王様みたいな女子です。

そうです。お姉さんが知りたがっている、都内連続殺人事件の犠牲者の名前です。覚えてるんですね。やっぱり記者さんって、記憶力がいいんだ。

ニュースを見たとき、色々なことがフラッシュバックしました。全部安原がやったわけではないんですけど、イジメを扇動してたのは、間違いなくあの子でしたから。本当に色々、色々されて……でも、フラッシュバックしたのに、全然辛くないんです。最後に思い出した、マレ様に抱きしめられた時の安心感が、全て掻《か》き消してくれて。

「ねえ、よかったねえ！」

肩を叩かれて、ハッとしました。お母さんが涙を目に滲《にじ》ませて喜んでいます。

「天罰ってあるんだよ。こんなこと言っちゃダメかもしれないけど」

「ダメじゃない」

お父さんも強い口調で言いました。

「他の被害者の方はかわいそうだけど、未来を苦しめたクソガキなんて、死んで当然だ。できるだけ苦しんで殺されていたら嬉《うれ》しい」

涙が零れました。

お母さんとお父さんは、私が色々思い出してしまって、悲しくなって泣いてると思ったみたいで、何故《なぜ》か一緒に泣いていましたけど、違うんです。

さっきも言いましたけど、もう全然イジメのことはどうでもよくなっていたんです。そうじゃなくて……いや、そのこと自体が、怖かったんです。

私、人生を滅茶苦茶にされたんですよ。あなたはまだ若いって、まあ、そうなんですけど、中学も卒業できない人なんて、ダメですよ。皆優しいっていうか、これは言っちゃダメです、みたいなルール？　規範？　があるから言わないだけで、義務教育の段階で躓《つまず》いてる人って、どこかおかしいんです。運よくお金を稼ぐ方法を見付けて、メディアなんかに出て、「学校なんか行かなくていい！」とかってイキり散らしてる実業家とかいるじゃないですか。あんなふうになりたいですか？　お金持ってても、絶対に嫌でしょ。私がダメな人間だから分かるんです。つまり、私の人生は、中学に通い続けられなかった時点で終わってるんです。たまたま両親が優しいから生かされてるだけの存在。イジメで私の人生は終わらされちゃったんですよ。だから、本当に辛くて、悲しくて、恨んでました。毎日毎日、安原だけじゃなくて、私をいじめた連中が全員、同じ目に遭う妄想してました。それくらいなのに、どうでもよくなっちゃったんです。カウンセラーに話を聞いてもらっただけでですよ。

　不気味だったのはそれだけじゃなくて、偶然とは思えなかったから。

　いくらなんでも、タイミングが良すぎる。

　イジメのこと話した次の日にそいつが死ぬなんてあり得ますか？

　そういえばマレ様は、私がナニナニをされました、って言うと、それは誰にですか？　って聞いてきたような気がするんです。

　そういうことを色々考えると……マレ様と、安原のニュースが無関係と思えなくて、怖くなってしまったんです。

　具合が悪くなったと言って部屋に戻って、パソコンで調べました。私がマレ様に名前を言った安原以外の三人は、そのときは無事でした。この言い方引っかかりますか？　でも、本当にそのときは、なんです。森川恵《もりかわめぐみ》、堀江《ほりえ》幸子《さちこ》、沼田《ぬまた》美沙《みさ》、そうです。もう死んでます。次の日から、間隔空けて、バラバラに……皆、殺されました。

私って、つくづく小心者で、こんなんだからいじめられるんだと自分でも思います。いじめてきた奴が全員死んだ、ざまあ見ろ、ってスカッとできていたら、こんなことにならなかったんです。こんなことには。

次の登校日に、夏奈ちゃんはまた誘ってきました。

ああ、言い忘れてました。マレ様のいる場所は「とらすの会」という名前で、社会に疲れた人たちの憩《いこ》いの場、ということになっています。あのお婆さんとお爺さんのことは、とらすの会に通っている人たちは「お母さん」「お父さん」と呼んでいて、皆を世話しているご夫婦だそうです。

あんなに怖いと思っていたのに、私は夏奈ちゃんと一緒にとらすの会に行きました。やっぱり、マレ様のことが忘れられなかったんです。

何回行ったかは覚えていません。慣れてくると一人で行ったりしていたから、かなり頻繁に、だと思います。

毎回マレ様に会えたわけじゃありません。マレ様とはごくたまに会えるんです。

マレ様と会えなくても、とらすの会は良い場所でした。

優しい「お母さん」と「お父さん」がいつもにこにこしていて、皆で話すんです。社会に疲れた人、という言葉通り、とらすの会のメンバーは皆、私みたいに、いじめられたりして、人生が終わった感じの人ばかりでした。難しい言葉だと「同病相憐《あわ》れむ」っていうらしいですね。ダメな人しかいない空間は、すごく癒《いや》されました。

マレ様と会える日は、それだけで幸せな気持ちになりましたし。変ですよね。私、マレ様の見た目とか声とか、そういう表面的なものの記憶しかないんです。例えば、マレ様が何が好きとか、趣味は何かとか、そういうことは全然知らないんです。マレ様、皆で話してるとき、輪の中心にいたのに。ただ、にこにこして皆の話を聞いていただけの人なのに、いくら綺麗でも、こんなに大好きになることってあるのかな。こんなになってしまったけど、マレ様のことは今でも大好きで、会えるものなら会いたいんです……。

でも、それでも、限界があって。

段々、一番最初に感じた、怖いっていう気持ちの方が大きくなってきちゃったんです。

私が小心者だって言うのは、そうなんですけど、それだけじゃないんです。

とらすの会は、定期的に、会議？って言ったらいいのかな、皆で集まって、言うことがあって。何を言うかっていうと……恨みです。

自分たちの人生を終わらせた原因になった奴らへの、恨み。

それを皆で、大声で、順番に叫ぶんです。マレ様を取り囲むようにして、順番に。

マレ様は、全然動揺とかしないです。やっぱり、とんでもなく美しく微笑んでいるだけなんです。

私は、参加していません。最初にマレ様に泣きついたときに全部吐き出してしまったので、皆の恨みを聞いていただけです。だからこそ、客観的に見られたのかもしれない。なんか、すごく異常じゃない？って思っちゃって。皆、生き生きしてるんですよ。目をギラギラさせて、口の端から泡を吹き出しながら、あいつが憎い、こいつが憎い、死ね、殺せ、って叫び続けるんです。怖いじゃないですか。

決定的に嫌になってしまったのは、山本《やまもと》さんのせいです。

山本さんは、すごく大人しい感じのおじさんで、読書が趣味って言ってました。無口なんですけど、気が付くと掃除をしたり、お花を替えたりしていて、几帳面で優しい人なんだなってなんとなく好感を持っていました。

山本さんも私と同じで、会議には参加せずに様子を見ている感じだったので、仲間意識を持っていたのもあります。だからこそ、山本さんがその日、一番目に手を挙げたので、すごく驚きました。

山本さんはまっすぐマレ様の方を向いて、

「私が許せないのは元妻の陽子《ようこ》です」

ってはっきりと言いました。

「私は三年前、痴漢《ちかん》をしたことで、会社をクビになり、陽子は娘と貯金を持って出て行きました。冤罪《えんざい》でした。示談を持ちかけられましたが、やってもいないことで示談をしたくないと思い裁判に持ち込んだところ、敗訴しました。私の手からは女性の衣類の繊維《せんい》など出てこなかったのに、目撃者が複数いたのが決め手になったようです。女性のことは恨んでいません。きっと、真犯人に本当に触られていて、許せなかったのでしょう。私も娘がおりますし、その女性の恐怖や屈辱《くつじょく》は想像ができます。私が許せないのは陽子です。そもそも、私を全く信じてくれなかったことからして怪しかったのかもしれません。私は間抜けにも気付きませんでしたが。後になって興信所を使って分かったことですが、目撃者という三人の男女は、陽子が雇った『別れさせ屋』でした。そういう職業があることも、初めて知りました。探偵崩れのどうしようもないクズ共です。私はまんまとハメられました。気付いたのは執行猶予の期間が終わってからでした。陽子のことなどどうでもいいし、会社も、前の会社の社長さんが優しい方で、今の職場に口を利《き》いて下さったので、給料はどんと下がりましたが、何とか一人で生活できる程度には働けています。でも、娘に会えないのは……。陽子の実家に電話してもね、『痴漢になるような変態親父に大事な孫を会わせるわけがない』と言われるわけです。『次電話をかけてきたらストーキングで警察に通報する』『すでに前科があるから次は執行猶予なんかつかない』そんなことまで。しかもね、既に陽子は別の男と、娘と三人で幸せに暮らしているというのです。興信所を使ったのもその時ですね。陽子は、随分前からその男と不倫をしていて、私が邪魔になったようでした。許せなかった。あいつらは、今も私の金で、私の娘と、のうのうと暮らしているわけです。陽子を地獄に堕《お》としたい。浮気相手の原田紘一《はらだこういち》もです。死ねっ、死ね死ね死ね、クズが、死ね死ね死ね死ね死ね死ね死ね死ね死ねっ」

山本さんは血走った目で、何度も死ね、と繰り返しました。

山本さんの初めて知った身の上話は本当に残酷で、私だって陽子という人は苦しんで死ねばいいと思います。でも、山本さんの豹変《ひょうへん》と、それを「そうだ、死ね！」「殺せ！」「陽子、死ね！」とか言って、煽《あお》っている周りの人が、心底恐ろしかったんです。

悪夢みたいな会議が終わって、私は家に帰ってすぐに寝ました。

もう想像できますよね。

そうです。次の朝、ニュースで。沢山の犠牲者の中に、原田陽子、という名前がありました。再婚して、姓が変わった、山本さんの元奥さんです。

もう無理です。偶然なわけがないです。

とらすの会のメンバーがマレ様に言いつけた名前の人は、必ず惨殺《ざんさつ》されるんです。マレ様がやってるんでしょうか？　それとも、マレ様が命令すればなんでもやってくれる人がいるんでしょうか？　そんなことはどうでもいいです。

だって、もし冤罪だったらどうするんですか？

私が言うのはおかしいのは分かっています。私は確実に、安原たちに死んだ方がマシなくらいいじめられていましたし、夏奈ちゃんも、山本さんも、本当のことしか言っていないと思います。

でもそれって、私の主観なんです。夏奈ちゃんと、山本さんの主観なんです。

例えば私の場合、そんなことで相手が正当化されるわけではないですが、態度が良くなかったとか、あるかもしれないです。山本さんだって、もしかしたら、いい夫やいい父親ではなかったのかも。

マレ様は、とらすの会に来ている人の、一方的な言い分を聞いて、相手を殺してしまっているわけですよね。そんなの、どう考えてもおかしいです。そういうことする人は、簡単に身内

——つまり、とらすの会のメンバーのことも、気に入らなかったら殺してしまうかもしれない。そう思いました。

気付いちゃったんですよ。義務教育すらまともにこなせなかった人とか、ホストにハマって借金を背負ってる人とか、仕事ができなくて会社をクビになった人とか——私は、そういう人を「ダメな人」って言いましたけど、確かに、普通の人よりは劣っているかもしれないんですけど——とらすの会の人たちの暗い感じとか、終わった感じっていうのは、そういうことではなかったんです。人を簡単に、一元的なものの見方で悪いと決めつけて、平気で殺せる、そういうのが、「終わってる」んです。

私は、その日から、とらすの会には行かなくなりました。高校にはちゃんと行きたいから、その準備をするんだって言って。

「お母さん」「お父さん」、メンバーの人たちは納得してくれて、頑張ってね、と応援してくれました。山本さんもです。やっぱり普段は優しい人たちなんです。通い続けたい気持ちになりましたけど、山本さんの血走った目を思い出すと、やっぱり行くのをやめよう、と強く思いました。納得してくれなかったのは、夏奈ちゃんだけです。

とらすの会の全てを断ち切りたかったので、夏奈ちゃんに遊びに誘われても何かと理由をつけて断っていたんですけど、やっぱり何度も続くと断る理由もなくなってきて、とうとう会うことになったんです。

案の定、問い詰められました。

「どうして最近来ないの？」

「言ったでしょ、勉強が忙しくて……」

「嘘。ミライは嘘吐くとき、鼻の下を手でこするからすぐに分かるよ」

自分でも知らなかった癖を指摘されて、もう誤魔化せないと思いました。

「ごめん、とらすの会、もう行きたくない」

私がつっかえつっかえそう言うと、夏奈ちゃんは私の目をじっと見つめて、

「どうして？　皆優しいよ？　誰も傷付けないよ？」

あんなに人を殺しておいてどの口が言うんだ、という言葉を堪《こら》えて、

「優しいのは分かってる……でも、もう、誰かが誰かの悪口を言って、皆で盛り上がるみたいなの、嫌なの……」

「怖くなったんだ」

夏奈ちゃんが冷たい声で吐き捨てました。

「助けられたくせに、裏切者」

頭から氷水を浴びせられたみたいに、全身が冷えていきました。

「なんのこと」

「分かってるくせに」

夏奈ちゃんは細い目をさらに吊り上げて私を睨《にら》みつけました。

「マレ様にお願いしたら、皆死ぬんだよ。分かってるでしょ。あんただって、自分のこといじ

めた奴が死んですっきりしたでしょ？」

「死んだのと、マレ様は、関係ないよっ」

そんなこと思ってもいないのに、私は必死でした。

「あんたってずるいね、絶対に加害者になりたくないんだね」

声がびりびりと頭に響きました。

「そう思いたいんだったら勝手にすれば。でもね、あいつらを殺したのはマレ様で、それをお願いしたのは私たちだよ」

夏奈ちゃんはハハハ、と大声で笑いました。本当に楽しそうでした。

「私はね、感謝しかしてない。あんたみたいにずるくない。私だよ。私が消してやったんだよ。なんで逃げるの？　クズみたいな奴を殺したんだよ？　これからもどんどん殺していくつもり」

夢を見ているみたいな目をしていました。あのときの山本さんと同じ目でした。

「あんたみたいなずるい奴も殺してやりたい」

夏奈ちゃんの目に、私が映っているのが見えました。

「殺してやりたい」

大声を上げて逃げました。何度も曲がり角を曲がって、何度も転んで、行ったこともない駅に着きました。どうにかして家にたどり着いても、全然安心なんてできなかった。

夏奈ちゃんはきっと次の会議の時、私の名前を言うと思います。

マレ様はにこにこしながら――私を、殺す。絶対、殺す、殺されると思います。

警察に言ったって、信じてもらえるわけない。私は不登校の子供ですよ。どうにか気付いてほしかったからツイッターに書きました。でも、誰も連絡なんてくれなかった。お姉さんだけです。

だから、お姉さんなら——大人の人なら、どうにかしてくれるかもしれないから、お願いします。時間がないです、私、殺されます。

3

ミライが頼んだアイスココアは、すっかり氷が溶けて水とココアの二層に分かれている。一気に話した後、必死の形相で私を見つめている。

悪いけれど、私の素直な感想は「バッカじゃないの」だ。恨んでいる人の名前を言うだけで殺してくれる美女。そんなものは妄想だ。ミライはいかにもアニメや漫画が好きそうな風体をしているが、もう十五歳なのだからそんな妄想はお仲間の「夏奈ちゃん」とやらとだけで共有していてほしい。告げ口のようなことをすると、気に入らない人を殺してくれるなんて、そんな魔法のような話、『ハリー・ポッター』の世界じゃあるまいし。ダメだ。『ハリー・ポッター』のことは考えたくない。

私は社会に出て身についた唯一の技能といってもいい、作り笑いを浮かべる。

「貴重なお話を聞かせてくれてどうもありがとう。記事が書けたら連絡します」

「記事ができるのはいつですか？」

「上と相談しないと分からないけれど、一か月くらいかしら」

「ダメ、それじゃ間に合わない！」

ミライはテーブルに拳を打ち付けた。コーヒーがはねて、小さな水たまりを作った。

「ちょっと、落ち着いて」

「落ち着けません！」

ミライの目から涙が流れている。

「次はきっと、二日か三日あとだもん！」

「な、何が……？」

「だから、会議ですよ！　名前言われたら、終わりって、さっきも言ったじゃないですか！」

私はナプキンを数枚とって、零れたコーヒーにそっと載せた。

「ミライさん、でもね……」

「どうして？　大人の、記者さんの話なら、警察の人だって聞いてくれるから、だから頼んだのに！」

記者ではない。ライターだ。しかも、ゴミみたいな雑誌の穴埋めを、必死に頼み込んで書かせてもらっている、仕事のないときは清掃やファーストフード店のバイトをして食い繋いでいる、ライターだ。新聞に書評を寄せるような素晴らしい記事を書く人気のライターならいざしらず、私みたいな底辺ライター、妄想癖の中学生より社会的信用度は低い。そんなことも知らないくらい、この子は幼いのだ。

でも、私はさっきの話を聞いて、ほんの少しだけ彼女のことを見直した。だからこんな与太話を一応最後まで聞いてあげたのだ。

片方の話だけを聞いてもう片方を断罪する人間は、信用できない。その通りだ。とても大人びた意見だと思う。でも一つだけ穴がある。私がミライの話を一方的に信じてとらすの会を批判したら、それは私も信用できない人間ということになるのだ。

「分かったから、落ち着いて、なるべく早く連絡はするから」

私が伝票を持って立ち上がろうとすると、ミライがその手をがっちりと握りこんだ。

「嘘つき、絶対、信じてない。私は、本当のことを言ったのに」

「し、信じてるから、大丈夫だから、ね」

十五歳の少女とは思えない力で指がめり込んでくる。私はミライを宥《なだ》めすかしながら、指を剝《は》がそうとした。

「私、もう、時間が」

ミライがそう漏らしたのとほぼ同時に、地面が揺れた。

地震かと思ったのも束の間、私は衝撃で、中腰のまま地面に叩きつけられた。咄嗟《とっさ》に目を瞑《つむ》る。耳鳴りがする。それ以外に何も聞こえない。

うっすら目を開ける。人が倒れこんでいるのが見える。白いワンピース。正面のテーブルに座っている若い女の子だ。放心した様子で固まっている。その横の子も、同じだ。

段々耳が慣れてくる。

ばたばたと駆け回る音。悲鳴。電話をかけている人もいる。

私はゆっくりと体を起こす。

顔が熱い。顔になにかがかかっているようだ。そこが熱を持っている。私は顔を左手で拭《ぬぐ》った。

赤い。

鼻腔《びくう》がひくついた。鉄錆《てつさび》の臭い。

痛い、と叫んでから気付く。痛くない。これは私の血ではない。

じゃあ、誰の。

一体何が起こったのか分からない。本当に分からないのだ。爆発事故？　それはない。私の目の前にあるテーブルはきちんと直立している。

ミライはどうしたのだろう。

あの女、しつこかった。早く帰りたかったのに、手を離そうとしなくて。

まだミライの指が食い込むような感覚が残っている。私は握られていた右手に目を向ける。

ミライはまだ手を握っていた。

「もういい加減離してよ」

ミライは答えなかった。右手を思い切り引っ込めると、ずるりと抜ける。

ミライがいるはずのテーブルの脚の向こうから、白い棒が二本突き出ていた。手を握られている感触はまだ消えない。

それが何か理解するまでに時間がかかった。白いヘルメットを被った青いつなぎの人たちに抱え起こされて、私は救急車に乗った。初めてだった。しきりに話しかけられたが、何も答えられなかった。

やはり何が起こったのか分からなかった。ものすごく地面が揺れて、倒れて、顔にべったり血が付いていた。床に、生肉みたいなものが散乱していて。

「あっ」

私は唐突に理解した。

「あれ、腕の骨かあ」

そしてなんとなく笑ってしまった。

病院で下ろされて、精密検査を受ける。

心配しなくても大丈夫だ。もう既に私はおかしい。

川島希彦①

川島希彦は中学二年生だ。

1

いーつくしみふかーきー　とーもなるいえすはー
つーみとがうれいーをー　とーりさりたもうー
この歌を聞きながら目覚めるのは川島希彦《かわしまれひこ》の日常になっている。

友達のともちんには、目覚ましはふつうベルの音とかピピっという電子音で、混声コーラスなんておかしい、と言われてしまった。でも、そんなともちんは大好きな女性声優の「コラー、いつまで寝てるの？　早く起きなさーい！」という音声を目覚ましにしているから、人のことをおかしいなんて言えないと思う。

それに、希彦はまだ完全に覚醒しきらないぼんやりとした気持ちのまま、コーラスを聞き続けるこの時間が好きだった。そのしばらくあとに聞こえてくる、母親の階段を上がってくる足音も。

希彦はひと月前から中学二年生だ。

「希彦、もう起きないと遅刻するわよ」

部屋を覗《のぞ》く母親は笑顔だ。笑うと目尻の皺《しわ》がいっそう深くなる。まるでありがたい仏像のようだ。

希彦の両親は、希彦をまるで孫のように溺愛《できあい》していた。そして、実際祖父母のように年を取っていた。遅くにできた子供だからこそ、本当に可愛いのだろう。少し恥ずかしくもあったが、幸せだった。


母親がコーラスの流れるスピーカーを止めるのを見てから、希彦はのろのろと支度を始める。

希彦の両親は敬虔《けいけん》なクリスチャンだ。毎週日曜日はミサに参加している。勿論希彦も一緒に行くのだが、毎度あまり記憶がない。希彦には両親と違って信仰心がなく、興味もない。

この「いーつくしみふかーきー」も讃美歌だそうなのだが、歌った記憶はない。ただぼんやりと教会の美しいバラ窓を眺めていると、いつの間にかミサが終わっている。

単純にミサやキリスト教そのものに興味がない、というのもあるが、希彦の記憶が曖昧《あいまい》なのはなにもミサに限った話ではない。

希彦の記憶はところどころ虫食い状に抜けている。

両親の顔や、今住んでいる家の間取りなどは当然忘れることはない。授業の内容、学校行事など、中学一年生の時の記憶も特に問題はない。

しかし、中学に上がる前のことは、かなり怪しい。

登山をしたこと、大きなジャングルジムのある校庭で体育の授業を受けたこと、「なおみ」という名前の女子が目の前で転んだこと――断片的に思い出せることはいくつもある。しかし、どの家に住んでいて、なんという名前の学校に通っていて、仲の良い友達は誰で、という基本的なことは全く覚えていない。

　両親は、これは希彦が小学校を卒業する直前に交通事故に遭ったせいだ、と言う。頭を強く打ち、およそ一か月も昏睡《こんすい》状態だったのだ、と説明されたが、希彦はそのこともまた全く覚えていない。

　そのことを聞いた時も、希彦は特にショックは受けなかった。覚えていてもいなくても、今現在特に何の不自由もない。希彦が事故に遭う前から予定していた引っ越しをした結果、同じ小学校だった同級生はいないし、いたとしてもさして変わりがないだろう。希彦にはともちん──佐藤智弘《さとうともひろ》しか友達がいない。どうせ、小学校でも友達などほぼいなかったに決まっている。

　それに対しても不満はない。佐藤と仲良くなったきっかけは、二人ともクラスで浮いていたからだ。佐藤が浮いているのは恐らくあまりにも趣味をオープンにしすぎているのが要因だろう。自分で作ったのか、あまり上手とは言えないアニメの絵が描かれたグッズを身に着けていて、同じようにアニメっぽい表紙のライトノベルをずっと読んでいる様子は他者を必要としているとは思えないのだろう。希彦はそういうタイプではない。ただ、かなりぼんやりしたタイプであることは自覚がある。いつも、ぼうっとしている間に色々なことが進行していて、希彦は置き去りにされてしまう。同級生の輪に入れないのも、そういったテンポの合わなさが原因だろう、と希彦は思っている。友達ができても、きっと、最終的にはがっかりされるだけだろうから、自分の世界を持っていて、希彦の内面にはさほど干渉してこない佐藤の距離感はちょうどよかった。

階段を下りると、テーブルに二人分の朝食が用意されている。父のクリニックは訪問診療も行っている。父は往診に行ったのだろう。

「ちちよあなたのいつくしみにかんしゃして」

希彦の口から心のこもらない祈りの言葉が零《こぼ》れ落ちる。ただ習慣的に、両親の言った通りの言葉を繰り返しているだけだ。

笑顔の母親に見守られながら、トースト二枚、バターたっぷりのチーズオムレツ、カリーヴルスト、サラダ、それらを完食してから家を出る。

空はカラッと晴れていた。息を吸い込むと、木香薔薇《もっこうばら》の香りがする。春の匂いだ。

ぼんやりと景色を見ながら歩いていると、いつの間にか商店街を抜けて学校に着いている。ここは東京の下町で、全体的に親切で気さくな人が多い。誰にでも話しかけてくる世話好きな中年女性が沢山いて、登校時は彼女たちの「いってらっしゃい」の声で賑《にぎ》やかだ。しかし彼女たちもまた、希彦には話しかけない。希彦はただ人に当たらないようにしながら校門をくぐり、靴を履き替え、教室に入る。未だに新しい教室には慣れないが、クラス替えがあっても佐藤とクラスが分かれなかったことは嬉《うれ》しかった。

「おはよう、ともちん」

その佐藤を視界に捉えて、希彦は声をかける。

「おう……」

佐藤は机から顔を上げた。

「あれ、どうしたの」

佐藤の額には寝てついた跡とは明らかに違う、灰色の跡が残っている。佐藤は慌てたように前髪をぐしゃぐしゃと崩した。少し鉢《はち》の張った額が隠れてしまう。

「なんでもねーよ。てか、じろじろ見んなよ」

「ごめん」

さざ波のように笑い声が広がる。後ろを振り返ると、中学二年生になって急に派手になった女子の集団がクスクスと笑っていた。希彦と目が合うと、ぱっと目を逸《そ》らす。

希彦が女子の笑っている理由について考える前に、このクラスの担任である小崎郁夫《こさきいくお》が教室に入ってくる。

「皆、おはよう！」

クラス一同もおはようございます、と返す。

小崎郁夫は「コサキン」と呼ばれ、生徒に人気の先生だ。しかし、希彦は彼のことが苦手だった。一つは、声が異常に大きいから。もう一つは、彼が宗教を揶揄《やゆ》するようなことを言ったからだ。

二年生に上がってすぐのとき、教室の前で声をかけられた。内心、その大きな声に閉口しながらも返事をすると、突然、悩んでたら相談に乗るぞ、などと言われる。一体どういうことかと尋ねると、

「おうちが宗教とかやってると、大変だろう？　大丈夫、先生、そういうのには理解がある方

だから」

そんなことを言うのだ。

確かに両親は敬虔なクリスチャンだし、毎週区を跨《また》いで教会に行くのも人によっては奇異に見えるのかもしれない。それに、日本人は宗教というもの自体を敬遠する傾向にある、と父から聞いたことがある。特にある種のキリスト教は偏見を持たれることが多いそうだ。だからある程度の理解のなさは覚悟していた。しかし、「宗教やってると大変」などという言葉は明らかに侮蔑《ぶべつ》の意図のある言葉だ。希彦は言葉自体にもショックを受けたが、それを堂々と、何の躊躇《ちゅうちょ》もなく言ってくる大人がいることの方に衝撃を受けた。そのときは大丈夫です、と短く言ってその場を後にしたが、後からじわじわと腹が立ってきた。何か言い返してやれば良かったのではないか。優しい両親を否定されたような気がして、その夜は枕に涙が零れた。

どっと盛り上がるクラスの笑い声で希彦は我に返る。

先ほどクスクスと笑っていた女子が、今度は「コサキン、サイコー!」などと言いながら手を叩いて爆笑している。小崎はおどけた表情だ。何かウケを取るようなことを言ったのだろう。

希彦はちらりと佐藤の方を見る。また机に突っ伏している。笑っていないのはもしかして、自分と佐藤だけかもしれなかった。

一限目が終わり、希彦は佐藤の席へ向かった。先週、佐藤から漫画を借りていたのだ。バンドを組むことになった女子高生四人組が主人公の四コマ漫画で、そのアニメを佐藤の家で一緒に観た。絵が可愛いね、と言ったところ、佐藤が原作の良さを語りだし、半ば強制的に鞄の中に全巻を入れられた。派手なストーリーではないが、絵柄通り誰も傷付けない優しい内容の漫画だった。

「ともちん」

希彦は近寄って行って、面白かったよ、と言おうとして異変に気付いた。

いつもは芝居がかった様子でのろのろと体を起こす佐藤がうつぶせのままでいる。

もう一度声をかけようとすると、横から来た誰かにぶつかられて邪魔された。

学年で一番見た目が不良っぽい井《い》坂《さか》だった。彼は背が高く、中学生とは思えないほど筋肉質で、テレビに出ている鈴木《すずき》なんとかという俳優に少し似ていた。女子に人気があって、いつも周りに人が集まっていたが、発言も行動も粗暴なため、希彦は絶対に関わりたくないと思っていた。幸いなことに一度資料室の整頓係で二人きりになった時も、軽い挨拶を交わすだけで済んだ。井坂は希彦にはさして興味がないのだろう。

井坂はそのまま佐藤の方向に歩いていき、わざとらしく佐藤の背中にぶつかった。

「邪魔なんだよ」

低い声で井坂が吐き捨てると、佐藤の体がビクリと震えた。

「ハハッ、起きてんじゃん」

クラスに笑いが起こる。朝会のときのような、居心地の悪い、同調圧力を感じる笑いだった。

佐藤はそれでも体を起こさない。

「すぐ寝るからデブになんだよ」

井坂はそう言って、派手な女子のグループの方を見て、

「おい、アオイ、来いよ、起こしてやれよ」

グループの中でもひと際背の高い、矢内葵《やうちあおい》がキャハハ、と声を立てて笑う。

「やだよお、なんか汗かいてそうだもん」

またどっと笑いが起こる。

暴力的な笑いが過ぎ去った後、井坂は唐突に佐藤の椅子を蹴り上げた。佐藤がうめき声を上げる。

「ブヒブヒうるせえんだよ、ブタ。見た目が人間未満なんだから、せめて中身は人間らしくしろよな」

そう言って自分の席に戻った。佐藤はそれでも顔を上げなかった。ちょうどそのタイミングで二限目の担当教師が入ってきて、希彦は漫画を返せなかった。

その日一日、全く授業に集中できなかった。昼休みも、授業が終わってすぐ佐藤は井坂に引っ立てられてどこかへ消えてしまった。全く友好的な雰囲気ではなかった。ぼんやりしている希彦にも何が起こっているかくらいは分かる。イジメだ。

一体どうしてこんなことになってしまったのだろう。

月曜日はふつうだった。井坂が威圧的にふるまっていたり、矢内のグループも必要以上に大声を出してはしゃいだりしていたが、いつもの行為であって、実際に何かやっていたというわけではない。佐藤もいつも通り机でライトノベルを読んでいた。

火曜日に何かが起こったのかもしれない。希彦は月に一回入っている定期健診で、一日学校を休んだのだ。その間に一体、何が。

佐藤は五限が終わると走って教室を飛び出して行ってしまい、終会にも戻ってはこなかった。荷物もなかったから、恐らく帰ってしまったのだろう。

教室に入ってきた小崎が何やら話し始めた。普段から、佐藤のことなど視界にすら入っていない。だから、佐藤の空席に気付くこともない。

「コサキン、佐藤くんがいませーん」

男子の一人が変に高い声で言った。教室の四方から忍び笑いが聞こえる。

「えっ、そうなのか……あ、本当だ、いないじゃないか。本当にダメな奴だなあ」

本当にダメな奴、その言葉でまた笑いが起こる。小崎はウケたのが嬉しかったのか、調子に乗ってベラベラと喋り出す。

佐藤の普段の振る舞いを面白おかしく真似する。それによってまた、笑い声が起こる。さらに小崎がおどけて喋る。

悪夢のようなスタンダップコメディの最後に、キラキラした笑顔で小崎が言った。

「まあ、ある程度のところでオタクは卒業しないと、まともな大人になれなくなっちゃうからな」

それではみなさんさようなら。きりーつ。きをつけー。れーい。さようならー。

クラスメイト達が帰った後も、希彦はなかなか席を立つ気になれなかった。

確かに佐藤に問題点はあった。彼は基本的に自分の興味がある話を一方的にまくし立てるだけで、他人の話は聞かない。アニメ好きを一切隠さない様も、人によっては気持ちが悪いと感じるかもしれない。

自分の世界に入り込みすぎていて他者が見えていないと指摘されても仕方がない。

しかし、それがそんなに悪いことだろうか。

佐藤は少なくとも、井坂や矢内のように他人を威圧してはいないし、小崎のように全て自分が正しいとでも言うような振る舞いもしていない。あんな人間たちに偉そうに人間性に関する説教などされる筋合いはどこにもない。

気付くと、吹奏楽部の練習の音が流れてくる。部活や委員会をやっていない生徒は速やかに下校する決まりだ。希彦は荷物をまとめ、ふらふらと教室を出た。とても気分が悪かった。

2

一週間経っても二週間経っても、佐藤へのイジメは解決する様子がない。それどころか、どんどんエスカレートしている。

最初は希彦が目撃したような、わざとぶつかったり、聞こえるように悪口を言ったり、身体的特徴に起因する侮辱《ぶじょく》的なあだ名をつける程度だった。勿論これらも十分残酷ではあるのだが、今に比べればマシだ。佐藤は今や、気まぐれに暴力を振るわれ、悲しむ様子さえ嘲笑《あざわら》われるようになっていた。井坂やその取り巻きなど一部の人間の残酷な振る舞いが、あの日小崎が終会で公然と佐藤を馬鹿にしたことによって、全体に広がってしまった。もう、顔を顰《しか》めるものもいない。佐藤へのイジメはエンターテインメントと化した。

今日も佐藤はひどい扱いを受けている。

下着を除いた全ての服を取り上げられ、黒板の前でアイドルのダンスを踊らされている。その周りを、男子たちが囲んで囃《はや》し立てていた。佐藤の足がもつれ、よろけると、「指導」と言って一人がプラスチック製の定規で思い切り佐藤の背中を叩いた。脂肪のたっぷり詰まった肌に定規が当たると、乾いた音が響く。佐藤の顔が痛みに歪《ゆが》む。それを見て、さらに一同は盛り上がるのだ。

希彦は目を覆いたくなった。

一体どうしてこんなことになってしまったのだろう。

たしか、佐藤は中学一年生の時もからかわれることがたまにあった。尤《もっと》もそれは本当に軽いもので、わざと威圧感のある態度で話しかけて反応を楽しむ、というようなものだった。一年生の時の連中は、女子が近くにいる時だけそういうことをしていたので、傍目《はため》から見ると幼稚なアピールだが、彼らは真剣に自分が強く魅力的な雄《おす》であると誇示したいのだな、と希彦は呆《あき》れていた。佐藤も、「馬鹿のことは気にしても仕方ない」と軽く流していた。

しかし今は違う。

井坂だけのせいではない。きっかけを作ったのが小崎でも、勿論小崎のせいだけでもない。

クラス全体に、正体の分からない黒い疫病が蔓延《まんえん》して、空気が狂ってしまったかのようだ。そうでなければ、大人しい女子のグループが、こんな残酷な光景を見て、腹を抱えて笑っているはずはないのだ。

「もう一曲行くぞ！　ダイエットダイエット」

誰かがそう言うとまたドッと笑い声がこだまする。

佐藤の口からかすかにうめき声が聞こえた。希彦と目が合う。縋《すが》るような目をしている。

希彦は立ち上がって教室から飛び出した。

許せない。

一番許せないのは自分だった。弱い。こんなの間違っていると言えない、せめて先生を呼んでくることすらもできない弱い自分だった。

廊下に出て、柱の陰にへたり込む。涙が溢《あふ》れそうになるが、必死に目頭を押さえて押し留める。泣いていいはずがない。

「おい」

しばらく目に力を入れていると、頭上から声をかけてくる者がいた。

「井坂……くん」

井坂が立っている。教室から出てきたということは考えられない。彼は階段を上がってきた。

意外だった。確かに、あの中にはいなかったような気がする。彼はどうして佐藤を甚振《いたぶ》る輪に入っていないのだろう。

「もうすぐ予鈴鳴るぞ」

ぶっきらぼうながらも、声の調子は優しかった。彼が佐藤を「ブタ」とか「カス」とか言っているときとも違うし、矢内のような女子と話しているときの恰好《かっこう》つけたような声でもない。こんなのはおかしい。これではまるで、

「まあ俺が言っても説得力ないか」

普通の人間みたいではないか。

井坂は歯に矯正器具を光らせて笑った。希彦はただ恐ろしかった。佐藤にはあんなにひどいことができる人間が、なぜこんなふうに屈託のない笑みを浮かべられるのか。もっと、誰に対しても攻撃的で、佐藤と仲が良いという理由だけで同じ目に遭わせるような人間であってほしかった。異常な所業に及ぶ異常な人間であってほしい。そうでなければ、おかしいのだ。

希彦が立ち上がろうとすると、驚いたことに手を差し伸べてくる。おずおずと手を伸ばして握り、井坂の手を支えに立ち上がる。年齢の割に大きく節くれ立った指。彼の視線はまだ希彦に向けられたままだった。希彦が何と言おうか迷っていると、

「あのさ」

井坂は希彦の目をじっと見つめた。

「お前、自分のランクとか考えたことある？」

「ランク……？」

意味が分からずただオウム返しにすると、井坂は溜息《ためいき》を吐いた。

「釣り合う人間と付き合った方がいいってこと」

どういうこと、と聞き返す前に予鈴が鳴った。井坂はそのまま、階段を上がっていく。希彦は追うことはせず、教室に入った。

佐藤は制服を着ていた。ただ羽織《はお》ったように乱れていて、そのままがたがたと震えている。恐怖から来る震えには見えない。目を凝らしてもう一度見ると、椅子に手足を縛られている。

教室はあわただしく次の授業の準備をする音で溢れており、佐藤に注意を払っている者はあまりいない。次の授業の担当、林《はやし》先生は老人ながら体格が良く、忘れ物や遅刻をすると生徒が泣くまで説教をする恐ろしい存在だったからだ。

希彦は意を決して佐藤に近寄り、足を拘束していた粘着テープを剥《は》がした。背後で大きな舌打ちが聞こえる。恐らく、いつも率先して佐藤のイジメを実行している、井坂の取り巻きの倉《くら》橋《はし》だ。釣り目でいかにも意地の悪い倉橋の人相を思い浮かべて、身が竦《すく》む。しかし、なるべく考えないようにして、何重にも巻かれた粘着テープを剥がすことに専念する。

本鈴が鳴るのと、粘着テープが全て剝がれるのと、ほぼ同時だった。

その途端、佐藤は体つきからは想像もできない速さで教室を走り去っていく。

佐藤、という怒号が聞こえる。林先生が廊下で彼を発見したのだろう。希彦はその隙に自分の席に戻った。背中に倉橋の視線を感じながら。

終会が終わるとすぐ、希彦は佐藤の家に向かった。

不思議なことに、倉橋は林先生の授業が終わった後も、昼休みも、そのほかの休み時間にも、希彦にちょっかいをかけてくることはなかった。林先生の授業が終わってすぐ、矢内とともに教室に帰ってきた井坂に胡麻《ごま》をすることに熱心で、希彦のことなど頭から抜け落ちてしまったのかもしれない。

希彦はやや駆け足で、学校の前にある坂道を下った。下りきったところに、佐藤の家はある。ところどころ欠けたりひび割れたりしている、クリーム色のモルタル壁。父、母、きょうだい、そして佐藤の五人で暮らすには少し手狭ではないかと感じるくらい、小さな家。以前一回だけ来たことがある。希彦は何も言わなかったが、一時間経ったころに佐藤が「外に出よう」と言うのでその通りにした。言葉に少し恥を滲《にじ》ませていた。今は、そのときよりも草が伸びて道路に飛び出しており、ずっとみすぼらしく見える。

上にかかった草を避けながらインターフォンを押すと、ドアが開き、小太りの中年女性が出てくる。赤茶けた髪を雑にまとめた彼女は、つっかけをべたべたと鳴らしながら近付いてくる。

「どうも、こんにちは」

「あっ、こんにちは」

目の前の人物が誰であるか思い出そうとしていた希彦は、慌てて返事をする。一度だけ会ったことのある、佐藤の母親だ。

「今日はどうしたの？」

「あの、これ……」

希彦は黒いリュックサックを掲げて見せた。佐藤は鞄を置いたまま帰ってしまったのだ。

佐藤の母はしばらくじっと希彦の手を見ていたが、やがて「ふうん」と言ってそれを受け取った。

「呼ぼうか？」

そう聞かれて希彦は頷く。

それを受けて佐藤の母は「トモ！　こっちきな！」と家の中に向けて怒鳴った。佐藤の返事は聞こえない。その代わりきゃはははは、という子供のはしゃぐ声がけたたましく響いた。ドアから、子供が二人もつれあいながら飛び出してくる。恐らく、佐藤の弟妹だ。

「カンベンしてよ」

佐藤の母は低い声で呟いて、子供を家の中に蹴り入れた。比喩《ひゆ》ではなく、本当に足蹴にしたのだ。ワンテンポ遅れて、子供の泣き声が耳を劈《つんざ》いた。

ぎゃあああ、ぎゃああああ、と、南国の名も知らない鳥のように泣いている。

「お医者様のおうちの子は、こんなとこに何人も住んでる貧乏人の生活なんて信じられないでしょ」

佐藤の母がどろりと濁った目で希彦を見ている。声には、嫉妬《しっと》や怒り、悲しみといった良くないものがふんだんに詰まっていた。紛れもない悪意が垂らされて、希彦の心臓がどくどくと脈打った。どうやって話を切り上げたかよく覚えていない。ともかく希彦は、佐藤と話すことなく家路についた。

家に帰ってからも、こびりついた悪意の滓《かす》が取れない。佐藤の母の言葉は、佐藤を嬲《なぶ》っている同級生の直接的な卑罵《ひば》語よりずっと重いものだった。

「自分のランクとか考えたことある？」

井坂の言葉がまた頭に浮かんだ。

ランク。

鈍い希彦にも分かっている。それが何を指すか。

希彦の家は、裕福だった。恐らく、井坂を除いた同級生の誰よりも。

井坂が傍若無人に振る舞っているのは、彼自身の粗暴な人格や、恵まれた容姿と体格から生まれた自信もあるのだろうが、一番は家が裕福だからだ。大きな建設会社の社長である井坂の父親にはなんとなく皆、頭が上がらない。商店を営んでいる家がほとんどで、多かれ少なかれどの家も、井坂家の地域自治体への援助によって助けられていた。

地元のコミュニティの結束力が強いこの土地で川島家が受け入れられたのも、希彦の父親が医師だから、というのが大きい。

しかし、そのどちらも、中学二年生の自分が考えることではないと思っていた。希彦は今、否応なく大人になる自分を想像してしまう。

希彦は学校の成績がいい。このまま勉強を続ければ、恐らく父と同じように医師になるだろう。もしかして別の夢を見付けるかもしれない。しかし、どんなときでも両親は希彦をサポートしてくれるだろう。井坂も同じだ。彼は上に兄弟が二人いるから建設会社の跡継ぎにはならない。しかし、彼もまた、将来を自由に選択できる。

佐藤はどうだろうか。兄弟も多く、経済的に余裕はなさそうだ。佐藤が家に遊びに来た時、希彦の貯金箱から度々金が消えていることにも気付いている。

「お医者様」と佐藤の母は言った。佐藤は、仮に医師を志しても、実際になるためには希彦の十倍、二十倍の努力が必要なのだ。

胸に重石を載せられたような気分になる。いくら溜息を吐いても、その重石をどかすことはできない。

訪問診療から帰ってきた父に、今日のことを報告する。佐藤の母に言われたことは伝えなかった。伝えたのは、佐藤のイジメのことだ。

両親は黙って希彦の話を聞いていたが、やがて笑顔でこう言った。

「テープを剝がしてあげたのは偉かったね」

希彦が何か言う前に、

「でも、今度から直接止めるのはやめた方がいいよ」

「どうして!」

「まず第一に、君のことが心配だから」

気色《けしき》ばむ希彦に、父はあくまで落ち着いた声で言った。

「君は体も細いし、喧嘩なんて一度もしたことがないよね？　相手はお父さんよりがっしりしていて背の高い子だろう？　しかも、徒党を組んでいる。正面から彼らと対立しても、佐藤君と二人でケガするだけじゃないか」

確かにそうだ。年齢を抜きにしても両親は華奢《きやしゃ》で、その特徴はそっくり希彦にも受け継がれている。

「でも……」

「佐藤君に『助けて』って言われた?」

「言われてない」

「じゃあ、有難迷惑かもしれないよ」

そんなことない、とは言い切れなかった。

「希彦、君は賢い。だからそろそろ理解ができると思う。世の中にはきれいごとが沢山あって、皆仲良く、イジメは絶対ダメ、なんていうのもそうだ。残念ながら……イジメっていうのは、この世からなくせないものなんだ。集団の中では必然とも言える」

父はハンバーグステーキをゆっくり咀嚼《そしやく》し、嚥下《えんげ》した。

「お父さんもいじめられたことがある。反対に、友達を無視してしまったことも。無視も、勿論イジメだ。でも、ずっとは続かなかった。順番に巡ってきて、被害者と加害者は簡単に交替した」

「じゃあ、どうすればいいの」

父の言っていることは全て正しかった。しかし、それでは解決にならない。

「黙って、順番が過ぎるのを待っていればいいの?」

父は首を振った。

「そうは言ってない。ただ、直接的に加害者と対決するより、希彦にはできることがあるよ」

「なに？」

「佐藤君とできるだけ沢山一緒にいること」

父はにっこりと笑った。

「学校の外にも世界はあるだろう。佐藤君と学校の外で沢山遊べばいい。つらい気持ちをただ聞いてくれる人がいるのは、とてもありがたいことだったよ。私もそうだった」

勿論先生にそれとなく言ってあげるのも優しさだと思うけどね、と父は付け加える。しかし、小崎に言っても状況が好転するとは思えない。小崎は、佐藤が、半袖でも汗ばむような蒸し暑さの中、真冬の恰好で廊下を歩かされていたときも、「仮装大会か？」などと言って笑っていた。つまりあれらを本当に問題だと思っていないか、知っていて放置しているかのどちらかだ。どちらにせよ、どうしようもない人間だ。

そうなってくると、確かに「一緒に過ごし、労《いた》わること」しか希彦にできることはない。

希彦は、心にしこりの残ったまま頷いた。これはイジメを解決できない無力感からではなく、佐藤の母の発言がまだ深く希彦の心を傷付けているからだった。

3

顔に生暖かいものを感じて目が覚める。

真っ暗だった。普段希彦は眠るとき、小さなスタンドライトをつける。もしかしてつけないで寝たか、知らぬ間に消してしまったのかもしれない。希彦はぼんやりと靄《もや》がかかったような頭で考える。

しばらく目を開けたままま んじりともせず横たわっていると、次第に闇に目が慣れてくる。ヒッと喉が鳴った。目の前に人がいる。それが、希彦の顔に息を吹きかけているのだった。大声を出すことも、体勢を変えることもできなかった。なぜか、目を閉じることさえも。そのまま、じわじわ、じわじわと目だけがくっきりと目の前のものを映していく。

女だった。

肌の異様に白い女だ。零れ落ちそうなほど大きな目を見開いて、希彦を凝視している。

んー、と女が言う。口を真一文字に結んだまま、高い声で。

悪意はない。恨みだとか、そういうものは感じられない。

女はただ、希彦を見つめている。

そして女は、闇に溶けるようにして消えていった。

希彦は、指一本動かせないまま、朝を迎えた。

いーつくしみふかーきー　とーもなるいえすはー
つーみとがうれいーをー　とーりさりたもうー

この音が聞こえてきて、やっと体を起こすことができた。全身が氷のように冷え切って、末端がじくじくと痛んだ。

体の痛みを気にせず、ベッドから飛び出す。

こーころのなげきーをー　つーつまずのべてー
目覚ましは止まない。体が痛い。扉を開け放つと、ドアノブに手をかけた姿勢のまま、母が驚いた顔でこちらを見ている。

「お母さん！」

叫ぶように言って駆け寄る。恥ずかしいなどと考える余裕はなかった。華奢な希彦より、さらに小さい母を強く抱きしめる。

「お母さん、お母さん、お母さん」

何度も呼ぶ。母親はおずおずと希彦の背中に手を回し、何度か摩《さす》った。

「どうしたの？」

優しい声で聞かれても、希彦はお母さん、と繰り返すことしかできない。

あの女は希彦を見つめていた。

恐ろしいとは思わなかった。恐ろしいと思わなかったことが、無性に不安を掻《か》き立てた。

夢ではない。あの女は確かにいた。今でも顔にかかった吐息の感触が残っている。高い声も、はっきり思い出せる。

両親には言えない。

両親に相談したら、間違いなく病院に連れて行かれる。定期的に受診している市中病院の医師は、優しくて丁寧だ。しかし、最近はその優しさにうすら寒いものを感じる。彼は誰にでも「優しくて良い先生」と評価されているからそのとおり振る舞っているだけで実際は——などと邪推までするようになってしまった。とにかく、医師として正しい回答を、彼の経験の中から選び出しているだけであるように感じる。問題のある行動をしているわけではない。彼は全く間違っていないのだ。しかし、希彦は彼のことを信用できない。恐らくこれも妄想扱いされて、精神科にでも紹介されるのがオチだ。

女は確かにいた。妄想でも夢でもない。

希彦は深呼吸をして、母から体を離した。

どうしたの、と再び聞かれて、なんでもないと答える。

食欲がないと言ってその日は何も食べずに家を出た。両親の心配そうな顔に心が痛んだ。

学校に行っても勿論心が安らぐことはない。

佐藤へのイジメは収まる様子を見せない。

父は順番に来る、と言ったが、それはいつになるのだろう。

佐藤は先週から「存在税」なるものを払わされている。ヤカンで無理やり水を飲まされ、授業中に失禁した時から始まった。平たく言えばカツアゲだが、佐藤は金など持っていない。希彦の貯金箱から金をくすねるくらいなのだ。佐藤の家が裕福でないことくらいクラスメイトだって分かっていて、金を払えと脅している。そして払えないとなると、それを理由に殴り、蹴り、罵倒《ばとう》する。佐藤は最初のころと違って、もはや泣くことすらしない。

父のアドバイス通り、放課後は積極的に家に誘ったり、話を聞くようにしているが、そのことが希彦にとっては苦痛だった。これが佐藤の気晴らしになっているとは全く思えない。佐藤は一緒にいても希彦にはほとんど何も反応しない。反応があるときは、ほとんど聞き取れないような声でブツブツと世界を呪っている。一緒に過ごす、とは同じ場所にいるだけで、実際には佐藤がゲームをしたり動画を見ているのを背後から希彦が見ているに過ぎない。佐藤は外が暗くなるとふらふらと立ち上がって挨拶もせずに帰って行く。

一度、あまりにも足元がおぼつかないので心配になって、佐藤の家まで後をつけたことがある。そこで目にした光景は、ますます希彦を苦しめた。

佐藤は、家の前で遊んでいた幼い妹を、突然蹴り飛ばした。ワンテンポ遅れてけたたましい泣き声が響く。

「うるせえよ」

佐藤は低い声で吐き捨てて、号泣する妹の口を強く押さえた。ひきつけを起こしたように痙《けい》攣《れん》する妹を壁に押し付けて、何回か殴る。気が済んだのか、ぐったりした妹を地面に投げ捨てて、佐藤はそのまま家に入って行った。

しばらくすると妹はよろよろと立ち上がった。よく見ると足に痣《あざ》がいくつもあった。イジメが順番に巡ってゆくのは本当かもしれない。ただし、交替するのではない。より弱い方に向かうだけだ。

最近の希彦の毎日は、佐藤へのイジメをなすすべなく見過ごし、そのあと無意味に佐藤と一緒にいるだけで過ぎて行った。

蒸し暑く、雨が降り止まないことだけが救いだった。この雨が終われば夏が来る。さすがに夏休み中まで佐藤にちょっかいをかけるような人間はいないだろう。いや、いたとしても、希彦はその現場を目撃せずに済む。

もう一つ救いになっていることがあるとすれば、あの廊下での会話をきっかけに、井坂が声をかけてくるようになったことだ。

最初は軽い挨拶程度だったが、好きな音楽が同じだったことから盛り上がり、話をするようになった。話すときはいつも人のいない非常階段の柱の陰だ。そこには取り巻きも来ない。二人きりだと、井坂はいつもの剣呑《けんのん》な様子とは打って変わってゆったりとした口調で話す。優秀な兄弟がいて、彼らが通っていた名門中学の受験に失敗してこの中学に通うようになったと井坂は話した。確かに、彼は希彦と同じくらい勉強ができた。井坂が心を開いているのが分かったので、希彦もなんでも話した。佐藤にすら言っていない、中学に入るまでの記憶がまるで曖昧であることも。

佐藤は既に希彦の中では友人ではなく、背負わされた重荷だった。皮肉なことに、その原因を作った井坂こそが、希彦の一番の友人になっていた。

何回か井坂の家に遊びにも行った。外壁は真っ白で、門から母屋までの長い一本道は名前も知らない複雑な色の石でできていた。よく手入れされた花々に囲まれた家の内装は、一歩間違えばセンスが悪いとも捉えられかねないほど豪奢《ごうしゃ》で、どこもかしこも橙《だいだい》のようないい香りがした。

井坂の母親は笑顔で、たっくんと仲良くしてね、と言った。井坂の下の名前は卓也《たくや》という。この子家に友達連れてきたことないのよ、という言葉が嘘か誠か判断はできないが、井坂が顔を真っ赤にして話を打ち切らせたのでもしかして本当かもしれない。クラスの中心にいる彼の特別な存在であることがなんだか嬉しかった。

井坂の部屋でしたのはゲームと読書だから、佐藤と遊ぶ内容と変わったわけではない。それなのに何故《なぜ》こうも気分が変わるのか不思議だった。希彦にとって初めて家族以外の大切な人間ができたと言っても良かった。

仲が深まってきたころ、希彦は意を決して、

「あのさあ、ともちん……佐藤をいじめるの、やめてくれないかな」

「はあ?」

井坂は雑誌から目を離し、ベッドに座る希彦の顔を睨《ね》めつけた。教室で王のように振る舞っているときと同じ圧を感じ、思わず目を逸らしてしまう。井坂は慌てたように違う、と言って立ち上がり、希彦の真横に座り直した。

「ごめん、感じ悪かったよな」

井坂は希彦の手を優しく握った。希彦も握り返す。

「別に感じ悪くないよ。でも……」

「俺はやってないから」

希彦の言葉を遮《さえぎ》って井坂は言った。

彼はそのまま、ぽつりぽつりと話し出した。

佐藤が以前から、井坂やその取り巻きの写真を盗撮し、揶揄するような文面と共にSNSに晒《さら》していたこと。それに気付いた仲間のうちのひとりが問い詰めるとしらを切ったこと。その後、写真を全て削除させたこと。以前井坂が佐藤につっかかっていたのは、しらを切る佐藤を追い詰めるためだったらしい。

井坂としては盗撮写真さえ消させれば満足で、後のことは興味がないのだという。

「だってアイツ、キモいじゃん。俺は綺麗なものが好きだから」

井坂の前歯に並んだ矯正器具がきらきらと光った。綺麗なものには井坂自身も含まれているのかもしれない。

「でもさ……殴られたり、蹴られたり、してるから……それ以上のことも」

「俺はやってないよ」

手に力が込められたのが分かる。井坂はじっと希彦を見ている。

思い返してみると、そうかもしれない。

今現在、佐藤をひどく甚振っているのは倉橋だ。井坂は体育の時間や廊下などではいつも大声で話す威圧感のある軍団の中央に位置しているが、それだけだ。そもそも、教室にいないことも多い。

イジメの引き金を引いたのは間違いなく井坂だ。しかし、今でも続いている悪夢のような暴力に彼は関与していない。それに、きっかけは佐藤だ。佐藤にも原因がある。

「信じるよ」

井坂が嘘を言っているとは思えなかった。

「やめるように、言ってもらえたりはしないかな」

「見たらそんなんやめとけっていつも言ってるよ。あいつらが手を出してるのはだいたい、俺がいないときだし」

そうだね、と希彦は頷いた。井坂が命令をしているわけでもなく、勝手に倉橋たちが暴走しているのだ。暴走している彼らに、井坂一人が何を言ったところでそこまで響かないのかもしれない。逆に、井坂の立場が悪くなる恐れもある。自分をこそこそと盗撮し馬鹿にしていた佐藤にそこまでしてやる義理はないだろう。一番交友があった希彦が面と向かって何も言えないのに、井坂にそんなことを頼むのはひどく図々しいような気がした。

希彦はごめんね、と謝って、

「そういえば、確かに教室にいないことが多いけど、いつも何してるの」

「それは、アオイと」

そこまで言って井坂はハッとしたように目を逸らした。

「アオイって、矢内さん？　矢内さんと？」

「なんでもねえよ」

井坂はぶっきらぼうに言い捨てて希彦の手を離した。それ以上聞くのは良くないことのような気がして、希彦は曖昧に笑った。井坂は頭をぐしゃぐしゃと掻きむしると、再び希彦に体を寄せた。井坂の腕が腰に伸びてきて、希彦は身震いした。

「俺さ、ホントはお前といた方が楽しい」

井坂のもう片方の手も希彦に触れる。希彦は抱きしめられているような形になった。井坂の体は希彦よりずっと奥行きがあって、触れている部分が熱く、筋肉が詰まっているのが分かった。

「僕も」

希彦は小声で言った。実際そうだ。今は、井坂と二人で過ごす時間だけが楽しい。

坂本美羽②

坂本美羽は不幸な女性ではない。

1

救急車の中で爆笑してしまったことで、私はしばらく精神科に通うことを義務付けられた。体の方には全く異状はない。地面に倒れたとき腕を擦《す》りむいた程度だ。

顔に付いた血は、ミライのものだった。

どういう仕組みか分からないが、私の目の前でミライは爆発したのだ。私が生肉だと思ったのは、皮が破れて内臓が噴き出したミライの死骸《しがい》だった。白い二本の棒は、飛び出した尺骨《しゃっこつ》と橈骨《とうこつ》、つまり腕の骨だ。私のことを握っていた手だけが、生白く、綺麗なままだった。

ついさっきまで話していた相手が物言わぬ肉塊になってしまったというのは衝撃的な体験で、普通の人間の身に起こったらトラウマになることだろう。しかし、私は違った。

私はいつも、自分のことを異常者だと思っていた。勉強も運動もできないし、誰と話していてもなんだか別の次元に放り出されているようなかみ合わなさを感じる。異常者だったおかげで助かったのだ。何とも思わないどころか、興奮していた。

ミライが目の前で死んだということは、ミライの話は妄想などではなかったということだ。つまり、素晴らしいネタをゲットしたということだ。

ミライの名前は、夜のニュースで流れた。きっと夕方のニュースでも流れたのだろうが、私が聞くことはなかった。

次の日、警察署に行き、二人組の警察官に沢山話を聞かれた。私は「最近若い子の間で流行《はや》っている都市伝説を聞きたかっただけ」と繰り返した。目の前で若い女が死んで全く動揺していないのはおかしいから、錯乱したような演技もした。少し大げさだったかもしれないが、結果的には疑われなかったようだ。私には文才はないが、演技の才能はあるのかもしれない。

やはりミライの死亡は「都内無差別連続殺人事件」の一つではないかと言われている。警察もそちらの方向で捜査するだろう。だから、急がなくてはいけない。

ミライのツイッターが見付かり、そこから「とらすの会」までたどられてしまうのも時間の問題だ。そうなったらこれは私だけが知っているネタではなくなってしまう。『魑魅魍魎《ちみもうりょう》』の記事にしてやるつもりもない。

私はずっと前にブログを開設していた。それに連動したYouTubeチャンネルもある。不可解な事件を題材にした記事をいくつか作って公開していたのだが、すぐにやめてしまった。私が紹介していたのは有名な事件ばかりで、記事の内容も何の新味もない、既存の有名ブログの焼き直しだ。そんなこと、書いた自分が一番よく分かっている。私はただ、広告料で小遣い稼ぎがしたかっただけなのだ。全く儲からないからすぐにやめた。

とらすの会を記事にしたら、間違いなく話題になる。

間違いなく私しか知らない情報だからだ。

しかし、とらすの会とミライの話だけでは、やはり信憑性《しんぴょうせい》のない与太話《よたばなし》に過ぎない。ネットに転がっているデマ情報として馬鹿にされて終わりだろう。

私は走り書きのメモを見つめた。ミライが言っていたとらすの会の住所だ。

ここに行ってみよう。

確かに危険かもしれない。マレ様とやらには本当に直接触れずに人を殺す力があって、一度ターゲットになってしまえばそれから逃れるすべはないようだ。

しかし、私には分かる。これは一時期流行っていた漫画・『DEATH NOTE』みたいなものだ。DEATH NOTEは文字通り、死のノートで、そのノートに名前と死亡時刻、死因を書くと、書かれた人間はその通りに死んでしまう。

マレ様はミライにイジメ加害者の名前を聞いた。ミライの友達の夏奈も、山本さんというおじさんもそうだ。

名前を知られなければ殺されることはない。

私は微笑《ほほえ》んだ。やっと運が向いてきたような気がする。

森田からの原稿の催促《さいそく》に、

《他の人に回してください》とだけ返信して、あとは無視する。仕事が来なくなってもかまわない。今は会社勤めの人間よりも、ブロガーや配信者が儲かる時代なのだ。

私は乗り換え案内アプリで、住所までの路線を調べた。

2

「おっきい家」

私の口から溜息《ためいき》とともに言葉が吐き出された。

ミライは「割と大きいだけで普通の民家」と表現していたが、これは「豪邸《ごうてい》」の部類だ。立派な門構えから見えるのは、石造りの壁だ。母屋と離れがあるように見える。民家ではなくて、なんらかのイベントホールだと言われても納得してしまいそうだ。こんな規模の豪邸を「普通の民家」と言ったミライはやはり苛《いら》つく女だ。ああ見えて裕福な家庭で何不自由なく育てられたのだろう。そう言えば、「学校に行かなくていいよ」なんて軽く言ってしまえる親なのだ。ミライの通っていた「さくら園」を調べたら、それなりに学費も高かった。いけない、今は目の前のことに集中しなくては。

私は前髪を掻《か》き上げてから、インターフォンに手を伸ばした。

「何か御用ですか?」

背後から声をかけられる。振り向くと、小柄な老女が微笑んでいた。

エコバッグから野菜がはみ出していた。この家の人間。ミライの話を踏まえると、この老女が「お母さん」ということになるだろう。

私は興奮を抑えて、

「こんにちは、私こういう者です」

そう言って名刺を渡す。名刺には、「橋本美優《はしもとみゆ》」「カウンセラー」と書いてある。即席で作った、何もかも嘘の名刺だ。

老女は荷物を地面に置いて、両手で名刺を受け取った。あまりにも丁寧だったので、少し心が痛む。

「相沢さんというお嬢さんから、こちらの先生が、とても先進的なカウンセリングをしていらっしゃると聞いて、同業者として大変興味を惹《ひ》かれました。本来ならアポイントを取ってから伺うのが常識なのでしょうが、住所しか存じ上げませんで」

老女は財布に名刺をしまい込んでから、こちらに向き直った。

「未来ちゃんが……そうですか」

ミライが死んだことは、当然とらすの会の人間は把握しているだろう。ミライが死んでから時間を置かずに、彼女の話を聞いた人間が訪れるというのは、警戒されて当然だ。勿論、そのときのために言い訳も用意してある。

しかし、老女の態度は変わらなかった。

「アポイントなんて、要《い》りませんよ。それと、橋本さん、私たちは、カウンセリングなんてしていませんよ」

「いえ、相沢さんが、こちらの先生のおかげで、大変気持ちが救われたと」

「私たちは何もしていないんですよ。ただ、お話を聞いていただけ……むしろ、未来ちゃんの可愛らしさに救われたことの方が多かったです」

可愛らしさ、と聞いて吹き出してしまいそうになる。ミライは見ているだけで苛々《いらいら》する、可愛らしさなんて言葉とは対極の存在だ。笑わないように頬の内側を嚙みながら、私は続ける。

「いえいえ、もしかして、こちらの先生は正規にカウンセリングを学ばれたわけではないのではないかとは思っておりました。でもね、ただ話を聞くだけで、人が救われるというのは、紛れもなく優れたカウンセリングなわけです。ですから、どうか、ぜひ、学ばせていただけないかと」

やりすぎではないかと思うくらい低姿勢で申し出る。老女は笑顔のまましばらく黙ってから、やがて口を開いた。

「あなたの言う『先生』は今日はこの中にいます。だからお会いになれますよ」

「じゃ、じゃあ」

「でもね、先生とか、そういうわけではないですから、そういうふうにはお話ししないでほしいの」

老女はあくまで穏やかな口調で続けた。

「私はマレちゃんと呼んでいるけど……とにかく、普通の子なのよ。先生と呼んだり、特別扱いをするのはやめてほしいの。気にしてしまうから」

「マレ様」のことだ。やはりミライの話は本当だったのだ。

ミライの話と照合するなら、特別扱いしないでほしいのに「様」をつけて呼ばれることは構わない、矛盾《むじゅん》していていかにも怪しい。

「そうですか、大変失礼いたしました」

老女はいいのよ、と言いながら手に持っているスイッチを押した。

ガラガラと音を立てて門が開いていく。自動開閉式か。ますます「単なる広い民家」ではないではないか。

「どうぞ」

先導する老女について、石畳の上を歩く。どう思われたかは別として、マレ様に会わせてもらえるようだ。私は何度かお礼を言って、怪しまれない範囲で見回し、綺麗に植えられた花々や、花壇の柵についている不思議な模様を無音カメラで撮る。老女は一度も私の方を振り返らなかった。

玄関を開けると、また驚かされた。確かに造りは民家なのかもしれないが、規模が違う。ぱっと見ただけでも廊下の左右に六つも扉があることが分かる。ミライの言った通り、突き当りには階段があって、上にも下にもフロアがあるようだ。余裕で合宿ができそうに見える。

「そこで少し待っていてください」

老女は突き当りの左側にある扉の前でそう言った。ミライの言っていたマレ様の部屋だ、と思いながら頷く。老女はエコバッグを持ったまま部屋に入って行った。それを見計らって、私は密かにボイスレコーダーの電源を入れる。

部屋の中から物音と話し声がする。しかし、耳を澄ませてみても話の内容は聞こえない。怪しい女が来た、と言われているのかもしれない。しかし、怪しく思われたとしても、もうここには来ないのだから、マレ様から話さえ聞ければどうでもいい。どうやって人の好奇心を煽《あお》るようなタイトルをつけようか、そういうことばかり考えてしまう。どうせネットの人間は真実なんかには興味がない。より気持ち悪くて、残酷なコンテンツを求めているだけなのだ。

体感で十分くらいしてから、部屋の中から老女が出てくる。

「お待たせしてすみません。マレちゃん、あなたとお話ししたいって言ってるわ」

老女は私の肩をぽんと叩いた。私が頭を下げると、暗いから足元に気を付けて下さいね、と柔らかい口調で言った。

ドアをゆっくりと開けると、確かに暗い。ぎりぎり視界が確保できる程度だ。後ろ手でドアを閉める。

ああ、これは確かに、明かりなど必要ない。

想像をはるかに超えている。

あまりにも美しい女が、暗がりの中にぽつんと座っていた。

髪も肌も艶《つや》やかで美しいのは近寄らなくても分かる。恐ろしいほど深い黒の瞳は、光がなくても煌《きら》めいている。夜空に星が二つ浮かんでいる、そういうイメージだった。

「そんなに遠くては、お話ができませんよ」

何も答えられない。同じ人間とは思えない。

「そこにかけてください」

操られているかのように足が動く。気が付くと、彼女の顔が目の前にあった。

目を合わせるのすら申し訳ないと思う。

彼女の瞳に自分が映ることで、彼女の美しさが少しでも損なわれたらどうしよう。そんなことばかりが頭に浮かぶ。

取り繕《つくろ》うことはできなかった。私の目は意志に反してきょろきょろと動き、心臓が早鐘を打った。考えていたセリフが全て零《こぼ》れ落ち、何一つ出てこない。

「大丈夫ですよ」

マレ様は微笑んだ。

「わた、私、は……カウンセラー、の……」

「正直になっていいんですよ」

彼女の声は、温かいチョコレートのようだった。とろりと蕩《とろ》けて、体の中に入ってくる。

「なんでも言ってください。あなたの、本当の言葉が聞きたい」

もう駄目だ、と思った。

そして、救われた、と思った。

彼女の前では、自分を取り繕う必要がない。

私のどうしようもない、意味のない人生を、全て、言ってもいい。

大丈夫なのだ。

＊＊＊

私の名前は美羽です。由来なんてあってないようなものです。

私の存在もあってないようなものですから、当然でしょうね。

私の人生は、生まれたときから無駄でした。

父も母も、私のことなんて生まれなきゃよかったと……いえ、違いますね、そんなふうに、邪魔だとすら思っていないと思います。

物心ついた時から、両親には会話がありませんでした。

家族で出かけた記憶は一回きりです。

まだほんの赤ちゃんの弟と一緒に、箱根《はこね》で遊覧船に乗りました。私は初めて乗る船が楽しくて、湖もキラキラしていて綺麗で、お母さんすごいね、お父さん楽しいね、って言ったんですけど、お母さんは、泣いている弟を見て、「だから来るの嫌だったのよ」と言いました。お父さんはずっと不機嫌な顔で、赤いシートに座っていました。ご飯の味も、観光した場所も覚えてないです。ずっと、二人の足を、見失わないように追いかけていました。手を、繋いでもらえなかったので。今思えば、あのとき諦めて、誰かに誘拐されたり、そのまま死んじゃったりした方が幸せだったかもしれないと思います。

小学校に上がるころには、お父さんが家に帰って来なくなりました。

他に女の人がいたのか、別にそういうわけではなかったのか、分かりません。でも、不思議ではありませんでした。だって、お父さんは、ずっと、家族のことが煩わしそうでした。叱られたり、暴力を振るわれたりしたことはありません。そんな興味もなさそうでした。

お母さんは、ずっと弟につきっきりでしたね。弟、お母さんに顔がそっくりでしたから。私は、お父さんに似てます。そりゃ当然、私なんか見たくもないって。弟、小さいころ可愛かったんです。丸顔で、目がおっきくて。今では、ただの豚みたいなデブですけど。

それでもお父さんもお母さんも、高校までは行かせてくれたから、感謝してますよ。

弟は、年々私を馬鹿にするようになりましたし、嫌いでしたね。私立の大学出してもらったのに、今はニートですよ。でも、お母さんはそれでも、弟のことが可愛いんだと思います。

私が好かれないのは、私にも問題があるんですよ。

私は昔から、友達なんてほとんどいませんでした。いじめられたことはないです。いじめるほど、目立つところもなかったからなあ。話す人はいたけど、特定の仲良しはいなくて、なんとなく存在してるクラスメイトって感じ。中学も高校も同じです。やっぱり、そこにいるけどいないようなものなんです。

友達もいない私が何をしてたかっていうと、ずっと小説書いてました。お父さんが家に置いていった、古いワープロ使って。高校生になってからは、バイトしてためたお金で買った中古のノートパソコンで。

J・K・ローリングって知ってますか？　知ってますよね。『ハリー・ポッター』の作者。

私、ハリー・ポッターが好きでした。今も、好きです。ホントのこと言うと。

小学生の時は、ずっと、家にハグリットが来て、魔法学校にスカウトされる妄想ばっかりしてましたよ。小説も、メアリー・スーっていうか、私が『ハリー・ポッター』の世界に出てきたら、みたいな、痛いやつでした。

中学生になって、小説家、っていう職業を知って。そう。『十三歳のハローワーク』、っていう本です。そこにはたしか、「作家というのはいつでもなれる。だから、別の仕事や勉強をして、経験を積んで、自分だけの世界を作り出してください」みたいな――私の解釈ですけど、そんな感じのことが書いてあったかな。でも、私はあんまりその部分の重さを受け止めなかったんです。ただ、そっか、大好きな小説を書いて、生活ができる、素敵な職業があったんだ、って無邪気に信じてた。

やっぱり、ファンタジーが好きだったんですよ。

今流行りの〈なろう〉みたいなやつじゃなくて、『ハリー・ポッター』とか、『指輪物語』とか、『ナルニア国物語』みたいな、海外児童文学が好きで。そういう小説を書いて、私がそうだったみたいに、寂しい子たちの友達になるような本が作りたくて。

でもね、やっぱり私は、そこも才能がなかったんですよね。

高校生のころから、公募に出し続けていますけど。本当に、誰も知らないような、小さな賞にもです。

箸《はし》にも棒にも掛からなかった。

結局ダメなんですよね。『十三歳のハローワーク』に書いてあったことは本当です。私は馬鹿だし、ろくな経験も積んでいない。経験っていうのは、友達がいるとか――つまり、社会性って言うんですか？　そういうものの積み重ねだったんですよ。気付いたのは、上京してからですね。

文章の量だけは書けますよ。全部駄文ですけどね。

映画の〈シャイニング〉で、主人公の小説家がやたら執筆していると思ったら、全文がAll work and no play makes Jack a dull boyだった、っていうシーンがあるでしょう？　あれです。私の文章は。

そうやって無駄にした電気代はいくらになるかなあ。とにかく、本当に無駄でした。

嫌な家族と地元から逃げて、やっと小説に集中できると思ったんだけどなあ。何も変わりませんでした。

それでね、小説家は諦めたんです。

諦めて、編集者になりたいな、って思ったんです。

私には残念ながら、何一つ生み出せなかったわけですけど、素敵な作品を書く人に、ファンタジー好きの目線から、こうしたらもっと面白いのに、って助言をする。幸い、時間を守るとか、単純作業をするとか、そういうことは得意です。だから、できるかな、って思って。

本当に、馬鹿ですよね。さすが高卒、って自分でも思います。

結局ね、編集者だって、頭が良くないとできないんです。っていうか、編集者なんて皆、作家より賢いに決まってるでしょう。皆、大卒どころか、誰もが知ってる、東大とか、早慶とか、そういうところを卒業した人ばかりなんです。コミュニケーション能力も高くて。私なんかを採用する出版社なんて、ないのは当然です。私がもしも作家だとして、こんな女と一緒に仕事したくないですもん。信頼できない。

諦めた――っていうの、やっぱり嘘ですよ。小説家。こんなになってまで嘘吐く必要ないですもんね。ごめんなさい。正確に言うと、もう心が折れちゃったんです。

編集者のことは置いといて、私、最近までずっと、ネットに投稿してました。今はね、あるんですよ、〈なろう〉〈カクヨム〉〈アルファポリス〉……とにかく、そういうWEBからのデビューっていうのが。賞とってなくてもね。

声がかかったんですよね。ちょうど一年前かなあ。あ、おめでとうございますはいらないです。だって、詐欺だったので。

出版詐欺です。ネットで書籍化っていうのが流行ってから、こういう詐欺も流行ってるみたいなんです。

「ネットで拝読させていただきましたが大変面白く、ぜひ弊社から書籍化させていただきたいと思います」

とか言われて、「先生」とかつけられていい気になって。

表紙のイラスト、ネットで拾ったものに字を入れただけのものでしたし、まあ、初版ぶん――ほんの十万円でしたけど――それが振り込まれて、さらに「人気が出たから続編を出したいけど、企画を通すためにお金を振り込んでくれ」なんて言われても疑わなかったんです。馬鹿だから。十万円振り込まれても、百五十万盗られてたら、世話ないですよね。貯金は、ほぼないです。

私はね、今、バイトを五個、かけもちしています。飲食店とか、清掃とか。そうしないと、家賃も払えない。

でも、「専属ライター」とか名乗っちゃってるんです。馬鹿みたい。

私がやってるのは、インチキでクズみたいな記事ばっかり載せてる雑誌の、穴埋めですよ。ダイエット本とか、宗教の宣伝とか、それっぽく書くんです。私、量だけは書けるって言ったでしょう？　All work and no play makes Jack a dull boy でも、穴が埋まれば、それで。

私、おっぱい大きいでしょう。だから、こんなのでも、拾ってくれた人がいるわけです。どうしようもない、カスの出版社ですけど。

ライターだって本当は、すごく立派なお仕事なんです。何かを生み出す側なんです。私は生み出せもしないのに、その肩書が欲しくて、縋《すが》りついてる感じなんですよ。

風俗嬢にならなかったのは、勇気がないからです。私、一回だけ取材で、風俗嬢の人にお話聞いたことあるんです。ホストにハマってて、お金がなくて、みたいなこと言ってましたけど、あの人は私より立派ですよ。好きでもない男の人に体を預けて、その場限りでも優しくできるわけですから。私、馬鹿のくせに、プライドだけ高いんです。

どうしても、私は小説家を目指してたんだぞ、アカデミックで、お前らと違うんだぞ、っていう、そういうプライドだけあるんです。だから、そういう仕事も、できない。

こんな人間がまともに恋愛できるわけもないでしょう。

ちょっと前に付き合ってた同棲相手、智樹っていうんですけど、彼は、ごく普通の人でしたね。小さい会社の、営業をしてて、とりたててかっこよくもないけど、普通に優しくて。私みたいな人間には過ぎた相手でしたよ。高卒だってこともバカにしなかった。

でも、結構前から、好きな人ができたから別れてくれって言われてて、もう、消滅してますね。私、智樹のこと好きじゃなかったんですけど、結婚はしたかったです。子供も欲しかった。それで、実家に子供を抱いた写真でも送りつけてやりたかった。まあ、冷静になって考えたら、あの人たちはそれを見たところで、「ふーん」って感じだと思いますけど。私のこと、嫌いですらないんですから。

ここに来たのは——そうですね、本当に申し訳ないけど、ここを題材にして、話題集めて、ネットでバズって、ネットの有名人になりたかったからです。さっきの、ＷＥＢデビューの話もそうですけど、今は、地道に努力した人よりも、ぽっと出で話題性がある人の方が優遇されてたりするでしょう?

そういうの狙ってたんですよね、結局。

でも、もうどうでもいいです。本当に、どうでもいいです。

なんかラクになりました。

私のどうしようもない、空気みたいな、よくある人生の話です。

3

智樹の母親・沙也加《さやか》に会釈をする。小太りだった沙也加は、数年前会った時よりずっと痩《や》せて、歩くのさえ覚束《おぼつか》なく見えた。当然だ。自分より先に息子が死ぬなどということがあっては。沙也加が駆けよってくる。私の目の前まで来ると、よろよろともたれかかる。

「美羽さん……美羽さん美羽さん……わたし、わたし……」

沙也加は縋るような瞳で私を見上げる。

私は突き飛ばしてやりたいのを堪《こら》えて、

「大丈夫ですよ」

沙也加が私に言ったことは忘れていない。高卒なんて恥ずかしい、家族と仲が悪いなんて反抗期を拗《こじ》らせている、子供を愛さない両親なんていない、前の彼女の方が素敵だった――とにかく、そんなことだ。

「智樹さん、お母さまのことを心配していました、元気でいるかって、いつも……」

目を伏せてそう言うと、沙也加がわっと泣き崩れる。私は力を入れて口元が緩むのを抑える。

馬鹿な女。

優しく沙也加の背中を撫でてやると、沙也加はありがとう、と何度も繰り返した。

この女は殺さない。

生きている方が死ぬよりも辛い人間も沢山いる。

「犯人は現場に戻ってくる」と言ったのは創作物の刑事だろうか、それとも現実の刑事? 分からない。でも、それは本当だと思う。

私が葬式に出たのは、死骸を確認するためだ。

鼻に綿が詰められて、お花なんか背負って馬鹿みたい。

人間は皆、こういう馬鹿みたいな恰好《かっこう》で死んでいく。

それできっと、生きている人間は、ああよかった、生きていてよかった、こいつよりはましだ、そう思うのだ。

私はそうやって、私が殺した人間を見届けてきた。

これで五人目だ。

一人目は弟だった。あのときは少しだけ怖かった。

私は完全に壊れた女のつもりだったけれど、どうもまだ壊れる余地があったみたいなのだ。

初めての殺人に動揺していた。

久しぶりに見た弟は、タイルみたいに白くて、ぶよぶよとむくんでいて、死体だった。お通夜が終わって、お葬式が終わって、焼き場で彼が焼かれて、やっと私は安心することができた。

弟は死んだ。

弟を殺せた。

そして、殺しはとても簡単なことだったのだ。

安心して涙が零れた。

抜け殻のようになっていた母は私が泣いているのを見て、少しだけ嬉《うれ》しそうに微笑んだ。

「あなたにも愛情があったのね」

このセリフで、私は次の標的を母に決めた。全くあっけないものだった。

幼いころからそうだったように、愛情など欠片《かけら》も残っていないくせに離婚していなかった父親も同じように死んだ。三人分の保険金やらなんやらが手に入ったものの、彼らが生きていた後始末をするとほとんど残らなかった。

四人目は智樹とホテルに入った女・長谷川春奈《はせがわはるな》で、智樹はついでのようなものだ。

次に選ぶとしたら森田だろう。ほとんど強姦《ごうかん》のような形で何度も屋外で関係を強要された。それでよこされたのが下らない穴埋めのような仕事だ。名前を出すことを許可されたのなんて、両手で数えられる程度だ。

あのとき「他の人に回してください」と言ってから、仕事は全く来なくなった。こちらからも連絡していないし、出社すらしていないのだから当たり前だ。

しかし、私はもう解放されたのだ。

仕事がもらえなくなるとか、お金が無くなるだとか、そういった心配をする必要は一つもない。

とらす、に行けば。

とらすでは、「お父さん」と「お母さん」が、食事を用意して待ってくれている。

友達も何人もできた。皆、優しくていい人だ。

私が書いた、『ハリー・ポッター』の二番煎《せん》じみたいな小説を読んで、「続きを書いて」なんて言ってくる。私は自分を主人公にするのはやめて、マレ様を主人公に、「お父さん」や、「お母さん」や、とらすの人たちを登場させた。

私はとらすに帰り、風呂に入って眠るのだ。

とらすは私たちの家だ。

沙也加の泣き言をしばらく聞いてから、私は失礼します、と言って背を向ける。

弟のときのように心が動くことはない。

でも、私を苦しめた人間が苦しんでいる様子を見るのは、とても楽しい。

葬儀場から出て、しばらく坂を下ったときだった。

「坂本さん」

気付かなかったふりをして歩き続ける。

「坂本美羽さん！」

大きい、威圧的な声。

警察官は皆そうだ。

私と同じ高卒がほとんどのくせに、偉そうに、我こそが法と秩序の化身だとばかりに威張り腐っている。

「なんでしょうか」

弱々しい声で目を伏せながら振り向く。

そこには、声から想像されたとおりの厳《いか》めしい男性がいた。百八十五センチ以上あるだろう。どうせ、柔道や剣道で採用された知能の低い男に決まっている。

「ちょっとお話伺いたいんですけど」

「はい……」

家族がまとめて死んだら、こういうことになった。

私はやはり、高卒の、知能が低い女なのだ。

こんなに短期間に身内が沢山死んだら疑われるに決まっている。

ここ最近は、この厳めしい男と、他にも数人が、私の行動を見張っている。

私は馬鹿だから、実家のある静岡県から離れれば、マークはされないと思っていた。とらすの人たちの復讐で起こった一連の事件は「都内無差別連続殺人事件」という名称で呼ばれているのだし、現に家族が死んだときに担当したのも静岡県警の警察官だった。かなりしつこくはあったが、聞かれたことだって、保険金の受け取りについて、のみだ。

しかし、結局弟は溺死《できし》、母は山奥で、父は職場にいたときに、と時間も死に方もバラバラで、私には事件発生時都内にいたアリバイもあったから、静岡県警の警察官二人組は最終的にご愁傷さまでした、と言って帰って行ったのだ。私は、身内の保険金殺人を疑われているだけだと確信していた。

返す返すも、私は本当に馬鹿だった。

私の事件は単に、都内の警察官に引き継がれただけだった。

この煩わしさは自分で蒔いた種だ。智樹との関係も、もうバレているに違いない。

「あの、こちらへ」

可愛い声。

全く気が付かなかったが、厳めしい警官の横に、もう一人婦警がいた。

小柄で、髪の毛を一つにまとめている。

顔が可愛い。

私は一瞬で彼女のことが嫌いになった。

化粧もしていないのに肌がスムースで、頬は薔薇《ばら》色だ。目がきらきら輝いている。この子はきっと今まで愛されたことしかないのだろう。何もしなくても周囲から可愛がられ、愛され、それを当然のことだと思っている。世の中の汚い部分を一切知らないから、いつまでも無垢でいられる。そして、そういう無垢で素直なところがまた愛される。

私とは違う。

「坂本さん……？」

婦警が私の顔を覗《のぞ》き込んでくる。

「すみません……まだ、ショックで」

「そうですよね、すみません」

婦警ははっとした顔をして、顔を曇《くも》らせた。私が演技をしているなど考えもしないのだろう。

パトカーは坂を下りきったところに停めてあった。葬儀場まで来なかったのは彼らのせめてもの優しさだったのかもしれない。

私は犯罪者のように車に乗せられる。

実際、私が殺したのだからようにではなく犯罪者がパトカーに乗ったという感じだ。

私は沈み込んだ演技をして、彼らとは目線を合わせない。

警察署に着くと、そのまま取調室に移動させられる。手錠が付いているか付いていないかだけで、やはり私と犯罪者に違いはない。

私の正面には婦警が座った。

婦警は白石瞳《しらいしひとみ》という名前らしい。名前まで朝ドラのヒロインみたいだ。

白石は、智樹との出会いだとか、事件当時何をしていたのかとか、ありきたりな質問を投げかけてくる。

家族を殺したとき、既に何回か聞かれたパターンの質問を、私はまるで初めて答えるかのようにおどおどと、時折どもったりしながら答えていく。

白石が静岡県警の警官と違うのは、雑談が多いところだった。

最近あった楽しいことだとか、新宿《しんじゅく》に新しくできたフィナンシェ専門店に行ったことはあるかとか。雑談を交えてこちらの本音を聞き出そうとしてくる警官は沢山いるが、白石は少し違うような気がした。まるで、親しい同級生に接するような自然な態度なのだ。

私が「最近は辛いことばかり」「甘いものは得意ではない」と答えると、心底残念そうな顔をしつつも、また、全く事件とは関係のない話題を始めたりする。

あまりにも脱線が多い、と素人目にも感じたとき、嘉納《かのう》と名乗った体格のいい警官が咳払いをした。

白石は身を竦《すく》めて、怒られちゃった、と微笑んだ。

嘉納の表情からして、私への嫌疑が晴れたわけではなさそうだ。私への監視も厳しくなるかもしれない。もう遅い気がするが、とらすにもしばらくは行くのを控えた方が良いだろう。

「あっ！」

白石が私を玄関先まで見送ると言ってついてきて、素っ頓狂な声を上げた。

「どうしたんですか？」

「いえあの、坂本さんと私、かなりご近所さんなんですよ」

なんと答えていいか迷っているうちに、

「ごめんなさい、坂本さんの住所と、私の住んでる女子寮が近くて……それだけなんですけど」

もしかして、いつも監視していると言いたいのだろうか、と一瞬身構えて、そうではない、とすぐに気付く。白石は顔を真っ赤にしていた。

ただ本当に、雑談の延長なのだ。

こういう裏表がなさそうなところも、私にとっては癪《しゃく》に障るだけなのだが。

「本当ですか？　何かあったら相談させてください」

社交辞令で言っただけなのに、白石は私の手に名刺を握らせた。個人用と思われる携帯電話の番号まで書いてある。

私は形式的にお礼を言ってから、今度こそ警察署を後にした。

帰ってはいけないと分かっていても、私の足は自然ととらすの方に向かってしまう。ひと駅前で気付いて、そこで降りた。

白石は大丈夫だとしても、問題は嘉納だ。警察の女子寮があるということは、男子寮だって近くにあったとしてもおかしくない。嘉納もそこに住んでいるかもしれない。

あの目。

攻撃的な意図は感じない。でも、お前のことをずっと見ている、と言われたような気がした。

警察の追及の手は、どれくらい様子を見れば収まるものなのだろう。

店の開店資金を持ち逃げした恋人を殺した名張《なばり》さんと、自分の両親を虐待していた介護士を殺した美里《みさと》さんがしばらくとらすに顔を出さなかったのも、もしかしたら警察の追及を恐れてのことかもしれない。ミライの話していた「夏奈ちゃん」――彼女の本名は井上《いのうえ》夏奈といったが、彼女はすでに十人ほど殺したらしい。しかし彼女は堂々ととらすに入り浸っている。これは、彼女が未成年である、ということで高を括っているからだろう。未成年でも凶悪犯であれば死刑になった前例はいくらもある。彼女はミライの語っていた人物像の通り、考え無しで過激な性格だ。そういったことは何も考えていないのかもしれない。あるいは、もう、とらすなしでは不安で生きていけないのか。

気持ちは分かる。私だってそうだ。

私にとって、とらすは家だ。

家に帰れないのは本当に辛い。特に、あの会議に参加できないのは痛い。まだまだ殺さなくてはいけない悪人が沢山いるというのに。

初めて降りた駅だが、小さな飲食店が沢山あってなかなか楽しい。「お母さん」の味には及ばないだろうが、テイクアウトでいくつか買ってみる。

「あっ」

タイルの隙間に靴が引っかかって、花屋の植え込みに倒れこみそうになる。しかし倒れこむ前に、私の体はがっしりとした腕に支えられた。

体勢を整えてから振り向くと、サーフィンでもやっていそうな男が立っている。

「大丈夫ですか？」

「ありがとうございます」

そう言って頭を下げると、男はお姉さん可愛いですね、と言ってくる。

とらすに入ってから、こういうことが増えた。私を見る男の目は、ぎらぎらしている。

悩みの種になる人間は排除してしまえばいい、ということに気付いて、心に余裕が生まれたからかもしれない。精神的な余裕は、外見的な魅力にも繋がるというのはよく聞く話だ。

可愛いですね、にもありがとうございます、と返して、私は小走りで立ち去った。

私は確かに結婚したり、子供をもったりしたいと思っていたが、今は考えてもいない。結婚して子供がいる姿を見せたかった人間はもう全員死んだから。私は人を愛したり愛されたりしたかったわけではない。

だから、こんなふうに誰かに目を向けられても、嬉しくもなんともない。

愛してほしい人がいたとして、それはマレ様だ。でもマレ様が私のことを愛してしまったら、それは良くないことのような気がするし、そもそもマレ様は人間ではないと思う。

どういう仕組みか全く分からないが、マレ様は悪人をこの世から消すことができるのだ。マレ様は神様だ。それ以外、マレ様を表す言葉はない。

背中に視線を感じる。

嘉納かもしれないし、さっきの男かもしれない。どちらにせよ、気付かないふりをした方がいい。

私は駅に急いだ。

4

カーテンを片目が出るくらい開けて、舌打ちする。

「あいつ、またいる」

適当に降りた駅にいた、サーファー風の男だ。

黒いパーカーを着て闇に紛れたつもりかもしれないが、体格ですぐに分かる。

あのとき振り向けばよかったのかもしれない。そうしたら、後をつけられていることに気付けたかもしれない。

幸い、部屋までは特定されていなそうだ。希望的観測だが、すぐ横にあるもう一つのボロアパートとどちらに住んでいるかも分かっていないかもしれない。

だから、私が出てくるまで、ああやって外で見張っている。初めてあの男に遭遇した翌日から、ずっとこの調子だ。

苛々して煙草《たばこ》に火をつけようとして、思いとどまる。ベランダに出られないのに、吸えるわけがない。

苛々しているのはこのストーカー男のせいだけではない。

白石だ。

「素直で明るいだけが取り柄の新米」と見た目だけの印象で決め付けたのは完全に間違いだった。

白石の本質は、しつこくて抜け目のない、まさに刑事といっていい性格だった。

外出すればどこからともなく近寄ってきて、お茶をしようなどと誘ってくる。急ぎの仕事がある、と答えて断っても、載る雑誌を教えてください、読んでみたいなあ、などと少女のような顔で言う。私みたいな低能の女にだって分かる。本当に仕事をしているかどうか、と言外に臭わせているのだ。

とらすのこともとっくに調べ上げているようで、最近はあの駅で降りないんですね、などと言う。手芸のワークショップに定期的に参加しているのだ、と誤魔化しても、手芸の専門用語のようなものを交えつつ、今度作品を見たいだの、私も参加しようかだのと言ってくる。私の行動は全てバレていて、見透かされているのだ。ただ私が何かぼろを出すのを待っている、それがありありと分かった。

ストーカー男と白石のせいで、私は買い物も全て通販で済ませ、ここ一週間は外出していない。

しかし、家賃の振り込みの期日は明日だ。どうして引き落としにしなかったのだろうと自分を恨む。

とらすで連絡先を交換した横田《よこた》さんという女性によると、会議は一週間後の日曜日だという。怪しまれても、多少危険な目に遭っても、会議には絶対に出たい。

そして、会議に出たら、真っ先に白石の名前を言おう。白石を殺したら、次は嘉納だ。

彼らは悪人だ。

被害者――とされる奴らを少しでも調べたら分かるだろう。

奴らは人を苦しめ、傷付け、死ぬよりも辛い目に遭わせた悪魔のような人間たちだ。

本当なら警察官が取り締まらなければいけないのは奴らの方なのに、警察官が怠慢だからのうのうと暮らしていた。マレ様と私たちが罪を裁いてあげたのだから、むしろ感謝をされてもいいくらいだ。

自分たちの怠慢を棚に上げて、あまつさえ本当の弱者で被害者である私たちをまるで犯罪者のように扱うなんて、もはや怠慢では済まされない。ただの悪人だ。

悪人は裁かれなければいけない。殺されなければいけない。

マレ様の美しい顔を思い浮かべると、少しだけ心が安らぐ気がする。

私はベッドに入り、目を閉じた。


次に目を開けたとき、外に光はなかった。

変な時間に目が覚めてしまったのだ、と思い、スマートフォンで時間を確認する。

飛び起きた。

違う、私は完全に寝過ごしたのだ。

仕事をせず、めちゃくちゃな生活を送っていたせいで、私の体内時計は完全に狂ってしまったのだ。

夜の九時だ。今からでも、コンビニのATMを使えば今日中に振り込んだことになる。このボロアパートは審査がゆるく、不安定な職業の女にも部屋を貸す代わりに、一日でも振り込みが遅れると大家が延々と文句を言ってくる。

こんな時間に出たら危険かもしれない。それでも、行くしかない。

カーテンを開けて外を確認する。天が私の味方をしたのかもしれない。ストーカー男はいなかった。

体型が全く分からなくなるダボッとしたフード付きのパーカーを羽織《はお》って、私は家を出る。

幸いにも上の階から太めの男性が降りてきていた。人と一緒に出れば、見付かるリスクも減るかもしれない。

男性に隠れるように玄関を出てから、速足で繁華街の方に足を進める。

気配は感じない。

そのままコンビニに入り、ATMで家賃を振り込んだ。

酒や食料を買ってからコンビニを出る。

コンビニの周りは明るく人もいるが、また人気のない方へ帰らなければいけない。

こんなところ、もう引き払ってしまえばいいのかもしれない。

仕事をしていないから新しく収入はないし、貯金が尽きて家賃が払えなくなるのも時間の問題だ。

お金がないことは心配することではない。とらすに行けば、温かいご飯もお風呂も、生活必需品は全てそろっている。

実際に何人か、とらすに住んでいる状態の人だっている。連絡をくれる横田さんもその一人だ。

「一緒に暮らしましょうよ」

と言われて嬉しかった。

「そうよ、皆で暮らすと楽しいわ」

「お母さん」もそう言ってくれた。「お父さん」も微笑んでいた。

やはり、白石を殺すしかない。嘉納も、次に調べに来る警官も。

そうすればもう、怪しまれることはない。それに、そこまですれば、警察だって諦めるかもしれない。私たち家族のことは放っておいてくれるかもしれない。

まだ九時半くらいなのにほとんど人がいない。こんな場所、やっぱり――

「やっと会えたあ」

背後から強い力で抱きしめられる。

後ろを振り返ろうとしても、がっちりと体を固定されていて、動けない。

「ねえ、俺のこと、避けてたでしょ」

声を上げようとして、首筋に冷たいものを感じる。

男の太い指が、私の喉に手をかけている。

「声、出すなよ」

ごそごそと音が聞こえる。

男の手が、ワンピースの裾《すそ》から入ってきて、体を這いまわっている。

「こんな服着てたら勿体ないよ。おっぱい大きいのに」

強く胸を掴まれて、痛みで悲鳴を上げそうになる。

男の鼻息が耳にかかった。

「なあ」

首を無理矢理曲げられて、唇を奪われる。

耐えがたい感触の舌が口腔《こうくう》に侵入してくる。鼻から息を吸うと男の脂《あぶら》の臭いが充満する。窒息してもいいから、こんなものを嗅ぎたくない。

マレ様。

男の手が下着の中に入り込み、股間を弄《いじ》っている。

マレ様。

押し倒されて、背中にざくざくとなにかの葉が刺さる。

マレ様。

きっと私はこのまま、路上で犯されて、ゴミみたいに殺される。

マレ様。

私は、価値のある、人間に、なろうとしたけれど。

男の性器が押し当てられるのが分かる。

目を瞑《つむ》った。

バン、という音がして、急に体が軽くなる。

さっきまでのしかかられていた体重を感じない。

バン、バン、バン、と何度も音がする。

うああ、という男の絞り出すような悲鳴。

「こちら白石、応援願います、場所は足立《あだち》区──」

恐る恐る目を開ける。

男が地面にうつぶせに倒れている。腕を後ろ手に捻《ひね》り上げているのは白石だった。小さい体を使って男を押さえ込んでいる。血管が浮き出て真っ赤だ。可愛い顔が台無しだ。

男はこめかみから血を流していた。

アスファルトに木片と、恐らく立て看板だったものが散乱している。

しばらく呆然《ぼうぜん》と眺めていると、どたどたと音がして、警察の制服を着た男女が複数人やってきた。

男は手錠をかけられ、連行されていく。

駆けつけてきたうちの女性警官が、私に何か声をかけてくるが、何も頭に入ってこなかった。

「坂本さん、立てますか？」

白石の声だけが聞こえる。

ゆっくりと頷くと、白石は歯を見せて笑った。

「よかった。まず病院に行きましょう、それから、お話を」

「白石さん！」

白石の足が頼りなく震えている。よく見ると震えているのは足だけではない。顔だって笑顔を作っているけれど不自然なほど白い。

「白石さんの方が、具合が悪そう……」

「大丈夫ですよ」

白石は右手を上げて、ぶんぶんと振った。

「私、こう見えて術科訓練ではいつも褒められてたんですよ！　小さいころからやってたら、オリンピック行けたかもって言われたことも」

また別の警察官が白石に声をかけた。

白石は困ったように笑って、こちらにちらりと目線を投げかける。

私はのろのろと起き上がった。

5

性的な被害に遭うと、本当に色々なことを話さなくてはいけなくなる。

相手の服装、顔、様子。どういう場所で襲われたか、辺りは暗かったか。自分はどういう服装をしていたか。どういうふうに触られたのか。どこまで触られたのか。性器を挿入されたのか。抵抗はしたのか。挿入されていたとしたら、そのとき女性器はどのような状態だったのか。仕方のないことなのだ。

性的な被害にも種類があって、その種類によって細かく適用される法律が決まっている。だから、一体どういう種類の被害だったのか、本当に細かく調べなくてはいけない。

加害者が何もかも正直に自白するわけはない。被害者以外、被害を証明できる人はいないのだ。

事情聴取の苦痛が重すぎて、泣き寝入りしてしまったり、自殺をしてしまったりする人もいるらしい。

「坂本さん、本当にありがとうございます！」

白石が腰をほぼ直角に曲げてお辞儀をしている。腕のギプスが痛々しい。

「坂本さんが協力してくださっているので、我々はとても助かっています」

「気にしないでください」

本心だった。

「結構慣れているので」

さすがに命の危機を感じるレベルの被害はこれが初めてだが、私は胸が大きいせいで、痴漢《ちかん》などの性的な嫌がらせには遭いやすい質《たち》だった。もっと顔が派手で美人だったら、被害に遭わなかったかもしれない。犯罪者はいつだって、地味で大人しそうな人間をまず標的にするのだ。

何度も被害に遭っているからこそ、警察が何を聞いてくるのか、大体分かる。どんなにこちらが屈辱《くつじょく》的と感じる質問でも、彼らだって意地悪で聞いているわけではない。それに、もう大人だ。事情聴取のたびリストカットをしていた子供のころとは違う。

「慣れなんて、あるわけない」

白石がまっすぐに私を見据えている。

「同じようなことが何度起こったって、嫌だし、気持ち悪いし、最低の気分になるに決まってます。何度叩かれたって、痛いものは痛いじゃないですか！」

怒鳴るように言ってから、白石はハッとした顔をする。

「すみません……分かったようなこと言ってしまって……それに、坂本さんは、私の顔なんて見たくないかもしれないのに」

「白石さんじゃなきゃ、話しませんから」

これも本心だった。

「他の警察の方は事務的、っていうか……それに、白石さん、小さくて可愛いから、緊張しないし」

「嘉納さんにはよくネズミっぽいって言われてて、ちょっとムカついてたけど、ネズミっぽくてよかったです」

「どこがネズミなのよ、そんなに可愛いのに」

白石の顔がみるみる赤くなる。

「な、なんか、坂本さんみたいな、綺麗なお姉さんに言われると、照れちゃいます」

思わず口元が緩んでしまう。綺麗なお姉さんなんて言われたのは初めてだ。お世辞でも嬉しい。

もう白石に対する嫌悪感はない。

白石は、本当にいい子なのだ。本当の本当に、いい子。

手芸の話だって、とらすの会を探るための足掛かりにするためなどではなかった。彼女は本当に手芸に詳しいのだ。彼女が作ったあみぐるみは、どれも彼女そっくりで、小さくて可愛かった。

彼女の性格は、容姿や環境のおかげもあるだろう。でも、きっとそれだけではない。白石は生まれながらの善人だ。

ストーカー男から私を救出したとき、白石はランニングの最中で、私服で、丸腰だった。私が暗い場所で押し倒されたのを見て、飛んできてくれた。

地面に転がっていた居酒屋の手持ち看板を拾って、男を背後から殴打した。そして、(彼女曰く)得意の柔道で制圧したのだという。私よりずっと小柄な体格で、どんなに勇気が要ったことだろう。渾身の力で男と戦ったから、案の定彼女も無事では済まず、あちこち負傷してしまった。特にひどかったのは腕だ。一か月くらいギプスをしていないといけないようだ。

こんな状態になったのに、白石は私の希望を聞いて、毎回事情聴取を担当してくれている。

仕事だから当たり前だ、と言う人もいるだろう。でも、もし義務感で親切にしてくれているのだとしても、それはそれで尊敬できる。

怠慢な警官は多い。その証拠に、本当に罰せられるべき悪人が野放しになっている。だから、マレ様が必要だ。

でも、白石は違う。

少なくとも彼女は懸命に自分のできることは全てやっている。

「あの、今度」

「はい?」

「やっぱり、なんでもないです……」

白石は俯《うつむ》いてしまう。

「私、白石さんのお願いなら断りませんよ。聴取だって、何度でも」

「そ、そうじゃなくて。本当は、ダメなんですけど」

白石は私の手にメモを握らせた。

「あの、ここに連絡先が」

メッセージアプリのＩＤが書いてある。

「一緒にお食事とか、したくて」

私はしばらく考えてからいいですよ、と言った。

警察官が個人的に一般人と仲良くなるのはあまりいいことではないのかもしれない。それ以前に、私は被害者だが、被疑者でもある。もしかしたら今度こそ、私から何かを聞き出したい、という下心があってのことかもしれない。

それでもいい、というか、むしろ好都合かもしれない。

白石は嘘の吐けない人間のようだから、こちらから警察がどの程度知っているのか測ることもできるかもしれない。

白石は天真爛漫《てんしんらんまん》な笑顔を浮かべて手を振っている。私は軽く会釈して、警察署を後にした。


とらすに行けなくなった私は、毎日毎日暇で仕方がなかった。

〈小説家になろう〉のページを開いても、全く進まない。

とらすに行ければ。

とらすにいる人たちは私の小説を喜んでくれた。〈なろう〉ではランキング上位どころか、感想さえほとんどつかないようなものを。

マレ様を主人公にした小説を読み返してみる。

最新話には感想が三件。

一つは誤字の指摘、一つは《続きが楽しみです》という当たり障りのない応援。

最後の一つは《また主人公に都合のいい女が出てくる。オタクくんの妄想。現実の女と接した方がいいですよ。ランキング上位にもこうゆうのしかないからかもしれないですけど。オタクの妄想ハーレムもの別にいいけど、メインヒロインがこうゆう従順な聖女タイプ飽きた》。

大きく溜息を吐くと、私の呼気で埃《ほこり》が舞う。掃除をしなくてはいけないかもしれない。

「いるんだよなあ」

呟いても答える人はいない。

とにかく、まず顔が美しい。

テレビで色々な芸能人を目にするし、実際に街で見かけたこともあるが、ああいった画一的な、ある意味平均的な美形とは一線を画している。マレ様を喩《たと》えると、星とか、宇宙とか、そういったものになってしまう。

本当にびっくりするほど真っ黒の髪と目が、真っ白な肌を引き立てている。

いつも座っているから正確には分からないけれど、多分かなり背が高い。手足も長くて、ロングドレスの裾からちらりと見えるだけだけれど、やはり血管の色が浮き出るほど真っ白で、折れそうなくらい細い。

　ミライが、マレ様が好き、会いたくてたまらない、みたいなことを言っていたのが分かる。彼女はもう永遠に会えないから可哀想だ。

　今現在会いたくてたまらないのに会えない私も可哀想だ。マレ様に会えないことは、かなり苦痛だ。

　マレ様は顔が超現実的に美しいだけではなく、私を妨害する置き石のような存在を排除してくれている。

　マレ様は森林のような良い香りをさせて、私に落ち着いた声で囁《ささや》く。

　あなたを苦しめているのは誰ですか。

　そして。

　もう大丈夫ですよ。

　それだけで、本当に大丈夫になるのだ。

　しばらく目を瞑ってから、ハッと気づく。

　慌ててスマートフォンの画面を見ると、土曜日だった。

「今日だ」

　曜日の感覚がすっかり抜け落ちている。ルナ出版にいたころは、不規則な生活を送ってはいたものの、当日の予定をすっかり忘れてしまうようなことはなかった。

　命の恩人である白石とのプライベートな食事会。大事な予定なのに。

ほとんど外に出なくなってからメイクもしていないし、服も部屋着のワンピースのままだ。待ち合わせまであと一時間半。移動時間を考えたらあと四十分ほどで支度を終えねばならない。

私は大きな音を立てながら服の入ったプラスチックボックスを漁《あさ》った。

「マレ様に会いたい」

口から言葉が零れる。

6

時間ぎりぎりに到着する。

白石のことはすぐに見付けられた。

小さくて、可愛いからではない。勿論それもあるが、誰よりも姿勢がいい。

白石くらい若くて可愛い子が一人で立っていたら、変な男に声をかけられてもおかしくない。でもそういうことはないだろう、と断言できる。

隙がない。

この子は本当に立派な警察官なんだ、と改めて感心する。

しばらく眺めていると、ふいに白石がこちらに顔を向けた。私を見付けると、花が開いたみたいな笑顔が零れた。

「坂本さん！」

「ごめんなさい、待ちました？」

白石は何度も首を振って全然待ってないですよ、と大きな声で言った。

白石の服装を確認して、少し安心する。

カーキ色の無地のワンピースに、白いスニーカーを合わせている。

白石くらい可愛ければ、服装なんてどうでもいいのだけれど、もしこんなに可愛い子がオシャレをしてきてしまったら、きっと、私なんかが隣を歩くのは申し訳ないと感じてしまう。

「坂本さん……？」

白石が心配そうな顔をして私の顔を覗き込んでいる。

「ごめんなさい、なんでもないの。行きましょう」

「よかった。もう既に楽しみです」

この近くには偏差値の高い大学があるからか、居酒屋が並ぶ通りでもそこまでバカ騒ぎしているバカそうな若者は少ない。白石は、このあたりにいる賢そうで華やかな女子大生たちにもすっと馴染めそうだった。

予約していた、チェーン店ではない和食屋の個室に入る。

案内されて席に着くと、白石は落ち着かなそうにきょろきょろとしている。

「どうしたの？」

「なんか、高そう……お金足りるかな、緊張しちゃいます」

「私、あなたよりずっと年上なんだから、奢《おご》りますよ」

「ダメです！　奢りなんて！」

大きな声を出す白石に静かに、と言うと、恥ずかしそうに俯いた。

ここは以前一度だけ仕事で付き合いのあった人に連れてきてもらったことのある店で、「女子会コース」を頼めば全く高くない。クーポンなんて使えば、そこら辺のチェーン店よりも安上がりだ。その代わり味はそこそこ以下である。ただ、薄暗くて個室もあるので、若いカップルのデートなどには使いやすい。穴場と言ってもいいかもしれない。

そのようなことを説明すると、白石はなるほど、という顔をした。

「でも、奢りは駄目です、絶対。お金のことはきちんとしないと」

「命を助けてくれたことと比べるとこの店を五千回くらい奢っても足りないような気がするんだけど……」

「私は仕事をしただけなので！」

あまりにも固辞するので、じゃあ割り勘にしましょう、と言うと、白石に笑顔が戻った。

白石は良く飲んだ。

飲み放題がついていて良かった。あまり味の良くないワインやらサワーやらが、白石の小さな体に吸い込まれていった。

そんなに飲んで大丈夫？　と聞いても、全く変わらない調子で大丈夫です！　と元気に返してくる。事実、顔色一つ変わっていないし、舌がもつれているとか、挙動がおかしいということもない。酒に強い体質なのだろう。しかし、「酒を飲むと陽気になる」というような変化は見られた。酒の量が増えるのに比例して、白石は饒舌《じょうぜつ》になっていった。

彼女は色々な話をした。同期のこと。先輩のこと。昇任試験のこと。愚痴もあったが、基本的に明るく前向きな内容で、私とは根本的に違う人間なのだと分からせられる。

「いいなあ、白石さんは、きらきらしてて」

思わず口から零れる。

「私なんて、何の取り柄もない、高卒のおばさんだよ」

「おばさんなんて言わないでください！」

白石は丸い目を見開いて、強い口調で言った。

「そんなに自分のこと悪く言ったら勿体ないです。それに……高卒って言うなら、私も高卒ですし」

「警察官なら、珍しくはないし、資格が取れるんだし、いいじゃないの」

「大学、私だって行きたかったですよ」

白石はすっかり冷めたマッシュルームのアヒージョを一口食べてから、サングリアで流し込んだ。

「知ってますか？　警察官って、大卒と高卒で、スタートから違うんです。たまに叩き上げ、とかで警察署長になったりするスゴイ人もいますけど、あんなの超レアケース。どんなに頑張っても、基本的には限界があるんです」

白石は滔々《とうとう》と続けた。

「私、こう見えて、勉強得意でした。レベルの高い高校じゃなかったですけど、ずっと一番でした。自慢とかじゃなくて……新しい知識を知るのが楽しくて。っていうか、逃げてたのかも。学校……学校だけは、楽しかったから」

白石の声には、もう先ほどまでの明るさはなかった。

「私の親……私のこと、ずっと、早く死ねって言ってたから」

「死ね……」

私は阿呆のように言葉を繰り返した。

「私、弟がいるんですよ」

「そうなんだ……私も、弟います、いました……って、白石さんは、知ってるか。全然仲良くなかったけど」

「私と弟は、仲良しでした」

白石は私をじっと見ている。

「家族の中にね、一人しか、いなかったんです。味方が。どんなにひどいことされても、弟がいるから頑張れた。弟が笑っててくれるだけで、幸せでした。大学には行きたかったけど、高校生になって、真っ先に考えたのは……大学じゃなくて、弟のことでした。高校卒業して、働こうって決めました。そしたら、弟を大学に行かせられるから。それで、ついでに、あんなクソ親のところから出て行こうと思いました。弟と二人で、クソ親のいないところで暮らしていこうって。だって、私が十八のとき、弟はまだ小学生だった。弟を残して行ったら……殺されちゃうと思った」

嘘はないようだった。

信じられないことだが、目の前の健康的で明るい、根っからの善人の女は、被虐待児だった。所謂《いわゆる》、虐待サバイバーだ。

私の家庭は終わっていたし、私と弟は愛情に差をつけて育てられた。でも、私は、白石とその弟が受けたようなことはされていない。

殴られ、蹴られ、罵声《ばせい》を浴びせられ、奴隷《どれい》のように扱われたりなどは。

「自衛官と消防士と警察官、どれが一番稼げますか、って進路指導の先生に聞いたんです。先生はびっくりしてました。私が進学すると思ってたみたいで。すごく止められたんですけど。奨学金の話もされて。でも、私一人が大学に行くなら奨学金とアルバイトで賄《まかな》えるかもしれないけど、弟と一緒だったらダメじゃないですか。大学なんて行ってる暇ないです、って答えました。そしたら、警察官だって教えてくれて。体も小さかったし、武道の経験もなかったですけど、採用試験受けて、なりました」

白石はスマートフォンを取り出し、少しいじった後、私に画面を見せてきた。

眼鏡をかけた初老の男性の横で、学校の制服を着た白石が今と変わらない屈託のない笑みを浮かべている。白石の背後で照れくさそうにそっぽを向いて写っている子供は弟だろうか。白石に似て丸顔の、可愛い男の子だった。

「柴村《しばむら》先生っていうんです。本当に優しい先生で、手芸部の顧問で……本当に色々面倒を見てくれたんです。恥ずかしい話ですけど、高校を卒業してからは、しばらくお金の世話もしてくれました。親から住所隠す方法とかも教えてくれて……本当のお父さんみたいです。お給料、結構もらえてるし、寮は家賃ほとんどかからないから、弟も、今は何とか大学に通わせられてて……あっ」

白石は急に押し黙った。

ややあってからグラスを置き、ゆっくりと深呼吸をする。

「酒に酔って、自分語り……恥ずかしい」

白石は震える声でそう言って、机に突っ伏してしまう。

「辛いことがあった人に不幸自慢みたいなことして……最低だ、私」

「辛くないですよ私」

言ってしまってから少し後悔する。客観的に見れば、私は家族が全員死に絶え、愛する人も失った可哀想な女なのだ。

警察には、彼らの死に関わっていると疑われているわけだから、よりにもよってその警察の前で「辛くないですよ」などと言ってしまっては、罪を告白しているに等しいかもしれない。

「誰と比べて辛いとか、不幸とか、そういう考え方おかしいと思うんです私」

目の前の白石に対して言ったのではない。自分に言い聞かせているのだ。そうでないと、

「今日はもう、帰りますね。お会計、済ませてありますから」

私は、気付いてしまう。自分より、圧倒的に、白石の方が。

待ってください、と声をかけてくる白石を無視して、私は走り去った。

走って、走って、どうにか駅に着いて、電車に駆け込んで、帰宅した。

着替えもせず、メイクも落とさず、体をフローリングに投げ出す。体が冷えて痛い。

ひどく矮小《わいしょう》な存在になった気分だった。

いや、気分ではない。

私は矮小な人間だ。

とらすの会に行って、マレ様に会って、悪い人間を消して、変われた気がしていただけだ。

何も変わっていない。

白石には、ごく普通の、あたたかな家庭で育っていてほしかった。親が警察官で、それに影響されて警察官を目指したとか、そういうことを聞きたかった。

鞄が震えて、光っている。

スマートフォンが鳴っているのだ。

画面に、白石のメッセージが表示される。

《お食事のお金、ごめんなさい》

《不愉快にさせてしまってすみません》

《私は楽しかったです》

《また飲みに行ってもらえないですか?》

《大丈夫ですか?》
あんなふうに帰ってしまったのだから、心配されるのも当たり前だ。
《ごめんなさい、具合が悪くなってしまって》
《ぜひぜひまた誘ってください》
予測変換だけで入力して送信する。
「誰か間違ってないって言って」
部屋がギシギシと鳴った。多分、上の階の住人がセックスしている。
「お願い」
うわ言のように何度も何度も言った。
マレ様に会いたい。
マレ様に会いたい。
マレ様に会いたい。

7

私を強姦しようとした男には、分かっているだけで余罪が八件もあったらしい。と言っても全て強姦未遂か、すれ違いざまに胸を触る、というようなもので、そこまで重い罪になることはないらしい。

「大丈夫ですか？」

「大丈夫、というのは？」

白石の先輩だという、おっとりとした雰囲気の婦警に聞かれたことを、そのまま問い返す。

「裁判が長引けば長引くほど、被害者の方の負担は大きくなります。こういう性犯罪の事件って、被害者の方の証言が重視されるんです。もちろん、プライバシーの保護のために、ついたてとかで遮蔽《しゃへい》されて見えないようにしてもらえますけど、それでも加害者だけじゃなくて傍聴人や、弁護士たちに、色々聞かれます。きっと、私たちが聞いたことよりも、何倍も不愉快な思いをすると思う」

「ちょっと、先輩」

「事実です」

口を挟もうとした白石に、彼女はぴしゃりと言った。

「きっと、このあと弁護士さんから、坂本さんにもその話があると思いますけど――坂本さんは、男に襲われたとき、ほとんど抵抗しなかったって仰《おつしや》っていましたよね。本当に信じられないことですが、そのことで、相手の罪の重さが変わったりもするんです。本当はこういうことを言ってはいけないんですけど……そういう諸々が耐え難くて、示談にする被害者の方も沢山いらっしゃいます。坂本さんは、私たちにすごく協力的ですよね。何でも聞いたら答えて下さいますし……なんだかそこが、無理をしているように見えて心配なんです」

私は女性警官をじっと見つめた。心の底から私のことを心配してくれている顔だ。

「白石さんはどうしたらいいと思いますか？」

「えっ」

白石は驚いた顔をしている。形の良い唇が、筒のように丸く開いても、まだ艶々《つやつや》と健康的に輝いている。

「白石さんは、どうしたらいいと思いますか？　お金を貰って戦いは避けた方がいい？　それとも……悪人は許さない方がいい？」

「坂本さん、白石に言っても」

「私は、心を守ってほしいと思います」

先輩の女性警官の言葉を遮《さえぎ》って白石は言った。声にわずかな震えもなかった。

「坂本さんの心が傷付かなければ、それで」

「じゃあ、絶対示談とかしません」

「坂本さん……」

「別に、白石さんに決めてほしかったんじゃないんです。ちょっと心配してほしかっただけかも、なんて」

白石が目を潤ませて私を見ている。なんと声をかけたらいいのか分からないのだろう。こんないい人を困らせるなんて、私はとことん、どうしようもない女だ。

「大丈夫です。どうせ」

私は傷付かないし、という言葉を飲み込む。きっとさらに、白石は悲しんでしまう。

しかし、既にどうでもよくなっている、だから傷付かないというのは本音だ。男に襲われたときは死を覚悟したし、強く絶望した。神に祈る代わりに、マレ様に祈った。でも、今はどうでもいい。事件のことを思い出すと少しは怖くなるが、あの男に対する処罰感情は薄い。

裁判を続けようと思ったのは、小説の題材になるかもしれないからだ。

とらすの会に通っているとき、私はメンバーに読ませるための小説を書いていた。マレ様みたいな聖女が出てくる、『ハリー・ポッター』の二番煎じのような小説。メンバーたちが喜んでくれればそれでよかった。賞に応募しようなんて思いもしなかったし、そもそも〈なろう〉での評価を見ればどういうクオリティのものなのかは明らかだ。

白石と出会って、色々話すようになってから、私の中に、もう一度小説をきちんと書いてみようという思いが生まれた。

あれから——白石が、虐待サバイバーだと知った日から、何度か白石と二人で会った。もう最初の時みたいに逃げ出すことはなかった。私は白石に沢山飲ませて、白石の身の上話を沢山聞いた。

白石の人生は、中身が詰まっている。私とは違う。

私がマレ様と二人きりの、あの薄暗い部屋で、自分の半生についてベラベラと話した時のことを思い出す。本当にどうでもいい内容だったから、思い返すと恥ずかしくなる。私の人生はいつも不戦敗みたいなものだ。きちんと取り組まず、だから何もうまくいかず、うまくいかなかったことへの嫌な感情だけが溜まっていく。

白石は違う。白石は不遇の状況にあってもやるべきことをこなし、自分でしっかりと考えて道を選び取っている。

彼女が親から受けた虐待は、虐待死事件の残酷な全貌《ぜんぼう》、あるいは残虐な事件を起こした犯罪者の幼少期などでよく聞いたことのあるものだった。

殴る蹴る罵倒《ばとう》、裸で外に出される、汚物を食べさせられる。中学に入ってからは拷問《ごうもん》まがいの暴行はなくなったものの、過干渉で強制的に家に縛り付けられる日々が続く。生理用品やブラジャーなどを買ってほしいというと「いやらしい女」と罵《ののし》られる。

そのような環境の中で、白石は非行に走ったりせず、弟を連れて自立した。

彼女を支援した先生だって、きっと白石が品行方正な生徒だったからこそ助けてくれたのだ。もし私のような人間だったら、まず信頼すらされないだろう。

これらの話も、白石が自慢げに語ったわけではない。

私が何度も何度もしつこく尋ねて、ぽつりぽつりと話してくれたことを、断片的に繋げただけだ。

「私ばっかり話しちゃって恥ずかしいな。坂本さん、聞き上手だから。坂本さんのことも教えてください」

「それは、家族のこと？　家族は、取り調べでも話した通り、普通の家族ですよ。弟とは、仲が悪かったけど、仲の悪いきょうだいなんて珍しくもないと思うし」

私の家族の話などしても仕方がない。

「いや、家族のことでもいいですけど……坂本さんの、いろんな話。なんでもいいです。趣味でも、なんでも」

「小説書いてる」

言ってしまってすぐ、後悔した。

なんで言ってしまったんだろう。

小説を書いていると言った時の反応は二種類だ。一つは、私がいた出版社の頭が悪く品のない人間たちのように馬鹿にする。根掘り葉掘り聞いて、小説家になんて絶対なれないと嘲笑《あざわら》って、人格ごと否定する。もう一つは、肯定的な意味で「どんなの書いてるの?」と聞かれる。こういう反応をするのは前者とは反対に、賢くて性格の良い人たちだ。興味なんてなくても、適当に話を繋ぐことのできる人たち。こういう人たちだって、素人の書いた小説に興味などない。言葉を額面通りに受け取って読ませてみても、困らせるだけだ。

白石は賢くて性格のいい女だ。

私は白石から色々な話を聞いて、白石が私の偏見に塗《まみ》れた決め付け——若さと可愛さくらいしか取り柄のない馬鹿な女——とは、真逆の存在であることがもう分かっている。

白石は実は思ったよりも若くない。今年で二十七になるという。彼女は若くて可愛く見えるだけだ。それを使って他人に媚びたり、楽をして人生を渡ってきたわけではない。事情があって高卒なだけで、せめて私と同じ程度の家庭環境なら、偏差値の高い国立大学に入れただろう。強くて逞しい、精神的に自立した女だ。

だからきっと白石は、「そうなんですか！　読ませてください」とか言うだろう。

「小説ですか？　私最近読んでないですけど、本を読むのは結構好きでした。やっぱり刑事ものが好きで。横山秀夫《よこやまひでお》とか、堂場瞬一《どうばしゅんいち》とか」

どちらも知らない作家だった。しかし、きっと面白くて、格調高くて、私のような人間には読めないちゃんとした小説を書くのだろう。

「そういう、リアルなやつじゃなくて、ファンタジー小説」

「あんまり読まないジャンルですけど……『ナルニア国物語』は今でも好きですし、『ハリー・ポッター』は夢中になって読みました。続編の『呪いの子』は読めてないですけど」

『ハリー・ポッター』という文字を見るだけで心に針を刺されたような気分になる。

大好きだったからこそ、小説家を目指すきっかけになった作品だからこそ、私の現在が惨《みじ》めだと言われているような気分になる。

〈金曜ロードショー〉で『ハリー・ポッター』が放送されるかもしれないから金曜はテレビをつけられなかったし、スピンオフの映画が公開されているときは映画館の周りを下を向いて歩いたほどだった。

でも、どうだろう。白石の口から聞く『ハリー・ポッター』の音は、全く嫌ではなかった。

マレ様を主役にした『ハリー・ポッター』の二番煎じみたいな小説を書いている間に克服し

てしまったのだろうか?

　違う気がする。多分、違う。

「変でしょう? 　こんな年の女がファンタジー書いてるなんて。でも、言い訳するけど、〈なろう〉みたいな感じじゃなくてね」

「何言ってるんですか? 　児童文学だって、どれも大人の作家が書いてますよ。どのジャンルだから大人は駄目とか、そういうのないです」

　あと〈なろう〉ってなんですか、と白石は付け加えた。

　また、自分とは全く違う人間であることを知らされる。

「なろう系」などと言って特定のジャンルを馬鹿にするどころか、まずそれ自体を知らない。ほとんどネットなどしないし、してもそういった便所の落書きのような場所を見たりしないのだろう。私はネットから書籍化された作品の悪いレビューやアンチによる書き込みを見て溜飲を下げたりするような人間なのに。

「今度、ちゃんと書いてみようと思って」

「ちゃんとっていうのは、その、賞に応募するとかですか?」

「ええ」

　応援してます、と白石は言う。完全に白石の熱量に感化された言葉だった。私はつい数秒前までは小説家を完全に諦めた女だったのに。

　今、賞に応募するために書いている小説は、異世界から転移してきた主人公が、全くこちらの世界の習慣を学ばないまま殺人を犯してしまい、それが罪であるかどうか——というような、少し不条理なファンタジーものだ。主人公をサポートしてくれる女性警察官のモデルは勿論白石である。

私の人生は不戦敗の人生だ。決定的に人生経験が少ない。

裁判をすれば、それによって心無い誹《ひ》謗《ぼう》中傷を受けたり、あるいは誰かから励まされたりするかもしれない。そのことによって、私にも何か厚みのようなものが出るかもしれない。

そういう後ろ暗い目的で「裁判をする」「男に罪を償《つぐな》わせる」と言っているだけなのに、白石も、その先輩の女性も、私を強い人だと称賛した。見る目がないなと思う。でも少し嬉しかった。

そして私は被害者である一方で、被疑者でもある。

短期間で多く殺し過ぎたこと。そして、警察の取り調べを受け始めてから、私の周りの人間が死んでいないこと。この二つはきっと「情況証拠」というやつになるだろう。

署に呼ばれ、何度も同じ質問をされる。

私は全く同じように同じことを答える。

私はありのままを話せばいいだけだ。証拠など何度聞かれても出るはずがない。私は直接手なんて下していない。とらすについて話さないようにすればいいだけだ。

直接何もしていないのは事実だから、堂々と答えられる。

この事件の聴取は白石ではなく、嘉納がしている。白石よりもずっと声に温度がなく、鋭い目でこちらを容赦なく射貫《いぬ》いてくる。それでも、私は全く動揺しない。

私がほんの少し後ろめたい気持ちになるのは、嘉納の後ろで熱心に調書を作成している白石の横顔が視界に入るときだ。

私は白石を視界に入れないように、嘉納の目を見て話すようにしている。もしかして、この傲然とした態度がさらに嫌疑を深めてしまっているのかもしれない。

無差別連続殺人事件は、勿論未だ終わっていない。

少し前までは皆怯え、小中学校の中には休校という措置を取ったところも少なくない。

しかし、今では違う。

だって、防ぎようがないのだ。

感染症の類《たぐい》なら、対処法がある。学校を休校にして、なるべく人対人の接触を避けるだとか、ワクチンだとか、マスクだとか。

でも、無差別連続殺人事件は本当に無差別なのだ。マスコミは死者が二十を超えたところで被害者の共通点について考察するのをやめていた。最近は日本の治安が悪くなったなどと無駄な考察をしている。

日本の殺人件数は世界の中でも低く、死亡者数は一日平均で見ると一人を下回るのが普通だったのは過去の話だ。しかし、マスコミが嘆いているように、治安が悪くなったわけではない。模倣犯は何人かいたが、立て続けに検挙されてからはそれもなくなった。この事件の被害者だけがどんどんと増え続けているのだ。

今や、この事件の被害者は、自然災害の犠牲者と同じものだと見做《みな》されている。悲劇ではあるが、事件ではない、というような。

何度目かの取り調べが終わり、警察署を出て、しばらく道なりに歩く。

やはり町に出ている人の様子は、事件が起きる前と何も変わらない。

ふと鞄が振動しているのに気付いた。

スマートフォンを出して確認すると、とらすのメンバー、横田さんからの着信だった。

「もしもし」

『もしもし、じゃないわよぉ』

語尾の間延びした感じが懐かしい。横田さんは見るからに地味な主婦という感じの中年女性で、実際に専業主婦だ。若いころからずっと自分をいびってきた姑と義姉を殺したと言っていた。

そういえば、最近は白石と話すか、小説を書くかのどちらかで、横田さんとはまるきり連絡を取っていなかった。

『最近とらすに来ないからどうしたのかと思ったのよぉ。皆寂しがってるわよぉ』

横田さんの柔らかな笑顔が頭に浮かぶ。横田さんだけではない。「お父さん」や、「お母さん」の顔も。皆いい人なのだ。私を否定しない。余計なことを言わない。私の全てを許してくれる。

「すみません、実は」

私は警察に疑われていて、なかなかとらすに行くチャンスがないのだと説明する。

『大変だったわねえ。でも、そうじゃないかと思ってた。だって、アレを四回も逃すなんて、ちょっとあり得ないから』

勿論、あの日のことだ。マレ様に、罰するべき人間の名前を言う日。

「ごめんなさい」

『嫌だ、謝ることないわよぉ。警察からのマークは、きつい感じなの？』

「そうですね……常に監視されているとは思わないですけど、やっぱり不安はありますね」

『そう……あぁ！』

横田さんは突然素っ頓狂な声を上げた。

『ちょうど今夜ね、アレなのよ』

「ああ、そうなんですね」

『そうそう、だから電話をしたんだけど……ちょうどいいじゃない！』

「なにが、ちょうどいいんですか？」

きゃはははは、と横田さんは若い女のような声で笑った。

『なにが、って決まってるじゃない』

横田さんは心底嬉しそうに、

『警察官の名前を言えばいいのよぉ』

喉から空気が漏れて、妙な音を立てた。

『ね、そうすれば一旦、仕切り直しになるわ』

横田さんは明るい声で話し続ける。

『私、昔旦那に聞いたことあるのよ。警察官が殺されるのって、その他の一般人が殺されるのよりも大事件って感じなんですって。大して仕事もしてないのに、特権階級って感じでムカつくわよねえ。今のところ警察官ってまだ死んでないし、ますますちょうどいいと思わない？』

電話口の向こうで、横田さんは彼女の考えた「名案」を無邪気に話し続ける。

心臓がばくばくと脈打った。

白石の可愛い顔が、色を失って、体温も失って、花に囲まれて、鼻腔《びくう》に綿を詰められているのを想像する。私はそれを見て、馬鹿みたいだと思えるだろうか。私を邪魔する良くないものが消えたと、得意になれるだろうか。

『坂本さん？　大丈夫？』

横田さんの声はあくまで優しい。

この人は悪い人ではないのだ。むしろいい人だ。それでも今私は、不快に思っている。明るい間延びした声も、たまらなく気持ち悪いと思っている。

「ちょっと、具合が悪くて……」

『あら、大変！　やっぱりなおさら来た方がいいわよ。一回くらい大丈夫よぉ。それに、そろそろ来ないと』

「失礼します」

何度深呼吸しても動悸《どうき》が止まらない。地面にしゃがみ込む。

「そろそろ来ないと」に続く言葉は分かっている。ヤバいわよ、だ。

あの人たちは全員マレ様に救われた。私もだ。私たちには共通点がある。同じように世間に虐《しいた》げられ、復讐の道を選んだ。だから、家族のように思っている。

でも、これはあまりにも良い面だけを抽出した表現だ。

実際は、殺人者の集まりだ。殺人の後ろめたさを、「皆やっている」という意識で誤魔化しているだけだ。お互いに秘密を握り合っている。だから、お互いに顔色を窺《うかが》って、機嫌を損ねるような真似はしない。本音で話している人間なんて誰もいない。見せかけの穏やかさと肯定だけがある。

そのような集団の中で、一人だけ違う行動を取ったらどうなるだろうか。

答えはミライの死が証明している。

あの子は大人だった。私よりずっと冷静で、良識を持っていた。

復讐の達成感や、それによって得た空虚な万能感に溺《おぼ》れず、あの会から距離を置こうとした。

「ダメな人しかいない空間は、すごく癒《いや》されました」この言葉も、正しかった。あそこにいると感じる居心地の良さは、皆、お互いに、自分より劣った存在だと思っているからこそだ。

マレ様、という言葉が零れる。それがたまらなく嫌だ。

あの会は決していいものではない。

それなのに、こうして、私はマレ様に救いを求めている。心からだ。

それが不気味だ。頭がおかしくなりそうだ。

手が鞄の中を漁って、スマートフォンをつかみ取る。

何度も何度もかけて、やっと出る。

『もしもし……？』

「今日、会えないかなあ」

白石は明らかに戸惑った様子だった。

「ねえ、どうかなあ」

必要以上に大声を出してしまう。子連れの母親が私を睨《にら》んでいる。でも構わない。

『ええっと……今日は……』

白石は優しいから、底抜けに優しいから、断る言葉を探している。

当たり前だ。私なんかと違って、まっとうに働いているのだから、来てくれるわけない。

「白石さん、ありがとねえ」

『坂本さん？　大丈夫ですか？』

「本当に感謝してるの」

視界がぐちゃぐちゃと歪《ゆが》んだ。道行く誰もが、私のことを邪魔だと思っている。異常だと思っている。

『坂本さん、今どこにいらっしゃるんですか？』

「お礼を、しますね」

私はそれだけ言って電話を切った。すぐに電話が鳴る。勿論、白石が折り返してきたのだ。

私は電源を切る。

涙が止まらないいまま歩き続ける。変な男が声をかけてくるが、何も聞こえない。

マレ様に会わなくてはいけない。

8

私が到着したときには、既に何人も集まって、準備は整っていた。

「こんばんは」

そう言うと、一斉に皆が顔をこちらに向ける。表情を見て悟る。間違えた。

「ただいま」

「おかえりなさい」

皆口々におかえりなさい、と言う。とても優しい顔をしている。

「坂本さんも帰ってきたし、早速始めましょうか」

「お母さん」が、皆あなたを待っていたのよ、と言った。目尻が下がって、ほとんど黒目の見えない、典型的な老人の顔だ。出会った時と何も変わらない、優しい老人だ。

マレ様のいる部屋に入ると、床に木でできた長い机が置いてあって、そこに山盛りの肉と、飲み物が用意されている。

最初に参加したときは面食らったが、この会は、美味しい肉を食べながら、雑談のような形で始まるのだ。肉は恐らく、馬肉だと思う。少し癖があって、そこもとても美味しいのだが、何故《なぜ》かどんなに食べても満腹感はない。いくらでも食べられてしまう。

私たち成人はワインを、成人していないメンバーはお母さんが作ってくれたジュースを飲んだ。

最初は、横田さんが率先して、私がいない間にあったことを話してくれる。

新しいメンバーが増えたこと。

髪の毛を緩く巻いた擦れた感じの女性と、太った中年男性と、目の細い女子高生。大体予想はついたがそのとおりだった。男に捨てられ借金を負わされた。会社をリストラされた。陰湿なイジメを受けた。

そして、現役メンバーの成果。

例えば、愛犬の吠える声をうるさいと言った隣人。

例えば、「アラサーなんだから急がないと行き遅れるよ」と言った職場の人間。

とにかく、そういった悪い人たちが、死んでいったのだと言う。

素晴らしいですね、と私は言った。

悪い人たちは、いなくなった方がいいですからね。と。

横田さんも、新しい三人も、他の人も笑顔になっている。

この間見かけなかった、若い男の子もいる。爽やかで、背が高くて顔も綺麗だ。一見、何の悩みもなさそうに見える。でも、ここにいる。彼も皆と同じように、笑顔だ。

皆、笑顔なのだ。

マレ様も笑顔だ。

いつの間にか並んだ机の間の床にマレ様は座っていて、にこにこと微笑んでいる。

マレ様、ありがとうございます！

誰かが大声で叫んだのを皮切りに、ありがとうございます、ありがとうございます、と一同が叫ぶ。

パンパン、と乾いた音が響いた。

「お父さん」だ。

「お父さん」が黒いガウンを羽織って、大きく二回手を叩いた。

「どうか私たちを助けて下さい」

「どうか私たちを助けて下さい」

「どうか私たちを助けて下さい」

そう三回唱える。ここからが、いよいよ本番だ。

真っ先に立ち上がったのは、新しいメンバーの目の細い女子高生だった。

彼女は一切淀《よど》みなく語る。残酷なイジメに悩まされた日々。彼女は女子高に通っていて、生理になったことに気付かず、座席を赤く染めてしまったことが原因で屈辱的なあだ名をつけられ、イジメが始まる。昨日まで仲の良かった子から無視される。ものを隠される。遠くからあだ名を呼ばれくすくすと笑われる。どんどんエスカレートして、ついに制服を切り刻まれ、下着に体育のジャージを纏った姿で下校する羽目になったことが原因で彼女は学校に通えなくなった。前回、主犯格の女は死んだが、まだ、彼女を苦しめた人間は大量に生きている。

「一番許せない人は誰ですか」

マレ様が口を開く。それだけで、耳に花が咲いたかと思うくらい、幸せな気持ちになる。

「糸井《いとい》智花《ともか》です」

女子高生は高らかに宣言した。

糸井智花、死ね！　と誰かが叫ぶ。私も叫ぶ。卑猥《ひわい》で、悍《おぞ》ましい罵倒を、大声で。

ぐちゃぐちゃ、ぺちゃぺちゃという、肉を咀嚼《そしゃく》し、嚥下《えんげ》する音が、罵倒に混ざって響く。

マレ様は何も答えない。ただ、頬に赤みがさしている。

次に口を開いたのは山本さん。

その次は田中《たなか》さん。

次々と順番は巡っていって、肉も徐々に減ってくる。

七番目に差し掛かるとき、横田さんが、私を肘で突いた。

私は立ち上がった。

何も言うことがない。それでも、何か言わなくては。

「私は、これまでに両親と、弟と、彼氏と、彼氏の浮気相手を殺しました。それで、警察に疑われています。何度も取り調べをされました。でも、ここのことは誰にも言っていません。怪しまれると思って、ここに来られませんでした。ご心配をおかけして、本当に申し訳ありませんでした」

そう言うと、どこからか、仕方ないよ、と声をかけられる。

大変だったね。

あなたは悪くないのにね。

警察が何もしないから悪いのにね。

私たちに何もしてくれなかったくせにね。

警察がどんなに役立たずで、醜悪《しゅうあく》で、この世に要らないものであるかを、皆で口々に言っている。そうだ、こういう、流れだ。

「一番許せない人は誰ですか?」

マレ様が口を開いた。

マレ様の唇から目が離せない。厚みがあって、艶々と輝いていて、薄桃色で、白石みたいだ。

白石瞳。

私と真逆の人間。

小柄で、顔が可愛くて、小鳥のような声で話す。

実は柔道が得意で、大の男を制圧してしまうくらい肝が据わっている。

決して高圧的な態度を取らず、優しく、でもしっかりと聴取して、書きとっている。

いつもまっすぐ背筋が伸びている。

お酒を飲むと口数が増える。

しつこく聞けば、うす暗い瞳で、幼少期の辛い経験を語ってくれる。語ってから、本当に悲しそうな顔をして謝る。

頑なに奢らせてくれない白石。取材だから、と言うと渋々食事代だけ払わせてくれた。

手芸がうまい。可愛いあみぐるみを作って、子供に渡している。

大学生になった弟は最近連絡をくれない、と悲しんでいた。まあ、恩知らずね、と言うと、小さいころ私は守ってあげられなかったから、と言っていた。そんなわけないのに。高卒で、女一人で、頑張って昇任して昇給して、食費も削って弟を大学に行かせているのに。

笑顔が可愛い。

待ち合わせのときが好きだった。

道行く人の中で、一番可愛かった。

ポニーテールの毛先が跳ねていて可愛かった。

本当に可愛い。

「一番許せない人は誰ですか？」

気が付くと、咀嚼音が止まっている。何も聞こえない。

皆、私のことを見ている。

「一番許せないのは」
白石さんってずっと呼んでいた。
あなたが、坂本さんと呼ぶから。
でも、私は、あなたのことを、瞳ちゃんと呼びたかった。
美羽ちゃんと呼んでほしかった。
「私です」
私の口から、それ以上の言葉は零れない。
ただ、血が噴きこぼれる。
内臓が滅茶苦茶な位置に捻転《ねんてん》しているのだと分かる。
地獄みたいな苦しみだ。
頭の天井が割れている。顔が断裂している。
瞳ちゃん。

川島希彦②

川島希彦は中学二年生だ。

1

夏休み前の学校は誰もかれもが慌ただしくそわそわとしていて、そこにいるだけで気分が高揚する。しかし、去年の夏休みはこんな気分にならなかった。

今年は井坂がいる。

梅雨の時から、井坂と過ごす時間がどんどん増えていった。

廊下ですれ違うと、井坂は希彦にしか見えないように、口角を片方だけ上げて微笑《ほほえ》む日がある。そういう日は、どちらが言ったわけでもなく、授業を抜けて保健室で落ち合うのが決まりになっていた。

本当にいろいろなことを話したと思う。といっても希彦は口下手で話題も少なかったから、井坂の話に聞き入っていただけだ。井坂は不良っぽい外見からは想像できないくらい色々なことを知っていて、賢かった。井坂の影響で出会えた小説や映画なども沢山あった。趣味のような軽い話から、彼の将来の抱負など真剣な話まで、とにかく井坂の話を聞くのは楽しかった。独りよがりで一方的で、一ジャンルの話を何度も繰り返す佐藤とは比べ物にならない。

そして、話が途切れると、肌を合わせるようになった。これも、どちらが言い出したわけでもなく、自然な流れだった。

手慣れた手つきでボタンを外す井坂を見て、彼が矢内と何をしていたかが分かったような気がした。嫌悪感はなかった。

「お前って、外人の血とか入ってんの？」

希彦は首を横に振った。

「父も母も純日本人だよ。祖父母は会ったことない。多分、もう死んでる。そういう話聞いたことないから、やっぱり日本人だと思う」

「そうか……」

井坂は希彦の首筋に指を這わせた。

「最初に、見たとき」

声を震わせて井坂は、

「びっくりするほど白くて、夜に見る星みたいだった。それからずっと、忘れられなかった」

希彦は井坂を見上げる。保健室の蛍光灯は明るくて、逆光になった井坂の顔は黒く塗りつぶされている。

どうせあなたはこの国を相続しないのだから大丈夫ですよ
女が希彦の真横に寝ている。白い、夜に光る星というのなら、この女の裸体のことだろう。

最初は夜にしか現れなかったこの女は、もはや昼夜を問わず希彦の前に現れる。

恐ろしくはない。動揺もしない。この女の言っていることは意味不明だったが、何故《なぜ》か心の奥底で理解してしまっている。

希彦以外に彼女は見えない。彼女はずっとそこにいて、声を出さずに語るだけなのだから、見えても見えなくても関係がない。

井坂の指が唇に触れた。

他の血も食べなさい
希彦は女の言うことに頷いた。女はべったりと黒い瞳で希彦を称賛した。

井坂がズボンのチャックを下ろしている。

「村上春樹《むらかみはるき》みたいなこと言うね」

希彦がそう言うと、井坂は恥ずかしそうに笑った。

行為そのものではなく、徹底的に他者を排除した世界が心地よかった。井坂の目に映るのは希彦で、希彦の目に映るのは井坂だ。

常日頃から授業に出ない井坂は何も言われないが——恐らく彼の家がこのあたり一帯の名士であることも関係しているだろう、保健室も彼の「サボリ部屋」と化していて、養護教諭がいるところを見たことがない——しかし、希彦は違う。

小崎に「最近保健室に行くことが多いがどうしたのか」と問われる。彼はまた、親が宗教をやっているからそのことが悩みなのではないかと言ってきた。

「先生に相談することは何もありません」

そう言うと小崎は目を見開いて口をぱくぱくさせた。近所の養殖場にいる錦鯉《にしきごい》のようで、もしかしたらどうしようもない小人物である彼も錦鯉のような価値のある存在なのではないかと思った。

「僕は楽しく過ごしています」

堂々と言うと、気分が晴れやかになった。地面から頭だけ出している女も、笑っているようだった。

好きなことを好きなようにやりなさい
希彦は微笑んだ。実際、楽しくてたまらなかった。

佐藤へのイジメは相変わらず続いている。今日も彼は床に投げ捨てられたおにぎりを這いつくばって食べている。

それを見ても、今は何も感じなかった。最初は、暴言を吐かれているのを聞くだけでも心が痛んだというのに。

そういえば、ひと月ほど前に佐藤に殴られた。まだ忠実に父の言いつけを守って、積極的に佐藤を遊びに誘っていたときのことだ。テレビゲームの最中に突然佐藤は「死にたい」と言った。毎日毎日嫌で仕方がない、と。希彦はただ黙って聞いていた。そして、殴られたのだ。コントローラーで殴られたので、非力な佐藤の打撃でも、口の端が切れて血が流れた。

「俺の気持ちなんて分かんねえくせに、頷いてんじゃねえよ！」

希彦が黙って見ていると、佐藤は再びコントローラーを振り上げた。

「お前のその顔ムカつくんだよ。見下しやがって……『僕は君たちとは違うんです』みてえな目で俺を見るんじゃねえよ！」

目を瞑《つむ》って待っていた衝撃は来なかった。目を開けると、佐藤はコントローラーを握ったまま、大粒の涙を流していた。何度も何度も見下してんだろ、と繰り返し泣き喚く佐藤を呆然《ぼうぜん》と見ていることしかできなかった。佐藤の母親の澱《よど》んだ瞳を思い出す。希彦が彼女の言葉と態度にあれほど動揺した理由を理解してしまったからだ。

君たちとは違うんです。全く否定できなかった。本人に直接指摘されて、やっとそのことに気付けた気がする。佐藤と自分は全く違う。違う存在なのだから、彼の痛みも苦しみも、理解できるはずがない。

希彦は受け入れた。

その通りだ。佐藤は希彦とは違う人間だ。

佐藤だけではない。佐藤を執拗《しつよう》にいじめているクラスメイトたちこそが佐藤と同じ人々であり、希彦とは違うのだ。

「もう俺に話しかけんな！」

佐藤はコントローラーを床に叩きつけて、走り去っていく。しばらくして乱暴に玄関ドアを閉める音がした。佐藤とはそれっきりだ。彼の言った通り、話しかけていない。

なんとも思わない。心が動かされない。

床に顔を押し付けられた佐藤を女がじっと見ている。後ろを向いた彼女の黒髪はどこまでも艶《つや》やかで、奥深い闇のようだった。彼女は闇から生まれたものだ。当然かもしれない。

小崎が教室に入ってくる。

僕たち遊んでるだけです、と誰かが言った。小崎がやりすぎんなよ、と笑う。どうでもよかった。小崎も希彦とは違う人間で、心が動かされることはない。

明日は終業式だ。

放課後いつものように井坂を自宅に呼び、触れ合った後、ベッドに寝そべりながら井坂と話す。彼は休みの予定を目を輝かせて話した。

「この辺で遊ぶと人に見られるから、ちょっと時間かかるけど渋谷《しぶや》とかまで出た方がいいかもしれない」

「人に見られたら良くないの？」

「良くなくは、ないけど」

井坂は一瞬言葉を切って、気まずそうな表情をした。

「男同士で一緒にいるとごちゃごちゃ言う奴もいると思う。この辺はそういう爺さん婆さんも多いし」

「そっかあ」

どうやら井坂と希彦のような関係は男と女、異性間で形成するのが普通らしい、という感覚は希彦にもある。

両親はそういった「普通」の感覚を希彦に押し付けることなく育てたが、小説漫画映画、全てのメディアが「普通」とはそうであると言っていた。ひと昔前の創作物では同性愛を「禁断の愛」と表現するものも多く存在する。現在は禁断と表現するものの方が稀で、どちらかというとそういった「普通」の範疇《はんちゅう》に収まらない人を理解し受け入れましょう、という風潮だ。しかし、どちらにせよ「普通」という感覚は依然としてあるのだ。

正直なところ、希彦は井坂のことを恋愛対象として好きなわけではない。希彦にとっては理解できない、全く違う人間たちの中で、井坂は唯一話ができる興味深い存在で、大切な友人だった。性的な行為も、特に嫌悪感がなく、また、大切な友人が望んでいるから許しているに過ぎず、何が楽しいのか分からない。希彦は自分が同性愛者だとは思わないし、だから「普通」でないことへの後ろめたさもない。

井坂は恐らく違うのだろう。だからこんなふうに人から見られることを気にしているのだ。

希彦は彼の気持ちを汲《く》んで、話を続けた。

「ところで、渋谷ってどのへん?」

「渋谷行ったことないのか」

「ない」

正確に言うと行ったことはあるのかもしれないが、記憶にない。電車に乗った記憶さえもなかった。

希彦が事故に遭ってから、家族で遠出をすることもなかったし、一人で徒歩以外の手段で移動をするのも許されたことがない。この話を佐藤にしたら「過保護」と鼻で笑われたが、わが子が昏睡《こんすい》状態になるような事故に遭えばそれくらい心配するのも無理はない、と希彦は納得している。

井坂はスマホの画面を希彦に向けた。路線図が映っている。

「だいたい五十分くらい」

そうなんだ、と言ってから、両親に許可を取らなくてはいけないかもしれないことを話す。

井坂は少し驚いたような顔をしたが、佐藤のように馬鹿にして笑うことはなかった。

ふと、外からエンジン音が聞こえる。

今日は父が早く帰ってくると言っていたことを思い出す。井坂に告げると、慌てて衣服を拾い上げた。

何事もなかったようにベッドを整え終えるとすぐに、母がノックをした。

「お父さん帰ってきたよ」

井坂はドアを開けて廊下に出る。長身の井坂と母が並ぶと、母が余計に弱々しく見えた。

「すみません、今帰ります」

「ご飯を食べて行けばいいのに」

「いえ、大丈夫です、お邪魔してすみません」

二人がそのような問答をしている間に、玄関ドアが開く音がした。

「こんにちは、はじめまして。君が井坂君だね」

井坂は父の顔は知っているだろうが、話すのは初めてかもしれない。

「随分背が高いんだね。運動とかやってるの？」

「いや、特に……その、希彦君には、お世話に」

父は張り付けたような笑顔で答えた。

「いつも仲良くしてくれてありがとう、ぼうっとしたところのある子だけど、これからも仲良くしてください」

言葉はいつも通り優しくて柔らかいのに、どこか拒絶の意図を感じる物言いだった。井坂もそれに気付いたのか、戸惑った様子で帰って行く。

井坂が道を曲がるのを見送ってからドアを閉め、部屋に戻ろうとすると、父に呼び止められる。

父はソファーに腰かけ、希彦に横に来るように手招きをした。

「佐藤君はどうしたんですか」

父はあくまで落ち着いた声でそう言った。怒っている様子はない。それなのに、何故か心がざわついた。

「最近は会ってない……その、もう、会いたくないって言われちゃって」

「そう」

父はコーヒーを一口飲んで机に置いた。指の皮がいくつもささくれ立っていて、彼がもう随分高齢であることをまざまざと突き付けられたような気がした。正確な年齢は聞いたことがない。でも、背筋は曲がっているし、足をひきずって歩いている。

「井坂君って、佐藤君をいじめていた子なんじゃないのかな」

「それは違うよ！」

希彦は必死に弁明した。井坂を庇《かば》うというよりも、自分の浅ましさを父に見抜かれたような気がして、それを覆い隠すことに必死だった。父がもういい、とでも言うように片手を上げたとき、希彦は絶望的な気持ちになった。佐藤に殴られた日から、自分とその他の人間は全く違う生き物であり、彼らがどのように振る舞おうが関係ないと割り切っていたはずだった。しかし、両親に対してはそう思えなかった。

「希彦の言いたいことは、分かったよ。井坂君は悪い人ではなかった。逆に、佐藤君は悪い人かもしれない。視野を広く持つのは良いことだ。やっぱりあのとき、佐藤君をいじめる連中と正面から揉めなくてよかっただろう？」

「はい」

父は希彦と目を合わせなかった。

「君も一人の人間だから、行動を強制することはできない。誰と仲良くするなとか、逆に仲良くしろだとか。でもね」

父は指でローテーブルを何回か叩いた。骨のように細い指が当たると、高い音が鳴る。

「怒ったり泣いたりしてはいけないよ。ネガティブな感情だけではない。他人を愛するのも駄目だ」

「どうして？」

愛するという感情はいまいち分からない。しかし、言外に、井坂との関係を悟られ、糾弾されているような気がする。仮に父にそういった意図がなくても、他人を愛してはいけないというのは不思議な話だった。父が信じるイエス・キリストも、「隣人を愛せ」と言っている。

「責任を取ることになるからだよ」

「責任って……?」

「行動には責任が伴うんだよ。なんであれ。君は、人一倍気を付けなくてはいけない」

有無を言わさない口調だった。希彦は何一つ飲み込めないまま頷く。

書類仕事があるから、と言って自室に入る父の後ろ姿は、母と同じく小さくて弱々しい。それでも、それ以上問い詰めることはできなかった。

あの方は異邦人　それでも人を助けるのでしょうね　愛するのでしょうね
いつの間にか女は希彦の足首を摑み、ふらふらと下半身を揺らしていた。眩しいまでに白い肌がその日は疎《うと》ましく感じられた。

「うるさいよ」

女は目を閉じて、地面に吸い込まれるようにして消えた。とても不愉快な気分だった。

2

終業式が終わってすぐ、希彦はスマホをチェックする。

井坂がいないのだ。倉橋たちの方を横目で確認しても彼は見当たらなかった。

いつもサボりがちな井坂も式典には必ず出席していたので不思議だった。希彦は、もしかして昨日の父の言動が、彼を傷付けてしまったのではないかと不安になった。

自分より圧倒的に体格の劣る老人に対して怖がるだとかそういったことはあり得ないが、昨日の父は何とも言えない迫力があった。

どちらにせよ、今日は終業式が終わったら井坂の家に向かう予定だった。

しかし、電話にも、メッセージアプリにも、井坂からの連絡はない。

直接行くしかないか、と思いつつ帰り支度をしていると、肩を叩かれる。

「な、なあ」

佐藤だった。久しぶりに見る佐藤は、顔色が悪く、痩《や》せたように見えるのに何故か顔だけは浮腫《むく》んでいた。不健康な醜《みにく》さに思わず顔を顰《しか》める。そのような状態にもかかわらず、顔に笑みを浮かべているのが余計に不気味だった。

「久しぶり……」

希彦がそう言うと、佐藤は希彦の鞄に手をかけた。

「なあ、ちょっと付いてきてほしいんだけど」

「このあと、用事ある」

希彦は短く言って、佐藤の手を払いのけようとした。しかし、佐藤はがっちりと持ち手を握りこんで離さない。

「大事な話だからっ！」

ほとんど叫ぶような声で佐藤は言う。口元には卑屈《ひくつ》な笑みがこびりついている。胸がわずかに痛んだ。こちらの様子を窺《うかが》うような、これ以上ひどいことが起こらないでほしいと縋《すが》るような目。これが彼の日常だ。

「分かったから、離して」

希彦は佐藤の指をなんとか引きはがし、彼の後をついていく。

佐藤が立ち止まったのは、美術準備室とは名ばかりの、美術の授業に関連するものは何も置いていない教室の前だった。かと言って別の授業のものが置いてあるわけでもなく、年末の大掃除の時に入るだけの、使わなくなった道具などが詰め込まれた無意味な部屋だ。佐藤はそこに入れと指示する。

扉を開ける前から、中に人がいるのは分かっていた。しかし、誰がいるのかは予測できなかったし、知っていたら開けなかった。

「まれこちゃん」

倉橋と矢内、それと数人の男子がいた。矢内を除いて全員が一様に下卑た笑みを浮かべている。

矢内だけは希彦の目を正面から見ている。強烈な敵意を感じて、希彦は思わず目を逸《そ》らした。

「あんたさあ、なんで呼ばれたか分かる？」

矢内は低い声で言った。

「分からない……何の用」

希彦がそう言うと、矢内はあからさまに眉間《みけん》に皺《しわ》を寄せて舌打ちをした。

倉橋がニヤニヤと笑いながら床から立ち上がる。井坂に負けず劣らず体格のいい倉橋に詰め寄られると体が震える。希彦が怯えている様子が面白いのか、取り巻きたちは声を立てて笑った。

「これ、そこにいるブタくんが送ってくれたんだよね」

倉橋がスマホの画面を見せつけてくる。

希彦と井坂が写っている。

カーテンで隠れているが明らかに服がはだけていて、唇を重ねているところだった。

「マジでキモい」

矢内が吐き捨てる。

「おかしいと思ってたんだよね。卓也、全然ウチらとつるまなくなって。あんたがホモなのは勝手にすればいいけど、卓也巻き込まないでくんない？」

「卓也もホモかもしれねえじゃん」

「うるせえよ倉橋、殺すぞ」

矢内の狭い額に血管が浮き出ている。倉橋は芝居がかった口調でおおこわ、と言いながら再び床に腰を下ろした。

「別に、そういう、わけじゃ」

一つの言葉を出すのにも時間がかかった。こんなに口が乾燥しているのに、耳の後ろからとめどなく汗が流れて、シャツを不快に濡らした。

「ま、アオイのことは置いといてさ。頭いいまれこちゃんなら、俺らが何言いたいか分かるんじゃないの」

倉橋は同意を求めるように取り巻きたちに目配せをした。

「夏休みなんだから、ぱあーっと遊びたいじゃん。遊ぶのにも金が要《い》るわけよ」

興奮したような呼吸音が聞こえる。佐藤が笑っていた。佐藤は心底楽しそうに笑いながら、スマホを希彦に押し付けてくる。彼のスマホにも、同じ写真が表示されていた。

つまり彼らは、このことを黙っておく代わりに、金をよこせと言っているのだ。

佐藤の顔を見ると、困惑と怒りが湧いてくる。そして、後悔だ。

もし、あの日、拒絶されても、彼と一緒に過ごしていたら。あるいは、もっと積極的に彼へのイジメを止めていたら。あり得ない「もしも」が希彦の頭に浮かんでは消えていった。

佐藤の笑顔は醜く歪《ゆが》んでいる、しかし、彼がアニメを観ているときよりずっと楽しそうだった。

これは復讐なのだ。中途半端に介入して、さっさと見捨てた希彦への。

だから佐藤はこんなに楽しそうに笑っているのだ。

「お金なんて、出せないよ」

希彦は掠《かす》れた声で、やっと絞り出した。真実だ。希彦の家は確かに裕福だ。しかし、それは両親が一生懸命働いた結果の尊い金だ。自分への悪意しかない連中に使われていいような金ではない。

「だいたい、そんなの、恐喝」

「あっそう。別にいいけどね。お金貸してくれないような優しくない奴には、俺らも優しくしないってだけだから。この写真、ネットに上げたらどうなるかな」

倉橋は一世代前のスマートフォンの画面を希彦に見せつけるように突き出した。

「そんなの、上げた方が責められるだけだ」

希彦も井坂も有名人ではない、ただの中学生だ。そんな画像がネットに拡散されたところで、ごく一部の人間しか反応しないだろうし、その一部の人間だって三日も経てば忘れてしまう。

倉橋はイキってんなよ、と希彦に凄んだ。

「なるほどね。よく分かったよ。つまり俺はこれを持ってまれこちゃんちに行けばいいわけだ」

全身から血が引いていく。

両親の顔が目に浮かんだ。

朝聞こえてくる母の優しい足音。家にはいつも食事の良い匂いが漂っている。落ち着いた声で話す父。眼鏡のズレを直す仕草も知性を強調しているみたいで、誇らしかった。

二人とも小柄で弱々しくて、それでも希彦を大事に育ててくれた。

「い、言っとくけど、写真だけじゃないからな。お、お前らの、ど、動画も」

佐藤が口角から唾を飛ばしながら言った。

両親は、希彦のことを愛している。「普通」ではない人々のことも決して馬鹿にしたりはしない。佐藤や倉橋のような、無知で傲慢《ごうまん》な連中とは違う。

しかし、それでも、希彦がしていることを知ったら。

「やめて！」

希彦が叫ぶように言うと、倉橋は顔の横に手を当てて、クネクネと身振りをつけながらやめてよー、と高い声で言う。その場にいた五人と、佐藤までもがそれを見て笑う。

「タダで言うこと聞いてもらいたいとか、図々しすぎるんじゃないの」

足に鈍い痛みが走った。矢内が上履きの上から、忌々《いまいま》し気に希彦の足を踏みつけていた。

涙が溢《あふ》れる。痛みからではない、両親のことを考えるとどうしようもなく泣けてくる。

行動には責任が伴うと父は言った。

父はいつも正しい。間違えない。

希彦は今まさに、責任と向き合っているのだ。

「あっ、そっ、そうだ」

佐藤が突然声を上げる。よほど興奮しているのか、呂律が回っていない。

「なんだよブタ」

矢内はあからさまに声に嫌悪感を滲《にじ》ませて言ったが、佐藤が気にしている様子はなかった。目を爛々《らんらん》と輝かせて、

「こっ、こいつ、顔がいいじゃないですかっ」

「あ？　だからどうしたってんだよ。オメエもホモか？」

「ち、ちがうっ！　こ、こいつと、や、ヤリたいおっさん、い、いると思う」

佐藤の荒い鼻息が耳にへばりついた。倉橋と矢内は顔を見合わせた。そのまま、仲間と何やら話し合っている。

やがて希彦の方に向き直って、倉橋は薄笑いを浮かべた。

自分が何をされようとしているのか分かる。嫌だ、と言おうとしても、乾燥した口内で舌が絡まって言葉にならない。

矢内の顔からは怒りが消え、その代わりに残酷な喜びが宿っている。

「ホ別ゴム無し……三万くらいでいいと思う？　五万は取れるかなあ」

「なにその呪文みたいなの。高くすればいいんじゃね？　ってか一応中学生だけど平気か」

「めちゃくちゃ童顔の十八でいけるでしょ。あんた、四十四のおばさんと四十八のおばさんの区別つく？」

「まあ、そうか。この辺なんかあったっけ」

「ウチの知り合いで援やってる子いるから場所は聞いとくわ」

倉橋は歯を剥《む》いて笑う。

「良かったな、お前、男が好きだもんな。好きなことできて、しかも金が貰えるなんて最高じゃんね、羨ましいわ」

あんたもやる？　いややんねーよバカか。彼らはさも、これからどこかへ旅行に行くかのようにはしゃいでいる。

ふふふ、と耳元で聞こえた。黒く濡れた目が屋根のような形に歪み、希彦を見つめている。鈴の鳴るような声で笑ったのは矢内ではない。この女だ。

豚の血を啜《すす》りましょう　血には豚の命があるのです　贖《あがな》いを奪いましょう　血を啜り、許されない豚を食べ、永遠に絶たれましょう

女は口を動かさない。しかし、希彦には女の言葉が分かる。

「おい、聞いてんのかよ」

倉橋が希彦の髪を摑み、乱暴に揺すった。

血を食べましょう　永遠の命を絶ちましょう

希彦は頷いた。倉橋の言葉になのか、女の言葉になのか、分からなかった。

3

メッセージアプリで指定された場所に向かうとき、希彦は初めて一人で電車に乗った。井坂と約束したことを思い出す。大事な友人と遊ぶために初めて電車に乗って遠出をする、かけがえのない経験になるはずだった。

《ここ行こうぜ》

《ちょっとお小遣いじゃ足りないかも》

《いいよ、俺が奢《おご》るから》

そんな会話もした。

井坂とは連絡が取れていない。

ライオンの群れに二頭のボスはいらない。ボスの資格がなくなったオスは、群れを追い出され、獲物を狩ることも満足にできず、野垂れ死ぬ。

動物のような彼らが井坂にした仕打ちを想像してしまう。井坂がどうなったか見るのが怖くて、彼の家には行けなかった。

切符を買い、改札をくぐり、乗車する。一連の動作はスムースにできたから、初めてというよりも、乗ったことを憶えていないのかもしれない。車窓からの景色を見ても、記憶は蘇らない。希彦は目を瞑った。瞼《まぶた》の裏にも女はいない。見えるのは両親の笑顔だけだ。

改札を出ると、正面に矢内が立っている。

矢内は無言で近寄ってきて大きなボストンバッグの中から小さな手提げを取り出し、希彦に投げるように渡した。

「この中に身分証と財布が入ってるから。地図はアンタのスマホに送った。年齢確認とかないトコだから大丈夫だと思うけど、もし聞かれたらそれ見せな。アンタ、大学生の桑島義彦《くわしまよしひこ》ってことになってるから」

矢内の声が耳を通ってそのまま抜けた。頭の中でずっと目覚ましが止まない。

慈《いつく》しみ深き友なるイエスは、罪咎《とが》憂いを取り去り給う。

一切憶えていないはずの光景が眼前に広がる。

白い講堂、木製の長椅子、祭壇の前で聖衣の男が手を大きく広げる。

中央に十字架があった。十字架には痛めつけられた男がいかにも残酷に磔《はりつけ》にされている。

イエスだ。

行動には責任が伴うと父は言った。

イエスは何の責任を取ってあのような姿になったのだろう。

イエスは全ての人間を愛していた。

愛してしまった責任を取って、あのような姿になったのだ。

木製のイエスは、希彦かもしれなかった。

「アンタ、おっさんとヤったら写真撮って送信してね」

今日の矢内は、学校にいる時よりもずっと化粧が濃い。長身、面長であることも相俟《あいま》って、成人しているようにすら見える。しかし、はみ出した口紅や、流行《はや》りを無節操に取り入れた恰《かっ》好《こう》は彼女がまだ幼いことを証明している。まだ中学生なのだ。

「こんなこと」

「アンタのこと、前から大嫌いだった」

やっぱりやめたい、と希彦が言うのを遮《さえぎ》って矢内が吐き捨てた。

「倉橋は卓也もホモなんじゃないかって言ってたけど、違う。ていうか、ホモとかそういう問題じゃない。アンタが皆おかしくした。卓也も、倉橋も、あのブタも、ずっとこの辺で育って、それで終わるはずだった。アンタが入ってきておかしくなった。入学式の時から卓也はアンタのこと見てたよ。卓也だけじゃない、皆見てた。アンタがぼっちの理由、気付いてないの？　アンタって、綺麗すぎて気持ち悪いんだよ」

矢内は一気に言ってから、肩で息をする。何度も浅く呼吸をしてから、

「倉橋もブタも、綺麗すぎるアンタをいじめて喜んでるだけだよ。ホント、キモいよね。だから、アイツらはすぐ忘れる。どうせアンタは高校も大学も、あたしたちとは全然違う、いいところに行くんだろうね。だから、きっとどうでもよくなって、すぐ忘れる。でも、あたしは違うから。絶対、死ぬまで忘れない。アンタが自殺するまでやめないから。絶対まともな人生なんか送らせてやらない」

帰りは皆で迎えに来るから、と言って矢内は去っていく。

希彦は地図を見て、指定されたホテルに向かう。

自殺するまで。

やはり、責任を取るというのは、死ぬことなのだろうか。

矢内に対して怒りも悲しみも湧かなかった。反対に、罪悪感が胸を刺した。同時に、羨ましく思った。

恐らく、矢内は心底井坂のことを愛していたのだ。

矢内は言葉通り、死ぬまで希彦のことを忘れないだろう。それは憎しみからなのだろうが、愛にも似ている。矢内の言葉を何度も反芻《はんすう》した。絶対、死ぬまで忘れない。

メッセージに書いてある通り、建物の裏手にあるほとんど壊れそうなエレベーターを使って

四階に上がる。405号室に既に相手が待機しているらしい。

老人でないことだけを、信じてもいない神に祈った。老人だと、どうしても父のことを思い出してしまうに違いないから。

震える手で、ところどころメッキの剝《は》がれたドアノブを触ると、ひとりでに回転した。

「わあ、本当に写真の通りだ」

筋肉質な腕だった。びっしりと固い毛が生えていて、希彦の腕とは倍ほども太さが違う。まだらに髪を染めた男は、ドアの前で待機していたようだった。

「桑島君?」

「はい」

返事をすると、男は希彦の肩を抱いた。

「ちょっとおかしいくらい綺麗だね。言われない?」

ついさっき言われたばかりだが、希彦は否定も肯定もしなかった。

男は興奮した様子で何やら話している。男が口を開くたびに乱杭歯《らんぐいば》が覗《のぞ》く。希彦は思わず目を逸らした。井坂の歯に並んだ矯正器具を思い出してしまったからだ。

希彦が洗面台に立とうとすると、腕を強く摑まれた。

「シャワーなんていいじゃん」

男の手が服の中に入ってくる。

「時間もないし、ね?」

男の体毛が肌に不快な感触を残していく。そのまま引き摺《ず》られるようにして、希彦はベッドの上に投げ出された。

男は希彦にのしかかり、強引に唇を吸った。舌が意志を持った生き物のように口の中で動く。柔らかかった。口腔《こうくう》は美醜《びしゅう》も、性別も、年齢も関係がなく、ただただ柔らかい。

舌を思い切り吸われて涙目になっていると、男は急に顔を離した。

「ねえ、本当はもっと若いでしょ」

男は細い目をさらに細めて言った。体毛だけではなく顔を覆う髭も濃いが、その奥の肌には張りがある。この男は思っていたより若いかもしれなかった。

「高校生くらいかな？　だろうね。本当はこんなことやりたくないだろうし、事情があるんじゃない？」

「そうです、本当は」

「まあ、やめないけどね」

男の指が下半身を弄《いじ》って、希彦の内部に到達する。口から女のような悲鳴が漏れた。男の口元に粘着質な笑みが張り付いている。

「ほら、やっぱり処女じゃなかった。だいたいそういうの分かるんだよね。別に、優しくしてあげる必要ないでしょ」

指が抉《えぐ》るように動いた。身を捩《よじ》っても、筋肉の隆起した足が組みついて離れなかった。

「どういう事情があっても、俺も、君も、こんなところにいる時点でおかしいんだよ。だから男性器が蛇のように見えた。人を襲い、臓腑《ぞうふ》を食い破る蛇だ。

喉元を押さえつけられて息が詰まった。男は希彦の薄い胸を吸っている。耳鳴りがして、男の声以外何も聞こえない。もうこの世界には二人しかいないのだ。

「さ、もう、諦めなよ」

「嫌だ」

蛇を拒絶したのではない。

天井の鏡に女が映っている。男に組み敷かれ、涙を流して悦んでいるあの女がいる。

希彦が嫌だ、と言うと、女の口もいやだ、と動く。

黒い髪が波打って、男の顔を飲み込んでいるように見える。

ああ、あなたは林檎を食べた、食べた
女の口は奇妙に吊り上がっている。鏡の向こうで、黒い獣のような男が腰を振っている。女は、その動きに合わせてがたがたと揺れた。

男の肩に持ち上げられた白い太腿が撓《たわ》んでいる。

嫌だ、嫌だ、嫌だ。

必死に叫んでも希彦の声は女の嬌声に置き換わる。

血を食べなさい
女は口を開けた。どこまでも深い洞窟で、希彦はとうとう一人になってしまった。

「いや……」

男は希彦の中で果てた。もう希彦の口から希彦の声が出ることはない。

男はぜえぜえと荒く呼吸をしながら仰向けになった。鏡の中で黒く光るのは希彦の瞳だった。

その後、風呂場と、窓際と、ガラスのテーブルの上で、男は希彦に種を吐き出した。男も、なぜここまで昂《たかぶ》るのか分からなかった。背中も腰もびりびりと痛み、心拍数は限界まで上がり、意識は空に投げ出されそうだった。しかし、希彦の顔を見ると、どうしても中に押し入らずにはいられなくなる。希彦は叫ぶのをやめて、口を閉じて男をじっと見ていた。希彦の中はぬるく柔らかで、獣に生きたまま食われているようだった。

ついに限界を迎えた男が倒れこむと、希彦は体を起こして男の顔を覗き込んだ。

「勘弁、してくれ、もう、無理だよ」

男は片腕だけ上げて、ソファーを指さした。

「そこに、金が、入ってるからっ」

希彦はゆっくりと男の指さす方に顔を向け、またゆっくりと視線を戻す。

「一つお願いがあるんです」

男の喉が鳴った。つい数時間前まで哀れだった少年は、あまりにも恐ろしい顔をしていた。

「写真を撮らなくちゃいけないんです」

白石　瞳①

白石瞳は女性警察官だ。
正しい女性だ。

1

第一報を聞いた時、本当に悲しかった。涙を流さないように体の別のところに力を入れたから、手のひらに深く爪の跡がついてしまった。

でも、心のどこかで、やっぱりな、と思ってしまう自分もいた。

坂本さん——坂本美羽が殺された、という知らせが届いたのは、仮眠を終えた直後だった。無差別連続殺人事件のせいで、とにかく資料を作るのが忙しく、ろくに休憩もとらずに仕事をしていた。そんな中、坂本さんから連絡があった。様子がおかしかった。そもそも取り調べを終えて警察署を離れ、十分もしないのに電話をかけてきたのも奇妙だった。泣いているのか笑っているのか分からなかったが、声が震えていて、それなのに異様にテンションが高かったのだ。内容も全く意味不明だった。もしかして、熟練の先輩方なら、薬物の使用を疑うかもしれない。すぐにでも駆けつけたかったがどうしても外せない用事、つまり、この一連の事件の合同会議があるため、それができなかった。

これはきっと、私の一生の後悔になる。

坂本さんは、一連の事件の重要参考人だった。

無差別連続殺人事件は、その名の通り、無差別に人が死ぬ。

被害者たちには、ごく一部を除いて明確な共通点が未だ見当たらず、また、被害者同士の行動範囲も被らない。最初は被害者たちの遺体が都内で見付かったため「都内」無差別連続殺人事件、という事件名で呼ばれていたが、今や日本中、どこでも人が死ぬ。殺害現場は全くのランダムだ。

殺害方法は残酷なもので、刃物で刺すとか首を絞めるとかそういった手法ではない。

どうやったのか分からない。

皮を剝《は》がれていたり、内臓だけぶちまけていたり、一番ひどいものは、体の内と外がひっくり返って、不気味な色の肉塊になったりしていた。

こんなことができる人間がいると思えない。凶器も分からない。

何一つ分からない中で、坂本さんは一筋の光明だった。

坂本さんはごく一部の、被害者同士の共通点になる女性のひとりだった。

坂本さんはかなりの短期間でご両親と、弟と、交際相手と、その交際相手の浮気相手を亡くしていた。しかも、身内が立て続けに亡くなる少し前には、取材という名目で別の被害者・相沢未来さんと一緒にいた。相沢さんは、彼女といる時に亡くなっている。全員、惨《むご》たらしい方法で殺されていて、間違いなく一連の事件と同一犯だと認定された。

坂本さん本人が実行犯とは思えない。坂本さんは中肉中背の女性で、単独でそんなことができるとは思えない。もしかして坂本さんは誰かに被害者たちの殺しを依頼したのではないか、という方向で捜査を進めていた。

事情聴取のときも、彼女は落ち着き払っていた。供述に嘘は見られない。捜査の結果、彼女の行動パターンにも不審な点はなかった。しかし、落ち着き払っていることこそが、何よりも不自然だった。

彼女は都内の小さな出版社でライターをやっている、と言った。

彼女の供述どおりルナ出版という会社は存在したが、連絡したところ、

「記事も上げないで逃げやがったんですよ、アイツ」

電話に出ただみ声の男はそんなふうに言った。そして、グフグフと笑いながら、

「アイツなんかしたんですか。犯罪ですか？　アイツ、暗くて、キレるとナイフ振り回す奴みたいですよね。なんかしそうだと思ってたんだ。刑事さん、何か分かったらウチに真っ先に教えて下さいよ」

そんなことを言った。失礼ながら、坂本さんが表現した通りの「ゴミみたいな底辺の会社」に偽りはなさそうだ、と感じたものだ。

森田と名乗ったその男にいくつか彼女の書いた記事も送ってもらったが、よく分からないダイエット法の記事や、怪しい健康食品の使用レポートなどで、特に彼女のパーソナリティーなどが分かるものではなく、何の参考にもならなかった。

被疑者と担当刑事、それだけの間柄だった私と坂本さんが友人のような関係になったのは、全く別の事件による副産物だ。

夜トレーニングのため寮の周辺を走っていたら、男が怒鳴るような声が聞こえた。何事かと見に行くと、大柄な男が坂本さんを襲っていた。

とにかく無我夢中で男を制圧した。こちらも無事では済まなかったが、取り返しのつかないことになる前に助けられて本当に良かった。

坂本さんは、すっかり抵抗を諦めているようだったから。

この一件で、坂本さんは私にひどく感謝しているようだった。

明らかに捜査が目的だと分かっているだろうに、私が食事に誘ったら了承してくれた。

彼女は私の話を聞きたいと言った。私はお世辞にも育ちが良いとは言えず、地元にいたころの話をすると不幸自慢にしかならない。それでも、彼女が心を開き、何か事件について話してくれるかもしれないと思って、正直に話した。

彼女は私の不幸自慢、ことに虐待を受けていた話を何度も聞きたがった。どうしてそんなに同じ話を聞きたいんですか、と尋ねると、虐待を受けた過去のある女性がどのように乗り越えたかというテーマで記事を書きたいのだ、と言った。彼女はライターをしていて、普段はそのようなテーマは扱わないが、そろそろちゃんとした、世間に胸を張れるような仕事がしたいのだと言った。取材の謝礼として、食事代は持つし、わずかな心づけも用意すると言う。そのようなものを受け取るのは職業上許されてはいないし、そこまでしてもらう理由がない、と断るが、何度も頼み込んできた。彼女の話に明確な嘘はないが、恐らく、本当の目的は別にあると感じた。彼女もきっと、両親や、その他の人間に踏みつけにされた経験のある人間だ。

私が話している間じっと見つめる表情で、なんとなく分かってしまった。

同じような経験をした人の話を聞くことで心が癒《いや》されることがある、というのはよく聞く話だ。きっと彼女は私と違って、うまく折り合いを付けられていなかったと思う。

私ばかりが話していたわけではない。

しばらくすると、坂本さんもぽつりぽつりと自分の話をするようになった。

家族のことは「弟と仲が悪い」という話しかしなかったが、被害者になった交際相手の話はしてくれた。自分のようなクズには過ぎた優しい男だと言った。

「でも、浮気されたんですよね？」

そう聞くと、坂本さんは口の端っこだけ吊り上げて笑った。

「そりゃあ、私なんかと付き合ってたら、浮気くらいしますよ」

彼女はしばらくその表情を崩さなかった。

それだけではない。彼女は本当に、自己肯定感の低い人だった。

下品な言い方だが、彼女は「巨乳」という部類に入るだろう。顔の印象は薄いが、メイクやファッションを綺麗に整えていて、異性に好感を持たれるタイプだな、と思った。

頭だって悪くない。彼女の話す「世界の珍事件」や「本当にあった不思議な話」は面白かった。「ネットで仕入れた」と言っていたが、それにしたって頭の悪い人だったら話術だけで人を楽しませたりするのは難しいと思う。

それに、彼女はネットで小説を公開していると言っていた。私は文章なんて書類の作成と、学生時代の作文くらいしか書いたことがない。

しかし、彼女は自分を「高卒でなんの才能もないブスのバカ」だと言った。胸が苦しくなった。きっと、それは彼女を虐《しいた》げてきた人たちが、彼女にぶつけてきた言葉だ。

私も親に、「ブス」「バカ」「ブタ」「ゴミ」などと言われて育った。しかし私には弟がいた。小さいころ弟は、私のことを「世界一可愛い」「世界一かっこいい」と言ってくれた。それ以外にも、今まで出会った人たちが、親からぶつけられた呪いのような言葉を否定してくれた。きっと運が良かったのだ。坂本さんには残念ながら、そういう人たちがいなかったということだ。

彼女が自分のことを話すようになってから、私は彼女のことを友達か、もっと近しい存在だと感じるようになった。

同じ体験をした人の話を聞くと癒されるのは私も同じだった。

いつしか捜査のことなど完全に頭から抜けていた。坂本さんは事件に一番関係のある人のはずなのに、何故《なぜ》か私は事件のことで疲弊《ひへい》した心を彼女に癒されていた。

『白石さん、ありがとねえ』

最後の電話で彼女はそう言った。

『お礼を、しますね』

そのあとは何度かけても、彼女が電話に出ることはなかった。その代わり、メッセージアプリに、一枚の画像が送られてきた。

見覚えのある住所。たしか、彼女が通っていた手芸クラブだ。

ペアの嘉納さんと一緒に彼女を監視していたとき、彼女が頻繁に立ち寄った場所で、彼女に聞くと「手芸クラブです」と短く言った。私もストレス解消にあみぐるみを作るのが好きだから、純粋に興味もあって「私も参加していいですか」と言ってみたことがある。彼女が嫌そうな顔をしたのですぐに発言を取り消した。自分の憩《いこ》いの場所に他人が土足で上がりこんできたら誰だって嫌だろう、と反省した。それ以上の追及は避けたが、嘉納さんに「あの態度はどう考えても不自然だろう」「あの場所に何かあるかもしれない」などと言われてしまった。

その後も何回か嘉納さんと共に近くを巡回した。しかし、本当に手芸教室をやっている、ということ以外何も分からなかった。カルチャーセンターのような役割をしていて、近所の人も手芸だけでなく料理を習ったりなど、比較的自由に立ち入っていて、怪しいところはなさそうだった。ネットには教室の口コミが載っているだけだ。

その住所の下に地図があり、彼女らしい丁寧な文字で「とらすの会」と書き込んであった。

私は彼女に電話をかけるのを諦めて、「とらすの会」をネットで検索した。何も引っかからなかった。そもそも、あの場所にはまさに「カルチャーセンター」という表札がかかっていて、ネットにも「カルチャーセンター」で登録されている。「とらすの会」などという名前ではない。

合同会議を終え、仮眠を取り、次に目覚めたとき彼女は亡くなっていた。

路上で倒れているところを、巡回中の警察官が発見したのだ。

目立った外傷もないのに、全身に血液が付着している——そんな報告だった。

坂本さんの顔が思い浮かぶ。少し暗い、柔らかな笑顔。

坂本さんの遺体なんて見たくなかった。でもきっと、すぐに会議で、私だけではなく、捜査員全員に共有される。

「おい、大丈夫か」

後ろから軽く小突かれる。嘉納さんだ。

「めちゃくちゃな顔してるぞ」

嘉納さんは特徴的な――と言っても警察官をやっているとどうもこういう目つきが普通になるらしい――奥二重の目をぎょろりと動かして私を見つめた。

彼は去年生活安全課から異動してきた人で、実は刑事課の仕事では私の方が先輩ということになる。たしか三十二歳で大卒なので、純粋に警察官として働いている年数もあまり変わらない。しかし、ペアを組んでいると、必ず「新米警察官の面倒を見ている男性警察官」のように扱われるのが、納得がいかない。実際問題彼の方が職務に関してもずっと「デキる」男だから、仕方のないことなのかもしれない。

生活安全課、しかもストーカー対策室にいたからか、厳《いか》つい見た目に反して女性から話を聞くのが抜群にうまく、書類の作成も完璧だ。

それに、このように気遣ってくれる優しさもある。

警察組織は恐ろしく体育会系で、仕事中は男も女もない。にもかかわらず、少しでも調子を崩すと「これだから女は駄目だ」というようなことを言う時代錯誤な人間も少なくない。

嘉納さんのように親切な人間は珍しかった。

「ありがとうございます」

「だからやめろって言ったのによ」

嘉納さんは「被疑者と仲良くなるな」と私に何度も忠告した。

他にもそうやって捜査している人がいる、と言い返しても、白石はそういうタイプじゃない、と言われてしまった。

彼の言った通りだった。

私は坂本さんを「被疑者」と思えなくなっていた。それどころか、とても親しい友人のように思っている。彼女の死は悲しい。とても冷静ではいられない。

「外れるか？」

「やめてください！」

私は全身を使って拒否を示した。

こんなことになって、なおさら捜査から外れたくない。

「分かった。でも、無理すんなよ。っていうか、無理だと判断したら、課長に報告するからな」

「はい……」

行くぞ、と促されて、のろのろとついていく。

最も事件の真相に近い人物と思われていた坂本美羽が殺されたことで、また会議が開かれるのだ。

私はスマートフォンを握り締めた。

『お礼を、しますね』

お礼とは、きっとこの画像のことだ。

私の推理は外れていなかった。

一連の殺人は坂本さんが手を汚したわけではなく、実行犯が別にいる。その人物は途中まで坂本さんと協力関係にあったが、何かがきっかけで坂本さんは裏切られ、殺された。

私はあの電話の時、うっすらと、彼女が殺されることが分かっていたように思う。

しかし、後悔しても仕方ない。

彼女は最後に、この場所に「とらすの会」という謎の団体がいて、それが実行犯グループであると教えてくれたのではないか。

「仇討ち、みたいには考えるなよ」

私の心を読んだかのように嘉納さんが言った。

私は頷いた。しかし、これは仇討ちだ。

2

「おい、それやめろ」

嘉納さんに手を摑まれる。指先が痛い。見ると、中指の爪がぐらぐらと浮いていた。そこから血が滲《にじ》んでいる。無意識に、机の端を何度も引っ掻《か》いてしまっていたのだ。

「だって……おかしいじゃないですか」

私は会議で、真っ先に手を挙げた。重要な手掛かりを見付けたのだと。この会を調べれば、絶対に実行犯にたどり着くと。

しかし、結果は違った。

「なんの根拠があるんだ？」

白髪交じりで体格のいい警察官は半笑いで言った。

「ガールズトークで何聞き出したか知らないけど、マルヒの言うこと丸ッと信じるなんて、お前何年目だ？」

信じようが信じまいが、何か関係があると考えて捜査するのが当たり前ではないのか。そういうふうに主張しても、何故かその警察官だけではなく、ほとんどの人間が私の意見を黙殺した。

スライドに、坂本さんの遺体が大写しになっていた。

口から全身に向かって赤黒い血が飛び散っていて、目が充血している。表情は、今までに見たこともないくらい歪《ゆが》んでいて、そのまま固まっていた。

あんな坂本さんを見たくなかった。見られたくなかった。

本当の彼女は、もっとはにかんだように笑う女性だ。魅力のある女性だ。

会議は、坂本さんの死が他殺であること、そして、恐らく一連の事件の同一犯による犯行で、模倣犯の可能性は低いこと、それだけを通達されて終わった。何の意味もない会議だった。

「おかしいとは、思わないんですか」

嘉納さんは大きく溜息《ためいき》を吐き、ゆっくりと私の正面に腰かけた。

「おかしいな」

そう言って目を閉じる。

「どう考えてもおかしい。つうか、今回のことだけじゃねえな。ずっとおかしいよ。気付いてるか？　この事件が始まってからしばらく経つのに、誰も真剣に犯人を追い詰めようって気がないように見える。見えるじゃねえな。実際にそうだ。あいつらが気にしてるのは『模倣犯』と『同一犯』の区別だけだ」

「あいつらって、その……」

「白石に女がどうこうってごちゃごちゃ言った安西《あんざい》警部もそうだな。つうか、バカにすんなって言い返せよな」

すみません、と謝りながら嘉納さんの言ったことを反芻《はんすう》する。その通りだった。私もそこがずっと引っかかっていた。

合同捜査なのに、一番強い関与が疑われる坂本さんにだって、真剣に取り調べをしていたのは私と嘉納さんだけだったような気もする。何の追加情報も齎《もたら》されないなんてことあるのだろうか。

坂本さん以外にも、被害者同士の共通点からたどり着いた人物は何人かいるらしいが、その情報も捜査員全員に共有されていないようなありさまだ。

「今回で確信したな。もう既に真犯人に目星はついてるけど、調べられない。これ以上調べてたどり着いちゃいけない。そういう奴らなんだろう。何かあるな。俺たち下っ端には知らされてない何かが」

「そんな、ドラマみたいな……」

「はあ？　ドラマよりヤベえことが毎日起こってんだろうが」

私は頷くしかなかった。

ふいに机が振動する。私のスマートフォンではない。

嘉納さんの骨ばった手が伸びてきて、手と同じく頑強なデザインのスマートフォンを摑んだ。

「はい、嘉納です。はい、はい……」

嘉納さんは電話を切ってから、また溜息を吐いた。

「菅原《すがわら》さん、覚えてるか？　彼女が、俺に会いたいんだってさ。会えなきゃ死ぬって」

菅原さん。六十代の一人暮らしの女性で、金品買い取り業者が強引に家に上がり込んできたと通報してきた。そのとき対応した嘉納さんを気に入ったらしく、以来、ことあるごとに嘉納さんを指名してくる。警察はそのような目的で利用するものではないと何度言っても嘉納君を出せ、嘉納君を出せとせがんでくるので、ほとほと手を焼いていた。

「じゃあ行ってくるから。白石は来るなよ」

「どうして」

嘉納さんは机の上に、どこから取り出したのか、缶ジュースを置いた。

「そんな状態じゃ何もできないだろ。帰って休め」

「『とらすの会』のことはっ」

「だから、それも休んでからだよ。俺も探っとくから」

じゃあな、と言って嘉納さんは出て行く。今の私には彼の後を追う根性がなかった。

この缶ジュースはこの世の甘さを全て煮詰めたような味をしていて、署内では大人気だ。糖分を取ると疲れが取れる。貴重な一本を譲ってくれたことを含め、嘉納さんには感謝しかない。

一人でも理解者がいると思うと嬉《うれ》しい。

私はもう一度坂本さんから送られてきた画像を眺めた。

とらすとは、一体なんなのだろう。全く聞いたことのない単語だ。

ネットで検索してみても、さっぱり分からない「トラス」という建材の解説が出て来るだけだ。

「やっぱり一度行ってみるしかないか」

「やめた方がいいぞぉ」

体が硬直し、椅子から転げ落ちそうになる。

突然背後から、声をかけられた。

振り向くと、高木《たかぎ》幸次郎《こうじろう》が立っていた。

「良くないことが起こるぞぉ」

高木は口を歪《いびつ》に吊り上げて、にやにやと笑った。

背筋に悪寒が走るような不気味な笑顔に思わず身震いする。ただいるだけの人間にそんなふうに感じてはいけないとは思うが、事実高木はこの気味の悪さから、女性からだけではなく男性からも煙たがられていた。

高木は、事務職の警察官だ。

十年前までは私と同じように、強行犯係で働いていたそうだ。とある事件を捜査している最中に負った足の怪我のせいで満足に走れなくなり、事務職に異動になったらしい。確かにいつも足を引き摺《ず》っていて、ずっぺた、ずっぺた、という独特な足音で歩き回っている。その音が聞こえると、皆高木の風体を思い出して、少し顔を顰《しか》めるのだった。

考え事をしていたせいだろうか、あの特徴的な足音が全く聞こえなかった。

私は笑顔を作って立ち上がる。

「すみません、片付けの邪魔ですよね、今、どきますから」

「そんな話してねえよぉ。とらすに行くなっつってんだよぉ」

ぎょっとして高木の顔を見る。にやついた口元からは何も読み取れない。

「とらすなんか調べるのもいけねえや。やめとけよぉ」

ずっぺた。

ずっぺた。

高木は歌うように言ってから、ドアに歩いていってしまう。

「待って、待って、ください」

私は慌てて、高木の肩を摑む。

「とらす、知ってるんですか？」

高木はじっと私を見つめた。笑みが消えている。

「知ってるよ」

「教えてください！」

私は指に力を込めた。

「と、友達が、殺されて……」

「俺もだよ」

静かな声だった。

手入れしていない眉がひくひくと動く。

高木はしばらく無言で立っていたが、やがてまた、前に向き直って歩いていこうとする。

「待ってください！」

「知らない方がいいよぉ」

「どうして！　お願いします！　お願いだから」

手のひらを口に強く押し当てられる。煙草《たばこ》のきつい臭いが鼻腔《びくう》に流れ込んでくる。

「静かにした方がいいんじゃないのかな？」

高木がドアノブをひねりながら言った。

「ビービーわめいたら目立つんじゃないかな？　静かについて来ればいいんじゃないかな？」

ずっぺた。

ずっぺた。

幸い廊下には誰もいなかった。

私は速足で高木の後を追った。


高木が向かったのは、資料室だった。事件資料は基本的にデータ化されているが、ずっと前のものや、データ化が難しいものなどはここに集められている。

「ここに何かあるんですか？」

高木は私の質問を完全に無視して、棚を動かし、段ボールの中に入っていた小さな鍵の束を取り出した。

そしてもう用はないとでも言わんばかりに段ボールを蹴り戻し、電気を消してさっさと出て行ってしまう。足が悪いとは思えない機敏な動きだった。

高木はエレベーターで地下二階を押した。降りてすぐの男子トイレ――汚くて誰も使いたがらないそのトイレの用具棚に鍵を差し入れる。ぎーっという耳障りな音がして扉が開いた。老舗《しにせ》デパートの紙袋がボトリと落ちた。今では別のデザインにリニューアルされたから、少なめに見積もっても七年以上前の紙袋だ。

高木は無言のまま紙袋を拾い上げ、鍵を閉め、またエレベーターに乗り込んだ。

彼の前には何もないのに、何か見ているような目が怖かった。

そして私たちは、取調室に入った。私が札を「使用中」に切り替えると、ようやく高木は口を開いた。

「一つ約束しろ。いや、これを読んだら約束なんぞしなくても行く気にはならないだろうが——絶対にとらすには行くな」

「嫌です」

私は彼の言葉を遮《さえぎ》って言った。

「私は解決したいから話を聞きたいんです。それなのに、行くななんて、約束できるわけがない」

高木は普段の粘着質な目線とは違う、刺すような目で睨《にら》んでくる。腰を曲げ、片足を引き摺って歩いているから分からなかったが、間近で見ると身長は私の倍以上あるように見える。恐ろしい。でも、私は目を逸《そ》らさなかった。

「まあ、いいか」

ややあって、高木は目線を外した。

「友情なんか、恐怖の前では消えちまうもんなんだよ」

「そんなこと」

ないです、と言う前に、高木は紙袋からクリップ止めされた分厚い紙束を取り出した。

「これはな、ある少年に関する、長い長い、長い記録。そのコピーだよ。記録者はもう、死んでしまったけどな」

「はあ……」

私はおそるおそる手を伸ばして、資料を自分の方へ引き寄せた。

「他にも色々、まとめてある。全部読め。一字一句、漏らすなよ」

高木の顔は真剣だった。

私は一枚目をめくった。

＊＊＊

一月五日
悪友の伊藤正彦《いとうまさひこ》から久々に連絡があった。

若いころはしょっちゅう一緒に遊んでいた、日焼けの似合うスポーツマンタイプの男だ。

私がシュルーズベリーに住むようになってからは少し疎遠になっていたものの、こうして連絡が来ると心が弾むものである。

しかも、嬉しいプレゼントがある、などと言う。

よくよく話を聞いてみると、なんと、男の赤ん坊だという。

一瞬で犯罪の可能性が頭を過《よぎ》り、厳しい口調で問い質したが、どうも犯罪の線は薄いようだ。

私は少し反省した。

そもそも伊藤正彦という男は同時に何人もの女性と関係を持ちながら、交際も結婚もしないと堂々と言ってのけるような「女の敵」ではあったが、基本的には明るく親切で、憎めない男だった。獣医師国家試験にも合格し、実家の動物病院で働いているようだが、評判も上々のようだ。犯罪に手を染める理由がないではないか。

男の赤ん坊の名前は「まれひこ」と言って、みなしごらしい。

なぜみなしごだというのに名前が分かるのか？　どういった経緯でみなしごになったのか？　正彦がどうして赤ん坊を預かっているのか？

疑問は尽きない。しかし、全ては会ってからだ。

正彦は細かいところに気を回す男だから、私たちが子供ができず、長いこと苦しんでいたことも知っているのかもしれない。

一月八日

オハイオ州の空港近くの宿に一泊してから、正彦と落ち合う。

正彦は全く変わっていなかった。

容貌《ようぼう》も、態度も、七年ぶりとは思えない。つい昨日会ったばかりのようだった。

「佳代子《かよこ》さん、やっぱりいい女だな、通泰《みちやす》なんかと結婚して後悔してない？」

そんなふうに妻に声をかけ、笑わせる。正彦は生粋の女たらしだ。

ところで、例の赤ん坊は、と尋ねると、正彦はついてこいと言って、大型の自動車を指さした。

全く説明もなく車に乗せられても不審に思わなかった。私も佳代子も正彦のことを信頼しているからだ。

車中では思い出話に花が咲いた。

そのようにして数時間揺られていると、いつの間にか近代的な建物は姿を消し、白く輝く雪原が視界に飛び込んできた。

正彦は秋になるとわざわざ、オハイオ州を訪れて、鹿狩りを楽しむのだという。

赤ん坊の「まれひこ」は今、狩猟関係で知り合った正彦の友人の家に保護されている状態だとか。アメリカの養子縁組制度については詳しくないが、一体そのあたりはどのようになっているのだろう。これは人身売買、には該当しないだろうか。

車はどんどん奥へ進んでいき、やがて一軒の民家に到着した。

家の前には数人の男たちに交じって、簡素な服を着た年配の女性が立っている。目を凝らすと、女性はなにかを抱えている。赤ん坊のようだ。

我々が車から降りるとすぐ、ものものしい空気を出して取り囲んでくる。

私はコックニー等の訛《なま》りもほぼ聴き取ることができる程度には英語に馴染んでいるが、彼らの英語は中西部訛りとも違う、独特の色を持っていてうまく聴き取れない。

とにかく赤ん坊を預かってほしいと切に訴えている、それだけは分かった。

正彦もかなり困惑しているようで、何事か聞き出そうとするが、うまくいかなかったようだ。

赤ん坊がいる空間というのは、多くの場合慈愛や幸福に満ち溢《あふ》れているものだが、ここにそういうものは一切感じられなかった。ただ寒々しい疎外感ばかりが全身に刺さる。

佳代子の方を振り返ると、救いを求めるように私に手を伸ばしてきた。私はその手を握り返したが、温かくなることはなかった。

大判の封筒と赤ん坊を投げるように押し付けられ、我々は追い立てられるような形でその場を後にした。バックミラーに人々が映っている。憎しみとは違う、恐怖が彼らの顔に一様に浮かんでいた。

一月九日

封筒にはまれひこが発見された当時の写真や、恐らく今後戸籍を取得する裁判等で必要になる書類などが入っていた。準備の良いことだ。

肝心のまれひこだが、とても愛らしい赤ん坊だ。

恐らく大きさから考えて四、五か月といったところだろう。背を床につけたまま、動き回ったりする。

大きな目で私たちを見上げ、にこにこと笑っている様子は、この世の中にこれほど可愛い生き物がいるものか、と感動する。

「ねえあなた、この子って世界一可愛いんじゃないかしら」

妻がそう言う。私も頷くが、私たちはこんなに容易《たやす》く「親馬鹿」という状態に陥ってしまうのだと思うと笑えてくる。

正彦はあのあと、何度も何度も「ごめんな」と言った。

謝る必要はない、と言うと、

「村に捨て子が出て、それが日本人のようだから引き取ってくれと言われたが、どうももっと複雑な事情があるみたいだな」

正彦はそう言った。

確かにまれひこは、黒目黒髪で、肌がきめ細かく、日本人およびモンゴロイド全般の特徴を持っていると言われれば持っている。しかし、顔立ちそのものは典型的な日本人の形質とは大きく異なる。

かといって、コーカソイドのように尖った鷲鼻《わしばな》や、高い頬、深い眼窩《がんか》などを持っているわけでもないし、ネグロイドのように長頭で、幅広い鼻や、分厚い唇を持っているわけでもない。

一体この子はどの人種に分類されるのだろうか。

複雑な事情とは何か。そう尋ねると、正彦もよく分からないのだと言う。

分かっているのはこの子の母親が死亡しており、死亡する寸前に「まれひこ」と名前だけを伝えたらしい、ということだけなのだ。村人たちは正彦の名前に似ているその響きから「この子供は日本人である」と判断した、ということらしいが、全く話の筋が通っておらず、意味不明だ。

なぜ無責任にそんな子供を預かったのか、と謝る必要はないと言ったにもかかわらず責めてしまった。しかし、正彦は困っている人間を無下にできない質《たち》だ。仕方のないことだ。

どうあれ、このように各種書類も受け取ってしまったことだし、まれひこは私たちの子供になるだろう。確かに「まれひこ」というのは日本人の名前だ。「希彦」という漢字を宛てよう、と佳代子と話す。

五月七日

自宅に戻ってからの日々は忙しく、日記をつけるのも相当久しぶりだ。

大学病院に勤めていたころ、患者のひとりがホモセクシュアルの男性で、パートナーの男性と結婚ができないため、養子縁組を結んで夫婦のような形で暮らしている、と聞いたことがあった。彼はそんなに難しいことではない、と言っていたから、私も軽く考えていたのだが、どうも外国人（希彦は外国人ということになる）を養子にする場合は勝手が違うようなのだ。

さらに希彦は出生届が出されていなかった。一体あの村人たちはどういう神経をしているのか、と今更ながら思った。

諸々の手続きでこのことは足枷となり、度々犯罪を疑われたが、村人に押し付けられた覚書きや正彦の証言などが役に立った。アメリカの州警察まで話がいったそうで、私たちは時間的にも経済的にも大変な苦労を強いられた。

私たち夫婦の国籍は日本であるため、日本の裁判所に希彦との養子縁組の許可を申請した。これに関しては、戦災孤児などの海外養子縁組の斡旋《あつせん》をしている業者がいたため、思ったほど手間はかからなかった。

希彦が「川島希彦」になるころには、彼は二本の足で歩き、食器を使って食事をし、日本語と英語の両方で上手におしゃべりをするようになっていた。

このような苦労が帳消しになるくらい、希彦は可愛い。

希彦には親として、できる限りのことをしてあげたい。

九月八日
希彦は泣いたり、駄々をこねたりするということがない。いつもにこにこと笑顔を浮かべている。

食べ物の好き嫌いもないようで、なんでもよく食べる。

先週から、デイ・ナーサリーという、日本でいうところの保育園のような施設に通わせている。妻もそろそろ仕事に復帰したいと言っているし、何より、私たちだけではなく同い年の子供と接した方が希彦の発達に良いだろうから。

希彦をデイ・ナーサリーに連れて行くと、私たちが「親馬鹿」ではないことが証明されてしまった。

どういうことかというと、どうも希彦は、本当に世界一可愛い子供であるかもしれないということだ。

以前から希彦を連れて外出すると、道行く人々が振り返り、可愛い子供だ、と誉めそやした。

しかし、デイ・ナーサリーでの反応は殊更激しかった。

希彦を地面に降ろした時、それまで親子で賑《にぎ》わっていたナーサリーが静まり返ってしまった。

"I couldn't be happier."

年配の女性がぽつりと呟いたのを皮切りに、希彦はわっと取り囲まれてしまった。

I've never seen such a beautiful kid as you before だとか、そういった言葉があちこちから聞こえてくる。

イギリスでは、私たちが明らかに外国人であるためか、差別はされないまでも、患者以外からはやや敬遠されることも多く、ここまで親し気に人に接してもらったのは初めてで、大変困惑した。大勢の人間に囲まれた希彦もきっと同じで、泣き出してしまうかもしれないと思ったが、彼はいつもどおりにこにこと笑っていた。

そして、私も客観的に、ある意味悍《おぞ》ましいとすら言える熱狂ぶりを見て、本当に希彦は美しい子供だということが分かった。

希彦のおかげでクリニックの患者も増え、親しい人間も増えた。

希彦の可愛さ、美しさは人種を超越したものであり、超越した美しさは平和を齎すのかもしれない。

そのようなことを妻に伝えると、

「見た目が綺麗だから嬉しいの？　たとえ一般的には綺麗でなくても、希彦は世界一可愛いわよ」

そうきつい口調で窘《たしな》められて反省した。妻の言う通りだ。

ただ希彦が健やかに過ごしていることが嬉しい。

十月十二日
デイ・ナーサリーに通わせたのは正解だった。

希彦はどんどん語彙《ごい》が増えていく。現地の人間と話しているためか、英語の発音は長年学習してきた私よりも圧倒的に素晴らしい。

希彦が今日あったことを報告する。それが毎日の何よりの楽しみだ。

安くない費用を払って通わせているだけあって、ここのナーサリーは幼少期の教育にも力を入れている。

ここで学べば、希望のレセプションクラス（小学校に付属する施設。イギリスでは小学校に入学するために通わなくてはいけない）に行くことができるらしい。

希彦にピアノを買い与えてみた。基本を教えると、小さな一本指でメヌエットを演奏する。これには、私より妻が大喜びした。挫折してしまったが、昔ピアニストを目指していたのだという。

私はピアノよりも、希彦の言語習得能力に驚いている。

希彦は聞きなれない単語を話すことが増えた。恐らく、響きからしてラテン語だろうか。大昔にほんの少し齧《かじ》ったこともあるが、一切憶えていない。いくつかの言語を学ばせるとナーサリーの紹介に書いてあったが、まさかここまでとは。

日本語と英語両方を日常的に聞かせていることが良かったのだろうか。

それとも、このナーサリーのような施設に通わせれば、皆この程度にはなるのだろうか？

顔が飛びぬけて美しい上に天才だ、とナーサリーの職員が褒めそやす。私は内心大きく頷きながら、そちらの教育が優れているのです、ありがとうございます、と言った。

妻の正しい言葉が常に頭に浮かぶ。

美しくなくても、天才でなくても、希彦は私たちの世界一大切な子供だ。

十月十四日
ナーサリーではラテン語など教えていないらしい。

十月三十日
正彦から連絡があった。

話したいことがあるから、泊めてくれという連絡だった。

最後に会ったのはちょうど裁判所の養子縁組許可の審判が終わったときだっただろうか。

私は何度も断ったが、養子縁組のためにかかった諸々の費用は自分が持つと言って譲らなかった。押し問答の末、折半することになった。

希彦を見て、「こりゃあ女泣かせになるぞ」と言って頭を撫でていた。どの口がそれを言うのか、と私は笑った。

懐かしい記憶だ。

久しぶりに希彦を見たらあまりの成長ぶりに腰を抜かすかもしれない。

希彦は、最近ますます、恐ろしくなるほどに、その才能を発揮している。

同じ月齢の子供と比較してみても、ここまで意味の通った言葉を話す子供は見当たらない。

ナーサリーの職員は口々にギフテッド、つまり生まれつきIQなどが高い子供のための専門的な学校に通わせることを検討したほうがいいという。

希彦は同じ年の子供たちとではなく、どうも職員とばかり話しているようなのだ。私も妻も、同い年の子供と話しなさい、とはとても言えない。

彼は明らかに抜きん出ている。

十一月二十一日
正彦はお父上の容体が悪く、こちらに来るのはしばらく後になりそうだという。

正彦のお父上には何度も遊びに連れて行ってもらったことがある。正彦に似た遊び人ふうの風体をしていて、快活な人だった。記憶の中の姿が病気とは結びつかないだけに、とても心配だ。

妻の料理教室はなかなかうまくいっているようで、嬉しい。

今イギリスではセレブリティを中心にZENが流行している。本来の禅は仏教用語であり、心が動揺することのなくなった状態を指すが、こちらで流行しているZENはヨーガや穀物食等、体に良さそうなことをする精神論のようなものになっている。

その流行と、佳代子の和食中心の料理教室がぴったりと合致したのだ。

さらに、教室に来る生徒の中には、希彦の噂を聞きつけてくる人もあった。希彦は美しく天才的で、希彦のような天才児になるためには育て方に秘訣があるのではないか、と思ったようだ。

しかし天地神明に誓って私たちは何もしていない。希彦は何もしなくても、あらゆることから知識を吸収している。

ナーサリーの職員が見繕《みつくろ》ってきたギフテッド専用の教育機関のパンフレットを眺める。費用は高いが、真剣に検討すべきなのかもしれない。

十一月三十日

希彦、初めての喧嘩?

デイ・ナーサリーのお友達(希彦にとってはそうでないかもしれない)に玩具をぶつけてしまったのだとか。

謝罪しに行こうとしたが、その子供の親はあまり気にしていないので、何もする必要はないとのこと。

十二月十七日
妻の妹、十和子《とわこ》が遊びに来る。

妻と違って華美な出で立ちの女性で、デパートの販売員をしている。

家に上がって妻の顔を見るなり、

「嫌だ、姉さん、どうしちゃったの！」

と悲鳴を上げた。

私も妻もどういう意味か測りかねていると、十和子は目を吊り上げて私を睨みつけた。

「姉さんをいじめているんじゃないの？　姉さん、家に帰りましょう、こんなにぼろぼろになるまで働かせるなんて、絶対に許さないわよ」

強い口調で私に向かって吠え立てる十和子を妻が宥《なだ》めすかした。

どうにか落ち着かせて話を聞くと、要は、妻が尋常ではなく窶《やつ》れ、疲れ果てているように見えるということだった。

確かに妻はぽっちゃりとした丸顔の可愛い女性だったから、今の姿を見れば驚くのも無理はない。

子育て、というものの過酷さからだろうか、希彦と暮らすようになってから、確かに妻はかなり痩《や》せた。

しかし、本人の食べる量が減ったということはない。

私も心配して「きちんと食べているのか」「生活費が足りないのではないか」と聞いても、

そんなことはないと言う。体調も崩したりはしていないらしいから、そのままにしておいたのだが、しばらく会っていない人間から見るとここまで心配されるほどなのか、と思う。

私は絶対に妻をひどく扱ったりはしていない、と何度も言うと、十和子はしぶしぶといった感じで矛《ほこ》を収めてくれた。

「よく見たら、義兄さんも窶れた感じがするわ。お医者さんなんだから、しっかりしてくださいな」

ぐうの音も出ない。

近く、妻も連れて、全身の検査をしようと思う。

十二月二十三日
小火《ぼや》が起こり、十和子が火傷《やけど》を負った。
左手の小指に水ぶくれができたが、すぐに治るという。
その程度で済んで本当に良かった。

十二月二十六日
十和子は希彦を避けているようだ。
希彦は十和子になつき、また、十和子も「こんな可愛い子見たことないわ」と言って猫可愛がりしていたのだが。

元から気分屋のところがある女性だから、今はしばらくぶりに会った大事なお姉ちゃんと仲良くしたいのかもしれない。

十二月二十八日
十和子と激しく言い争いをしてしまった。

十和子は希彦のことを「化け物」と呼んだ。

小火も希彦のせいだと言う。

「あの子、電池をわざと置いたのよ」

確かに、電池を塩水等に触れさせると、激しく反応することもあるが、完全な妄想だ。希彦はまだ三歳だ。そのようなことを知るはずがない。

希彦がにこにこと微笑《ほほえ》みながら「十和子ちゃん」と呼んで近寄って行くと、十和子は忌々《いまいま》しげに希彦を突き飛ばした。

「その子を近付けないでよ！　なんでも知ってるわ、全部聞いてる、分かってるわ」

私もかっとなってこの〇〇〇女、と怒鳴りつけてしまった。

希彦は血が繫がっていなくても、私たちの子供だ。

妻はただおろおろとしている。

許せない。

十和子には一刻も早く帰ってもらいたい。

十二月二十九日
十和子が帰った。
「悪いけれどあの子がいる限り私はお姉ちゃんと会いたくない」
残酷な言葉だ。わが子と妹どちらかを選べ、と言っているようなものではないか。
妻はふさぎ込んでいる。
仲の良い姉妹に取り返しのつかない断絶が生まれてしまった。私もとても悲しい。
しかし、希彦は悪くない。
希彦は母親の悲しみが分かるようで、花に囲まれた妻の絵を描いて渡した。
子供が描いたとは思えない、素晴らしいできだった。

七月三十日
そろそろレセプションクラスをどこにするか決めなくてはいけない。

ナーサリーの職員が提案してきたギフテッド専用の教育機関に希彦を連れて行った。

しかし、思っていたものとは、かなりかけ離れていた。

他に見学に来ていた保護者の一人から、かなり見下した調子で話しかけられる。どうも、私のことを、どこかの使用人であると思ったようだ。

希彦は大変に美しい子供で、私たち夫婦とは似ていないため、親子ではなく、ベビー・シッターの類《たぐい》だと思われることは何度もあったが、さすがにここまで失礼な態度は初めてだった。

肝心のプログラムもあまり良いものとはいいがたく、ギフテッドという言葉には、明確な定義がないため、この場所は親の見栄のために作られた場所なのではないだろうか、などと思ってしまう。それほどに、失望させられた。

やはり、近所の私立小学校のレセプションクラスに通わせるのが良いと思った。

ギフテッド教育機関の職員もまた希彦を誉めそやした。希彦は笑顔だったが、帰るとき、すとぅるとぅす、と言った。私は、その人が言葉の意味が分からなかったとしても、悪口を言うのは良くない、と注意した。

この先、日本に帰ることもあるかもしれない。いや、どこの国でも同じだ。そういったことに多言語話者である希彦は、気を付けなくてはいけない。

言語が分からなくても、悪意を持った言葉には、人間は敏感なのだ。

Stultus、ラテン語で、愚か者という意味だ。

八月二日
正彦から手紙が届いた。
とうとうお父上が亡くなってしまい、それもあって連絡ができなかった、という。
正彦が話したいことがある、と言ってから二年近く経っても話してもらえずじまいだ。希彦の出生に関することだと思うのだが。国際電話は確かに金がかかるが、手紙に書けばいいのに、それもしない。私はやはり、少し気になるのだが、正彦にとってはどうでもよいことで、もう忘れてしまっているのかもしれない。

私も、もう忘れるべきだ。

希彦は健康に成長している。

出生がどうあれ、私たちの宝物だ。

八月十一日
もうとっくに絶縁したものと思っていた母親から連絡があった。母との確執をここに綴《つづ》ると、日記帳をずたずたに破いてしまいそうなくらい、まだ私はあの女を許せていない。

妻と結婚して一年後に、聞くに堪えないボキャブラリで妻を貶《おとし》めた。私はあの女を殴り、警察沙汰になった。それが最後だ。

今更なんなのだ、と問うと、占い師の先生がお前が危ないと言っている、などと話す。占い師。全く呆《あき》れる。

母は私が物心ついたときから、怪しげな新興宗教にどっぷりとはまり込むことを繰り返した。そんな母に嫌気がさした父親が出て行っても、熱心に謎の神に祈っていた。

そのようなことがあったから、私はどの宗教も信じていない。アレルギーがあると言っても良い。この国ではほとんどの人間がクリスチャンであり、無神論者はやや不審な目で見られるが、キリスト教さえも心が拒絶する。

新興宗教の教義に少しでも納得のいかない部分があるとすぐにやめるような女だ、自分に都合の良い神を探した結果、インチキ占い師に引っかかったのだろう。

私が電話を切ろうとすると、お願いよ、連絡をして、と直前に叫んだ。

電話番号を変えなくてはいけないかもしれない。

八月十三日
母が亡くなったという福祉事務所からの連絡。

私とは縁を切った人間です、と言おうとして思いとどまる。彼は単に事務的に連絡しているに過ぎない。この世界ではタダで死ぬこともできない。

最後の連絡が占い師のことだなんて、とても惨《みじ》めだ。

面倒でしかないが、帰国しなければいけない。

八月十五日
参列者が十人もいない寂しい葬式だった。
喪主は私ではなく、小谷《こたに》のおばちゃんだ。おばちゃんは母の遠縁の親戚にあたる人で、いつもろくでもない母を気にかけ、私自身も大学進学のとき保証人になってもらうなどして、大変世話になった。小谷のおばちゃんがいなければ、参列もしなかったかもしれない。
私たち以外の参列者は、母親の相談していた福祉事務所の職員三人と、他数名の女性。

恐らく父親にも連絡はいったのだろうが、当然ながら来なかった。

見慣れない仏教的な装飾が恐ろしいのか、あるいは葬式自体初めてだからか、希彦がぐずる。

希彦がぐずったのはこれが初めてであるため、私も妻も驚いた。しかし、同時に嬉しかった。

希彦はやはりまだ五歳にもならない子供なのだ。

セレモニーホールでひとりの女性に声をかけられる。目鼻立ちのはっきりとした、同世代から少し上くらいの女性だ。

訛った言葉で、あなたの息子を見せてくれ、というようなことを言う。希彦はぐずるため、そのときは妻と一緒に近くのファミリーレストランに行っていた。

直感的に、例の占い師だと思った。

無視して帰ろうとすると、そのままでは命が危ない、というようなことを言う。

小谷のおばちゃんも近くにいたのだが、なんと、おばちゃんまで「この人は信頼できる人だから話だけでも聞け」などと言う。

人の好いおばちゃんのことだ。どっぷりと依存している母と、口八丁の占い師に言いくるめられてしまったのだろう。

私はしぶしぶ連絡先だけ受け取って、用事があるので、と言ってその場を去った。その紙は、すぐにゴミ箱に放り込んだが。

死んでからも迷惑をかけてくる、どうしようもない女だ。

とても嫌な気分だった。

八月十七日
東京ディズニーランドに連れて行くが、希彦は普段と変わらない様子だ。
希彦のような子供にとっては、この場所は幼稚に映るのかもしれない。
「もう少し大人っぽい方が良かったかもしれないね」と妻が言うと、
"I have learned a lot."
と答える希彦。
和食レストランで食事をする。肉が好きなようだ。

八月十八日
正彦に会う予定だったが、いざ待ち合わせの喫茶店に行っても来ない。

一時間ほど待って帰ろうとしたとき、喫茶店の電話が鳴る。

ウェイトレスが私に電話を繋ぐ。電話の主は正彦だ。

文句の一つも言ってやろうとするが、受話器の向こうから大勢の声がする。

ますます腹が立つ。私と会う約束を完全に忘れて、大方昨日から夜通し飲んで騒いでいたのだろう。

もう切るぞ、と強い口調で言っても、ざわめきが聞こえるだけだ。

私は叩き付けるように受話器を置いてからすぐに喫茶店を出た。

宿に帰ると、義父と義母が希彦と遊んでいる。

私を見るなり、ご愁傷さまです、と頭を下げてくれた。

こちらこそ一日ありがとうございます、と言うと、義父母は顔を見合わせてから、十和子の言った通りですね、などと言う。

二人ともまごついているため、根気よく聞いていくと、つまり、私たちが十和子の言った通り、あまり健康的には見えない、というようなことを告げられる。

十和子の失礼な言動が思い起こされ怒りが湧くが、なんとか堪《こら》えて、イギリスと日本では食べるものが違いますからねえ、と冗談めかして言ってみる。

「何言ってるの！　そんなに老けて、異常よっ」

義母が大声を出す。驚いた。

どうにか宥める。

そう言われても、私たちはきちんと検査を受けた結果、何も異状はないと言われている。

確かに十和子や義父母、他にも何人かから「痩せた」「窶れた」「老けた」などと指摘される。

しかし、本当に何もないのだから仕方がないのだ。

日本に帰ってきた方が良い、と何度も言ってから義父母は帰って行った。

ごめんなさい、と妻が謝る。

しかし謝るべきは私の方だ。

私は妻を幸せにできているのだろうか。

八月十九日
東京で過ごす最後の夜。ひどい夢を見て起きてしまった。

母親と二人で住んでいたアパートに人がぎっしり詰まっていて、全員後ろを向いている。私自身は子供の姿だった。

扉を開けて出て行こうとすると、後ろから強い力で引き戻される。振り切ろうとして滅茶苦茶にもがいた。顔を見ると母親だった。全裸で、老いさらばえた醜《みにく》い顔をしているが、母だった。

「お前のせいだ」

と言われたところで目が覚める。

喉が異様に渇いていた。

冷蔵庫から水を取り出して飲み、ベッドに帰ってきたところ、希彦と目が合った。私の顔を見つめてにこにこと笑っている。

わが子ながら少々不気味に思うが、私が起こしてしまったのだろう。深夜の二時だったので、まだ寝ていなさい、と声をかける。

希彦は体を横たえたものの、やはりこちらを見て笑顔を浮かべている。

「日本は楽しかった?」

そう聞くと、急に目を瞑《つむ》って寝てしまう。

楽しかったのなら良いのだが。

八月二十日

何故か空港にあの占い師がいた。

私を見るなりつかつかと近寄って来て、子供に会わせて下さいと早口で言う。

「まず名前でも名乗ったらどうですか」

そう言うと、苛立《いらだ》った調子で物部清江《もののべきよえ》、と言った。

母が生前お世話になったようで、と言うと、そんなことより、と矢継ぎ早に質問をしてくる。何をするにも疲れていないかだとか、つまり霊感商法の常套句である。

私は母とは違う。

その場を立ち去ろうとすると、

「全てあの子供が原因です」

さすがに私も怒りを覚え、何か言い返してやろうと思って振り返ると、物部清江が鼻血を出している。

「お父さん、早く帰りたい」

妻と土産物を見繕っていたはずの希彦がいつの間にか私の手を握っていた。

ねえ早く、と希彦はせっつくが、私はこれでも医師なので、希彦をふたたび妻に預けて、物部清江を医務室に連れて行く。

医務室に連れて行く途中、物部清江はもうここでえいがです（土佐《とさ》弁か？）、と言って私の肩から手を離した。そういうわけにはいかない、と言うと、強く手を握られる。

「なんでもしますけん、なんも起こらんうちにあの子供を」

その先は聞かなかった。とにかく不気味な体験だった。

九月十四日

私立小学校のレセプションクラスに通わせてよかった。

希彦は同い年の子供たちと遊ぶようになった。

アルカイック・スマイルだけではなく、無邪気に爆笑したり、我《わ》が儘《まま》を言って泣いたりする。

誕生日（役所に届け出た出生日）には手品師を呼んで、レセプションクラスの友達と一緒にパーティーをした。

希彦は鳩を使った手品を食い入るように見つめていた。

ふと思いついて、「小鳥を飼ってみますか？」と聞いてみる。

希彦は嬉しそうな顔をした。

九月十九日

インコを飼い始める。

妻も希彦の情緒の発達のために良いかもしれないと大賛成だった。

嘴《くちばし》がピンクで、体毛は緑色の個体だ。

希彦は最初「佳代子」と言う名前にしようとしていた。「ママが大好きだから」と言うが、ペットと家族が同じ名前というのはあまり良くない。

結局インコはDukeというごく普通の名前になった。

九月二十日
希彦がDukeに言葉を教えている。

希彦は家では日本語を話し、外では英語を話している（私たち夫婦もそうしている）ので、Dukeにはどの言葉で何を教えるのか、興味深い。

正彦から手紙が届く。前回は道すがら事故に遭ってしまい連絡ができなかったことが謝罪と共に書いてある。そして、もしよかったら親子三人でここに遊びに行ってくれ、とどこかの住所が書いてあった。

正彦には不幸が続いているような気がする。無神論者の私だが、正彦はお祓《はら》いにでも行った方が良いのではないかと思う。

九月三十日
「おはよう」
「ありがとう」

「good night」

「ふうがちえ」

この四つの言葉をDukeは話している。

ふうがちえ、とはなんだろうと聞いても、希彦は恥ずかしそうに下を向いて教えてくれない。

Who got you……などだろうか？　分からない。

希彦が楽しそうなので、ペットを飼って本当によかったと思う。

十月二日
Dukeが深夜や早朝にアアア！　と奇声を発するので、起きてしまう。

住宅が密集した地域ではないため近隣の迷惑になることはないだろうが、私たちが体調を崩してしまう。

患者の一人から、段ボールで部屋を簡易的に防音室にできることを教えてもらう。早速やってみたが、確かに静かになった。

「ふうがちえ　あぺらうい」

最近はこの言葉ばかり発している。

なんと言っているのかそろそろ教えてほしいものだ。

十月四日

とても悲しいことがあった。

Duke が死んでしまったのだ。というか、殺されてしまった。

今まで聞いたことのない耳を劈《つんざ》くような悲鳴が聞こえ、あわてて声のした温室へ行くと、希彦が Duke の死体を指さしている。

Duke は血まみれで、体が二つに分かれていた。

さらに、口元と手足を真っ赤に染めたグレーの猫がいる。

隣家の女性が飼っている Millie という雌猫だ。女性に連絡すると、彼女は平謝りに謝って、どうか猫の命を奪うことは許してくれ、と懇願した。

結局彼女は Duke を購入した代金の倍額以上を私に押し付けて帰って行った。

希彦になんと声をかけていいか分からなかったが、お墓を作ろうか、と言うと、

「お父さん、また新しい Duke を買えばいいじゃない」

希彦は大変賢いので忘れてしまうが、まだまだ幼い。命の大切さ、かけがえのないものであることへの理解が不十分なのだ。

「同じインコでも Duke とは違うんだよ」

希彦は Got it と言って頷いた。

十二月一日

希彦のピアノは天才的だとピアノの Winner 先生が褒める。

妻曰く、信じられない速度で上達しているのだとか。私は仕事で、来週のコンクールは見に行けないかもしれない。残念だ。

希彦は、ピアノを弾くのは楽しいと言う。

将来の選択肢が増えたということか。

希彦がもう一度インコを飼いたいと言ったが、妻と相談して、希彦には我慢してもらうことにした。

新しくペットを飼うのはもう少し待った方がいいはずだ。

十二月二十四日
恐ろしい事故が起こり、Winner 先生が亡くなられた。
もう当分ピアノはやりたくないと希彦が言う。

二月十日
正彦が教えてくれた住所に、私ひとりで行ってみる。妻も希彦もどことなく落ち込んでいて、外に出たがらない。

大きな教会だった。

中庭で希彦と同い年くらいの子供が何人か集まって聖歌を歌っている。

子供らの親と思わしき人々が料理を作って食べたり、踊ったりしている。

楽しそうだった。

正彦はこういったコミュニティに参加し、交友を深めろと提案してくれたのだろうか。

しかし、私は宗教を好まない。妻と希彦にも一応聞いてはみるが、二人ともこういった賑やかな交友を求めるタイプではなさそうだ。

家に帰ろうとすると、呼び止められる。

かなり大柄で太った老人だ。服装からして神父だろう。ラテン系の顔貌をしていた。

「ここに近付くな」

人の好さそうな赤ら顔に比して、きつい口調でそんなことを言う。

わざわざ記さないだけだが、イギリスには未だ東洋人への差別が根強く存在する。黒人差別への取り組みが熱心になった結果、黒人への差別は非常に重大な罪として見られ、例えばBlackという言葉一つ使うのにも慎重にならなければいけないが、東洋人に対しての差別はそうではない。現地の差別的でない（とされる）人々に訴えても「それは差別ではない。感じの悪い人間はどこにでもいる」というようなことを言われる。そこでまた失望する、というものだ。欧米の人権感覚を持ち上げる日本人は多くいるが、それは住んだことがないか、住んでいても未だ「お客様扱い」で、全く実情を理解できていないだけだ。

しかしさすがに、ここまで敵意と悪意を持った言い方をする差別主義者は珍しい。しかも神父だ。こんなにひどいことを言うのは質の悪い不良少年くらいだ。

ただ、こういうあからさまな人間の方が、まだ分かりやすくていい。こちらもはっきりと拒絶ができるからだ。
私は、あなたにそんなことを言われる筋合いはない、とだけ言って踵《きびす》を返した。
すると、さらに「この地域から出て行け」と浴びせかけてくる。
もう一度振り返ると、神父はなぜか怯えた顔をしていた。
体格差を考えても怯えるのは私の方ではないか。
「もう手遅れだ。色々なサインを見逃したからどうしようもない。出て行ってくれ」
そんなことを言って頭を下げていた。
私は今度こそ逃げだした。
"Get lost!"
背後に何度も神父の声が聞こえた。

九月三日
希彦は小学生になった。

濃紺のベストが似合っている。

希彦はやはり、誰よりも美しい子供だった。小学校の職員もちらちらと希彦に目を向けていた。

妻に言ったらまた窘められそうだが、やはり誇らしい。

九月十日

小学校は楽しいですか、と尋ねると、子供が大勢いる、と笑顔で答える希彦。

希彦も子供じゃないか、と言って家族で笑う。

イギリスの小学校は、日本の小学校のように連絡帳なるものがなく、成績表にも普段どう過ごしているかなどは書かない傾向にあるようだ。

ナーサリーのときは誰でも気軽に見学できたが、そういうこともない。

子供は完全に親の手を離れ、学校に一任されてしまうのである。

希彦のような色々な意味で普通ではない子供がどのような扱いを受けるのか、不安はある。

今はこの笑顔を信じるしかないのかもしれない。

九月二十八日

保護者面談。

イギリスの小学校教師は事なかれ主義で悪いところがあっても言わないと聞く。

聞いていた通り、担任は希彦を褒めちぎった。

しかし、よくよく考えれば希彦が賢いのも、運動ができるのも、ピアノが弾けるのも、顔が美しいのも事実である。

学習到達度によるレベル分けでは当然一番上のクラスだが、何をやっても満点なのだという。

またギフテッド教育の話をされたが、そういったものに興味はない、と答えると、担任は満足そうだった。

十月六日

学校から連絡があり、大変な急を要する事態だと言うので、妻が先に行った。なんとか診療を終えて駆けつけると、妻が大柄な男女に激しく罵倒《ばとう》されていた。

男女はPatrick Russellという希彦と同級の少年の両親らしい。

Patrickと希彦は喧嘩になり、Patrickは手術が必要なほど手を傷付けられたのだ、と言っている。

担任が割って入ってきて、別々に話を聞きつつ、病院に行こうと提案される。

希彦は、と聞くと、空き教室に別の職員といるのだそうだ。

Russell夫妻が病院へ向かったあと、希彦を迎えに行った。

教室のドアを開けると、「お父さん！」と嬉しそうな声で言う。

希彦、と声をかけようとして、私は絶句してしまった。

希彦の口元が血まみれだった。

希彦に付き添っていた中年の女性教師は落ち着かない様子で目をきょろきょろと動かして、希彦だけが悪いわけじゃないんですけれど、とはっきりしない。

なぜ病院へ連れて行かなかったんだ、と怒鳴りそうになったが、よく見ると口元の血は希彦から流れたものではなさそうだった。服も、着て行ったものとは違う。

ともかく、車で病院へ向かった。

Patrick の担当医だという Brown 先生は、Human Bite に間違いないと言う。

つまり、Patrick のことを、希彦が。

もう手術は終わっている、と Brown 先生が言った。

希彦の検査もしてもらおうとすると、また夫妻がやって来て、責任を取れとがなり立てた。

希彦を見付けて手を上げようとするので、庇《かば》っていたら殴られてしまった。

病院の職員や担任が夫妻を引きはがし、話し合いは後日ということになった。

押し付けるように渡された名刺には夫婦そろって企業コンサルタントであることが書いてあった。

希彦が無邪気な声でどうしたの、早く帰ろうよ、と言ってくる。

事情が分かるまでは叱ることはできない。

簡単な検査だけ受けて帰宅した。

十月八日
Russell 夫妻との話し合いが小学校で行われた。
学校側の説明では、Patrick は常日頃から希彦を揶揄《からか》っていた。
教師たちは見かけるたび注意をしていたものの、希彦が全く気にしない様子だったため、それ以上の指導はすることなく見守っていた。

問題の日は美術のクラスの最中だったという。

この小学校には、イジメなどを防止するため、至る所に防犯カメラが設置してある。説明するよりも見てもらった方がいいでしょうと言われ、映像を見た。

Patrick は（恐らくいつものように）希彦にちょっかいをかけている。希彦が全く無視を貫いたため、面白くなかったのか、筆を洗うためのバケツの中身を希彦にぶちまけた。そして、得意げに裏ピースサイン（これはイギリスでは相手を侮辱《ぶじょく》するポーズだ）をかかげた。次の瞬間、希彦が二本立てた指にかぶりついた。Patrick は号泣しながら藻掻《もが》いているが、希彦はなかなか口を離さない。しばらくして Patrick が床に倒れる。指を押さえている。希彦がくるりと防犯カメラの方に顔を向け、笑っているところで、映像が終わった。

"He is nuts!"

Russell 夫妻の妻の方が叫んだ。

絶対に訴えてやる、というようなことを言われるが、担任と校長が止める。曰く、常日頃から嫌がらせをしていた Patrick にも問題があったのだ、と。最近では軽い暴力もあったようだ。

私は泣きそうになった。希彦がそんな目に遭っていたとは全く気付かなかった。もっと早い段階で私が気付き、対処していたら、こんな形で希彦が報復をするようなことはなかったかもしれないのに。

希彦を異常者だと喚きたてる夫妻には腹が立って仕方なかったが、希彦が Patrick の指に嚙みついたのは事実である。Patrick は今も入院しているという。

私は治療費や入院代を払うことを申し出たが、夫妻は納得しなかった。

“You shall move out!”

そう言って、担任の制止も聞かず、夫妻は立ち去ってしまった。

出て行け、と言われたのは神父に続き二回目だ。どうしても我々はこの国には馴染めないのかもしれない。

担任と校長に、こちらもできる限り協力する、と言われたことだけが救いだ。

十月十二日

週が明けた。

妻が「休んでもいいわよ」と言ったが、希彦は元気に登校した。

帰って来てから Patrick のことを聞いても、お父さんが気にすることはないから、などと言う。やや厳しい口調で問い詰めても、にこにこと笑っている。

最近やっと分かったことだが、希彦がひどく愛らしい笑顔を浮かべるのは、困っているときなのだ。何と答えて良いか分からず、にこにことしている。

学校からも連絡はない。

あれほど息巻いていた Russell 夫妻からも何もない。危惧している嫌がらせも今のところは。

十月十三日

正彦から電話であの住所に行ったか聞かれる。

半年以上前だ。しかし、あの神父のひどい態度は昨日のことのように思い出される。

ひどい差別主義者だった、と正直に話す。

正彦はしばし絶句した後、「俺が話をつけるからもう一度行ってみてくれ」などと言う。

悪いがそれどころではない。

正彦には、お前こそ教会などに行ってはどうか（ずっと体調が悪そうだし、悪いことが起こりすぎているので）と言ってみる。もう行っている、と言われ電話を切られた。

希彦は学級代表に選ばれたらしい。

しかし、一体、Patrick はどうなっているのか。

十月十七日

希彦がナーサリーにいるときから交流のある、華僑《かきょう》の Chen さん一家が家に遊びに来る。

希彦と Jenny は幼い時からアジア系として一緒に扱われることが多いためか気が合うようで、楽しそうに遊んでいる。Jenny のおかげで希彦は簡単な広東《カントン》語も話せるようになった。

しばらくお茶を飲みながら話していると、突然、寄付はどうする？　と尋ねられる。聞き返すと、Russell 家の寄付、と言う。

イギリスでは、人が死ぬと、その人の名義で何かしらの団体に寄付をするのが一般的であり、希望者も一緒に寄付をすることができる。

ということは、つまり。

Chen さんはあなたのせいではない、と言うが、Patrick が亡くなったのはどう考えても、咬傷《こうしよう》が原因ということになる。

Chen さんは驚いたように、亡くなったのは Patrick ではなく、夫妻だ、と言った。Patrick は彼の祖父母が引き取り、グラスゴーの病院に移ったと。

寄付の件は、担任から連絡があったそうだ。

担任は、私と Russell 夫妻が揉めているから、気を遣って連絡しなかったのだろうか。

Jenny がわたし知ってたよ、Patrick のママとパパは、ジサツなの、と言ってくる。

Chen さんは慌てて Jenny の口を塞いだ。自殺などという言葉は子供が軽々しく口に出していいものではない、と。

Jenny は泣きそうな顔をして、だって Patrick がいなくなってうれしいんだもん、Patrick はわたしたちをいじめるから、と言った。あの夫婦は私に対してかなり差別的な言い方をしていたので、恐らくアジア系全体に差別意識を持っていたのだろう。

希彦はにこにこしていた。またなんと言っていいか分からないのかもしれない。

希彦になんと言葉をかけていいか分からない。

十月十九日

「地獄に定員はありません」

希彦がそう書いたらしい。

アニメのセリフだそうだ。

アニメや漫画の悪影響、といった方向性の話を私はしたくない。

ホラーや、成人向けのコンテンツにしてもそうだ。

確かに影響を受けて悪事に走る人間もいるだろうが、それは個人の問題であってコンテンツに責任はない。

しかし、希彦になんと教えればいいのだろうか。

十月二十日
希彦に、この世界には様々な理不尽があると教える。

希彦は黒人差別の歴史を知っていた。黒人だけでなく、外見的要素で差別されることは多い。外見など分かりやすい要素ではなく、思想など、とにかくあらゆることで差別を受ける理不尽がある。そしてそれは、一朝一夕で解決する問題ではない。

そういった様々な理不尽に立ち向かう手段が暴力であってはいけない、と諭す。

どんなことがあっても、暴力はいけない。

「お父さん、Patrickのことを言っているの?」

「あれは味を見ただけだよ」

希彦は微笑みながらそう言う。

彼は容姿が良いため、それによって周りから贔屓《ひいき》されることを良く知っている。

しかし、親としてそれを許してはいけない。

「言い訳をしないで、お父さんの言うことをきちんと聞いて、ゆっくりでもいいから理解してほしい」

「希彦は賢い子なんだから」

そう言うと、しばらく考え込むようなポーズを取ったあと、Got itと言った。

どうか、分かってほしい。

賢く合理的に生きることよりも、思いやりをもって生きることの方がずっと難しいのだ。

九月九日

希彦は八歳になった。

ようやっと、異語のようなものが消えてきた。

希彦が頭のいい子供なのは疑いようがないが、情報を統合するほどまだ脳が成長していない。

多言語を操る人間をマルチリンガルと呼ぶが、幼少期に様々な言語が飛び交う環境にいた結果、どの言葉もうまく話せないリミテッドという状態になる子供もいるらしい。希彦は時折、ラテン語のような（ラテン語の分かる人間に聞かせたところ——と言っても希彦は家族以外の人間が聞いているときにはすぐに異語を止めてしまうから、ほんの少ししか聞かせられなかった――古ラテン語といって、現在学ばれているラテン語とは違うものに似ているらしい）言葉を話したりするので、私はそれを恐れていたのだが、どうもそうはならずに済んだようだ。

希彦は膨大な量の本を読むため、そこから学んだのだとは思うが、未だにどうして希彦がマルチリンガルになったのか分からない。

わが子にこのような言葉を使うのは憚《はばか》られるが、異端の麒麟児《きりんじ》である。

九月九日
希彦は十歳になった。

この頃は髪も短く刈り上げてめっきり少年らしくなり、少女に間違えられることも減った。

私は詳しくないが、チェルシーというサッカーチームが贔屓のようだ。

希彦もサッカーをするが、飛びぬけてうまいというわけではないとのこと。

十二月二十日
正彦とはクリスマスカードをやり取りするだけの仲になってしまった。

三月十八日
看護師を解雇した。
希彦の写真を大量に隠し持っていた。

次から次に、後を絶たない。

希彦はあまりにも美しい。

タレントにするか、あるいはわざと醜い恰好《かつこう》をさせればこのようなことがなくなるだろうか。

しかし、本人が望まないことをさせたくはない。

九月九日
希彦が十一歳を迎えた。
記念に写真を撮る。
写真館の人間に、祖父母と思われた。その後、丁寧な謝罪を受ける。

九月十六日
記念写真が届く。

私、妻、希彦が笑顔で写っている。

希彦が輝くばかりに美しいのはさておき、確かに私たちの顔はくすんで見える。

ずっと昔に十和子や妻の両親に老けていると指摘されたことを思い出す。確かに……。

人間の見た目など単なる外にへばり付いたうす皮一枚である、と思っていたが、もう少し気を付けなければいけないかもしれない。

私たちのせいで希彦が悲しい思いをすることがあってはならない。

十一月二日
捕鯨問題のニュースがテレビで流れている。

多くの有名芸能人たちが参加していて、しきりに捕鯨中止を訴えている。

メディアも概《おおむ》ね賛同していて、日本の食鯨文化を野蛮であると非難している。

一過性のZENブームにしてもそうだが、この国の人間はあまりにも感情優先で行動しすぎるきらいがあり、そこに合理性や、確実な成果が見出せない。

私がチャンネルを変えようとすると耳元でくすりと笑い声がした。

妻かと思ったが、希彦だった。

何が面白いのか、と尋ねると、牛などを平気で食べる割に、鯨をさも人のように扱っている者たちが面白いのだと言う。

私としては賛成する部分の多い意見だったが、このような年齢のうちから、嘲《あざけ》る、という感情を露わにする希彦に驚き、多少の不快感を覚えた（エゴではあるが、子供には天真爛漫《てんしんらんまん》でいてほしいものなのだ）。

「アニマルに心なんてないのにね」

画面を見てくすくすと笑いながら希彦が言うので、

「そんなことはないんじゃないかな」と言ってみる。

「チンパンジーなどは群れを作り、社会性がある。恋もすれば、仲間の死を悼《いた》むこともある。

犬も夢を見たりするらしい。心がないとはお父さんは思わないけど」

希彦はテレビから目を離し、私をまっすぐに見つめて、

「アニマルが宗教を作れたら人と同じに扱ってもいいかもしれない」

と言った。

そしてまた、テレビを見て、くすくすと笑うのだった。

恐怖だ。

私は何も言い返せなかった。

言い返す、とも違う。納得させられていた。

希彦の言うことは、とても正しい。

だからこそ、恐怖だった。

四月十日
近頃チャーリーゲームなるものが学校で流行していると希彦が言う。

チャーリーゲームとは、日本で言うコックリさんのようなものだ。

白い紙を四区画に区切り、交互にYES NOと書いていく。二本の棒(鉛筆でやるのが一般的)を区切り線の上に十字に重なるように置く。

準備が終わったら紙の前で"Charlie, Charlie, are you here?"と問いかける。もしチャーリーを呼び出すことに成功したなら、鉛筆はYESに傾く。

様々な質問（YES NO クエスチョンになるが）をしていく。

終わらせ方もまたコックリさんと似ていて、

“Charlie, Charlie, can you stop?”と問いかけ、YES に傾いたら“Good-bye!”と終わらせる。

少し違って面白いのが、コックリさんには「コックリさんがなかなか帰ってくれないとき」という怪談的な逸話が多数存在していて、途中で放棄した人間に呪いが降りかかったりするが、チャーリーゲームの場合はチャーリーが帰らない場合“Charlie, Charlie, go away!”と怒鳴ることで強制終了ができる。この辺りはお国柄と言うべきか。

希彦も相変わらず仲良しの Jenny たちと楽しんでいるようだ。

私は神仏の類は信じない。霊的存在は全く信じていないのだ。

しかし、このゲームには何か良くないものを感じる。

コックリさんでも集団心理、自己催眠により、精神に変調を来してしまった者が少なくないと聞く。チャーリーゲームも同じだ。

なるべくそのようなことをしないでくれ、と伝えると、希彦はにこにこする。また、誤魔化そうとしている。

四月十五日
大変なことが起こった。

四月十六日
希彦は生きている。

四月三十日
今日で四回目の警察署だ。
不気味なものを見るような目で見られる。時には暴言も吐かれる。
妻は気丈にも一緒に来ようとしていたが、思いとどまらせた。
何度も映像を確認させられる。
何度見ても同じことだ。
校庭で、希彦と数人の児童たちがチャーリーゲームをやっている。
数分後、突如真っ黒な女が現れ、児童たちはパニックになる。
女は次々と児童に覆いかぶさる。覆いかぶさられた児童は動かなくなる。
出てきたときと同じように女は突如消える。
希彦だけが終始微動だにせず、校庭にいた子供が全て倒れるのを見ている。
女が消えた後、希彦がくるりと振り返って微笑む。
執拗《しつよう》にこの女は知り合いではないのかと問い詰められる。ほぼ恫喝《どうかつ》だ。
しかし、知らない。
希彦さえも、知らない子供のように感じられる。

五月二日
警察は希彦が小学校に入りたての時の映像を持っている。
Patrick の指を噛み、口元を血まみれにしながら微笑む希彦。
希彦の問題行動や、親戚の犯罪歴、通院歴などまで聞かれる。
何度言われても、知らない。
そもそも、希彦は何もしていないではないか。
ただ無事だっただけだ。
ただ微笑んでいただけだ。
彼が微笑むのは困っているときだ。

五月十五日
連日の嫌がらせが止まない。

さすがに暴力を振るわれることはないが、玄関は荒らされ、クリニックも一日ひとり来ればいい方だ。

人殺し、出て行け、[redacted]、とにかくひどい中傷が壁に描いてある。

やることもないので、外に出て壁の文字を消していると、おい、と声をかけてくるものがあった。

ずっと前に見た、大柄なラテン系の神父だった。

出て行け、とまた彼が言った。

私は反論する元気もなかったので、無視して壁を掃除し続けた。

「おい、大丈夫か」

聞きなれた日本語だった。

もう一度振り返ると、正彦がいた。

信じられなかったが、本当に正彦だ。相変わらず日に焼けていて、見た目だけは溌剌《はつらつ》としている。しかし、眉間《みけん》に深い皺《しわ》が寄っていた。

大丈夫だ、とはとても言えなかった。情けないことに、涙が出てくる。

正彦は神父に、「ひどいことを言わないでくれ、友達なんだ」と言っている。

「とりあえず、家にあげてくれないか？」

私が神父を怖がっていると思ったのか、この人は悪い人ではない、と正彦は付け加えた。

神父は、トロイと名乗った。

トロイは、希彦が今どうしているのかと聞いてきた。

希彦は、事件の日から、警察の預かりになっていた。私が毎日施設内のカメラの映像を確認している。恐れていた虐待や、拷問《ごうもん》は起こっていない。女性スタッフ（警官かもしれない）に、むしろかなり丁重に扱われていた。

何度も、希彦がここにいないことを確認してくる。正彦も、一緒になって聞いてきた。

本当に希彦がいないと分かったことがそんなに嬉しいのか、神父はやっとソファーに座って紅茶を飲んだ。

正彦と神父の口から聞いた話。長い、長い話。それに、沢山の資料。それらは、信じられないものだった。荒唐無稽《こうとうむけい》で、意味不明で、与太話《よたばなし》の類だ。

しかし、一笑に付すほど、私は現実が見えていないわけではない。

現実だ。どれも、起こってしまったことと、合致している。

どうしたらいいのか分からなかった。

私には頼る親もいなければ、祈る神もいなかった。

＊＊＊

『トラス、これが忌まわしき土地の名前である。多くの男女が信仰を捨て、悪魔に身を委ね、諸々の醜悪《しゅうあく》な妖術によって作物を枯らし、胎児や畜生の子を殺し、人畜に苦痛と病気を齎し、災厄の原因となっていることに、我々は激しい悲しみと苦しみを感じている。しかし、土地の聖職者は魔女の罪の重大さを自覚せず、十分な協力を示さないため、我々の派遣した息子たちの任務が妨害されている。よって、我らは、この土地を住人ごと破門する。息子たち審問官が、自由に、あらゆる方法を以《もっ》て、なにびとをも矯正し、投獄し、処罰する権限を持つべきことを命じる』

○

この土地が以前、異端の信仰を持つ王によって治められていたことは有名である。異端や拝金主義者、つまりユダヤ人であるとか、そういった者どもによる豪奢《ごうしや》な繁栄の時期に、トラス城は建てられた。

この城は六角形をしており、異端者のミュータ何某《なにがし》という者が一日で建てたとも言われる。毎夜怪しげな金属音、けたたましい嬌声、何かを焼くような悪臭がするという。贋金作りが行われていたようです、と古くから住む老人は証言する。しかしこの臭いはなんだ。

この城にある、多数の乳房を持つ異端の女神の像はなんだ。

バール、アスタルテ……いずれも供物を要求する、偽りの神である。

この六角形の異形の城はなんだ。

六角形とは悪魔の紋章である。暗黒行為の行われた何よりの証拠である。

老人の言うことが真実ならば、背徳的行為により死刑にせねばならぬ。

老人があれは偽りであったと言うならば、偽証の罪によって死刑にせねばならぬ。

魔女は処刑すべきである。

殺人を行ったからではなく、悪魔と結託したがゆえに。

『貴殿が既に終わったと言っておられました魔女事件が再び勃発いたしました。その惨状、言葉に尽くされません。なんという悲惨な恐ろしいことでございましょう。きびしい告発を受け、いつなんどき逮捕されるかもわからぬ男女が町には四百ばかりもいるのでございます。男もあり、女もあり、身分高きもあり低きもあり、聖職者すらいるのでございます』

○

○

本日は四人、火刑に。これで何人になろうか……異端の三割ないし四割程度だろうか。我らの司教が、魔女どもに罪はあるとて、子供には温情をかけよと言う。であるからして、子供は衣類を剝ぎ取ったうえで、百叩き、のちに放免した。

のろく燃える火で焼いたとて、魔女に対する火刑は十分ではない。地獄で待っている永遠の劫火を思えば、魔女がこの世で苦しむ時間以上は続かないのだから。

我らはこの忌まわしきトラスに於て、決して一匹のネズミも逃さぬよう、一人一人、尋問していった。

この土地では庇い合い（恐らくは保身であろう）があり、自首してくるものはいなかった。異端について告発するのになんの虞《おそ》れがあろう！

はじめにロープで首を吊り、蘇生させ、両手の爪を剝ぎ、爪の後に針を刺し、両足に焼けた鉄の靴を履かせ、ハンマーで叩き折った。

しかし、誰一人として自白しない。ただ、どろりと濁った目で、ゆっくりと手を合わせる。

そのうち、我らのうちの一人が、レベッカという女から、一枚の紙を押収した。

恐ろしく汚い書き文字で「地獄より引き出された」と書いてあった。

レベッカの母親にも親指締めをすると、最初は平然としていたが、母親の「審問官様おやめください！　何を申し上げたらいいのか言ってください、なんでも言いますから！　私は私が何をしたのか分からないのです！　ああ、骨が……」という叫びを聞いて、ようやっとレベッカは白状した。つまり、魔女共の、異端の集会の場所をである。

○

我らは見た。

彼らは提灯《ちょうちん》を手にして家に集合する。それから、色々な悪魔の名を、祈禱文でも唱和するかのように呼び始める。すると突如、動物の形をしたサタンが姿を現した。

そして自分の一番近い場所にいる人間、女から、あるいは男から順に目合《まぐわ》っていく。

魔女の異端の忌まわしさは、悪魔と人間とのこの穢《けが》れた目合いにある。

悪魔との性交によって人間は妊娠することができるのだ。

私は悪魔と交わった女が悪魔の子を産むのを見た。

女児だった。

魔女たちは何食わぬ顔をして乳を与え、八日目に集合し、大きな火を燃やして中に赤ん坊を入れて焼く。

捕らえた異端のうち、真鍮《しんちゆう》の箱を大事に抱えていた者があった。没収して開けると、中には白い粉が大量に詰まっていた。そのとき我々はこれを、毒薬を調合した証《あかし》、異端の証としたが、あれは保管された赤ん坊の骨灰《こつぱい》だった。

○

トラスの魔女たちが、人がおよそ入らないような雪深い森に入るのを見る。後をつけると、悍ましい行為が繰り広げられていた。

これらの醜行を行う場合、その姿が当人の目に見えるのか——つまり、悪魔が見えているのかどうかに関しては、我々がこれまでに知り得た実例によれば、悪魔は常に魔女に見える形で行っている。森の中で何人もの魔女が裸になり、あるものは仰向けに、あるいは四つん這いになっている。その手足の配置、足腰の動きが、性交と絶頂を示していることは明らかだった。

醜い。悍ましい。我らには見えない。何かが。

○

エルヴィラ、コニー、ウルスラ、これは雪の中穢れた行いに耽っていた女三人である。

コニーには、臍《へそ》の下方に、女性器とは異なる穴があることが発見された。我々は裁判官立ち会いの下でこの穴を検査した。

カトリックの洗礼を受けた医師が、探り針を深く刺し入れた。コニーは大声で喚き散らし、死ぬ直前に、この穴で悪魔と交わったと自白した。

○

魔女たち三人の自白によって、またも醜悪な儀式を見る。

女、男、老人、子供、嘆かわしい、聖職者とされている者まで輪の中にいる。

彼らは悪魔に身を委ねていた。悪魔は魔女共に新しい洗礼を施している。忠誠の証として、悪魔の印を刻み付けている。

彼らは不浄の火を焚《た》き、狂宴《きようえん》、舞踊を以てサタンを神として称えたうえ、跪《ひざまず》いて近寄り、松脂《まつやに》の蠟燭《ろうそく》に火をつけて捧げた。そして彼の局部に最大の尊敬を込めて接吻《せつぷん》した。サタンを真の神と呼び、おのれの要求を拒絶したものに報復するためにサタンの助力を求めた。

また彼らは自分自身の子を魔術によって窒息させたうえ刺し殺した。その後夜に乗じて密かに墓地から死骸《しがい》を掘り起こし、集会に運んだ。

そして王座に席を占めたサタンにその死骸を捧げ、その脂肪を絞り出して保存し、首と手足を切り離して肉とし、それを食べた。その後、だれかれ構わず、老若男女一切の区別なく、性交をした。息子と母、兄と妹、父と娘、そこにはなんの遠慮もない。

目が合った。

バーナードという農夫の若者だ。
悪魔に耳打ちしている。

○

もう終わりだ。
ジム・ウィリアムス
サム・マルティノ
ミカエル・スチュアート
ヴィクター・フォード
ピエール・バルドー
最も優秀な五人をはじめにほとんどの正しい審問官たちが突如倒れた。
辺り一面に夥《おびただ》しい贓物が溢れ、それはあの夜に見た集会のようだった。
悪魔の子供たちが、教皇の像を街頭に引き摺り倒し、審問官邸に押し入って火を放った。
書物は燃え、ほとんどの記録は消えた。
狂乱のさなか、私は夢中で山を下り……杣夫《そまふ》に拾われた。
ここに記した全ては、私が忌まわしきトラスにて目にしたことである。
神に誓って。

私の後悔は寛大でありすぎたことだ。子供たちを焼かずに済ませたことだ。
悪魔の血を受けた子供を生かしておいてはならなかった。

＊　＊　＊

〈廃墟を巡る⑤　トラス〉

アメリカの都心部では、タイムズスクエアに人が集まり、カウントダウンの熱狂に身を捧げていた。しかし、田舎町・トラスでは違う。

トラスに、オリバーとメアリーという名前の若い夫婦が住んでいた。

二人は親類の農場を手伝って細々と暮らしていた。

その雪の夜、オリバーはメアリーを残して友人たちと一緒に外に出た。最近、家畜小屋が荒らされる事件が頻発しており、そのパトロールのためだった。

メアリーはオリバーが帰宅するまで寝ずに待っていようと思い、暖炉の前で読書をしていた。

ふと、扉を叩く音がした。

様子を窺《うかが》っていると、扉を叩く音は大きく乱暴になっていく。

メアリーは叔父のブライアンだと確信し、すぐに開けた。ブライアンは気のいい農夫だったが、酔うと徘徊《はいかい》し、このように知り合いの家を訪ね歩く習性があったからだ。

しかし、メアリーが見たのは、でっぷりと太った中年男性ではなかった。

棒きれのように細い、黒髪の女だ。

かろうじてワンピースのようなものは着ているが、外套《がいとう》を羽織《はお》っておらず、靴すら履いていない。

メアリーは親切な女だった。この黒髪の女は夫に暴力を振るわれ、命からがら逃げだして来たのだと哀れに思った。

黒髪の女を家に入れてやり、暖炉の前で温まるように促した。

しかし、女は手に持っていたものをメアリーに押し付けてくる。

あまりの権幕に受け取ると、女はうっすらと微笑んでから、その場に倒れてしまった。

女は目を見開いて、既に亡くなっているような様子だった。この雪では、救急隊も警察もすぐには来られないような気がする。混乱しながらもメアリーは近隣に住む本物のブライアンに電話をかけ、ことのあらましを説明した。ブライアンは幸い飲んでいない様子で、今は友人と食事をしているが、すぐに駆けつけると言ってくれた。

電話を切ってから、メアリーは女に手渡されたものをおそるおそる触ってみる。

薄汚れた布で何重にも巻かれたそれを、一枚一枚剝がしていく。

赤ん坊だった。ふっくらとした頰の赤ん坊。

メアリーが抱き上げるとぱちりと目を開ける。真っ黒だった。

この女が産んだ子供なのだ、と一目で分かった。

湯を沸かして、温めなくてはいけない。そう思ったときだった。またドアが強く叩かれる。

今度こそ本当にブライアンが来てくれたのだ。

「叔父さん、赤ちゃんが」

その先は言えなかった。

喉に冷たいものが当たっている。

「今女が入ってきただろう」

骨ばった手がメアリーの腕に食い込んだ。

黒衣の尼僧《にそう》が、メアリーの背後に立ち、首筋にナイフを当てていた。

メアリーは吹き付ける雪風と恐怖で一言も発することができなかった。

尼僧はじろりと家の中を睨んで、

「ここに赤ん坊がいるだろう。赤ん坊を渡せば命は取らない」

メアリーが赤ん坊を渡さなかったのは、赤ん坊を守ろうとする気持ちからではない。体が硬直して動けなかったためだ。

ナイフを握る尼僧の手に力が込められたのが分かる。

もう駄目だ、と思った時、破裂音がした。

火薬の臭い。

こわごわと目を開けると、オリバーとブライアン、それに数人の男たちが銃を構えて立っていた。

メアリーが膝から頽《くずお》れると、オリバーが駆け寄って来て抱き留めた。

地面に転がっている尼僧と目が合う。

ブライアンの撃った弾が当たったのか、顔の一部が欠損していた。

尼僧はそれでも腕だけを使って、家の中に這って行こうとする。

「赤ちゃんがいるの！」

メアリーが震える声で叫ぶと、ブライアンの太い脚が尼僧の背中を踏みつけた。

「まれひこ！」

ズドン。

ブライアンの二発目の弾が、今度こそ尼僧の息の根を止めた。尼僧の顔は、絶叫したままの表情で固まっていた。

小さくも暖かかった木造の家は、今や女の死体が二つ転がる凄惨な場所になってしまった。

後日調査で判明したことによると、尼僧の方はトレイシー・ジャクソンという名前で、本物のカトリックの尼僧だった。

どちらの遺体についても田舎町の人々が罪に問われることはなかった。痩せこけた女はもしかして不法滞在者かもしれず、そもそも社会保障番号がないためどこの誰かも分からなかった。

シスター・トレイシーの身内にあたる教会関係者の方も何故かシスターとは無関係であると主

張し、ブライアンを訴えることはなかったのだった。

さて、メアリーとオリバーの元には、尼僧の断末魔の叫びで――「まれひこ」と呼ばれた赤ん坊だけが残った。

まれひこは本当に可愛い赤ん坊だったが、夫婦は困ってしまった。

なぜなら、メアリーのお腹にはもうすぐ生まれてくる新しい命が宿っていたからである。メアリーは初産婦で、いきなり二人の赤ん坊を育てる自信はなかった。

この田舎町はあまり裕福ではなく、他に赤ん坊を育てたいと思う人間も見付からなかった。

「『まれひこ』って日本人の名前じゃないか」

マークという名前の若者がそう言った。

確かに、赤ん坊は黒い目と黒い髪をしており、田舎町に住む彼らには、アジア系の特徴を持っているように見えた。

「俺の知り合いに同じような名前の日本人がいる。そいつはいつも秋にハンティングに来るんだ。金持ちだから、もしかしたら引き取ってくれるかもしれない」

マークが呼んだのが、伊藤正彦だった。

伊藤正彦は一連の成り行きに同情というよりもむしろ興味を惹《ひ》かれてすぐに来ることを了承した。ちょうど子供がおらず悩んでいる友人がいるから、その友人も連れて来ると言った。

夫婦のみならず、町の住人は皆喜んだ。赤ん坊も、裕福な日本人に育てられた方が幸せになれるだろう。

正彦の到着は三日後になるということだった。

その三日の間に起こった不幸を列挙しよう。

鶏が全て死に絶えた。

ブライアンが首を吊った状態で発見され、死にはしなかったものの昏睡《こんすい》状態に陥った。

信じられないほどの雪が降り、体の弱い者や、幼い子供たちが犠牲になった。

メアリーとオリバーの家が雪の下敷きになり、二人は死んだ。

全てわずか三日の間に起きたことである。

元々迷信深い田舎町である。彼らはすぐ「不幸」の原因に思い至った。

まれひこだ。

彼らはまれひこを何度か殺そうとした。この寒さで持たなかったのだと言えばいいと思って。

しかし、ことごとくうまく行かなかった。

家が押しつぶされようとも、一人すやすやと眠っていたような赤ん坊を、殺せるはずがなかったのだ。

住人たちはとうとうやってきた正彦に赤ん坊を押し付けた。災厄の原因にできるだけ遠くに行ってほしかった。それでこの不幸は終わるはずだった。

しかし、まれひこのいなくなったその町には、現在誰も住んでいない。

全員が不幸な目に遭い死んでいったわけではない。恐らく誰か生き残った人もいるだろう。

とはいえ家畜が死に絶え、冬が終わっても一切作物が実らなくなった農地に、誰が残るというのだろうか。

＊＊＊

「恐らく希彦が法律で裁かれることはないだろう」

神父はそう言った。

「しかし、法律がどうあれ、あれは悪魔そのものだ」

突然提示された異教神話のような内容だが、信じるしかなかった。

「私たちと一緒にいて善性が芽生えた可能性は？　確かに過去には不思議な部分があったが、今では希彦は屈託なく笑うし、泣くし、子供らしく癇癪《かんしゃく》を起こしたりもする」

神父は大きく溜息を吐いた。

「それはあなた達から学習しているだけだ。どのようにすれば自分が人間のように見えるのか」

希彦の Got it を思い出す。

私は何も言えなかった。

しかし、それでも。

「希彦は私たちの子ですよ！」

妻が部屋に入ってくる。いつの間にか自室を出て、神父と正彦の話を聞いていたのだ。

「いい加減なこと言わないで！　あなたもどうして何も言わないの！」

妻は帰って！　と叫びながら細い腕を振り回した。

神父は哀れんだような目で「救えない」と言った。

正彦も落ち着いて話し合ってくれ、と言って帰って行った。

五月十六日
希彦はずっと眠っているらしい。

病院に搬送されたそうだが、私たちは面会すらできない。

連日ニュースでこの事件は報道されているが、頭のおかしい変質者の犯行ということになっている。小学校側か、警察側か、どちらの意向か知らないが、映像はマスコミに流れていないということだろう。

クリニックに人は来ない。

もう限界だった。

苦労して苦労して、この国で家庭医の資格を取った。

私なりに一生懸命この土地でやってきたつもりだった。

しかし、もう無理だ。

潮時かもしれない。

五月十九日

希彦が目を覚ましたら引き取ってよいとのしらせ。

不幸中の幸いだ。

五月二十日

正彦が連絡をしてきた。

また例の神父を連れて来るという。

希彦が帰ってきたらここを引っ越すことにするので大丈夫だ、と答えると、それでは不十分だと言われた。

とにもかくにも、希彦が帰ってくる前に会いたいというので、妻を説得して、明日会うことになった。

これ以上何を話すのか分からないが……。

断れなかった。

五月二十一日

神父は家に入ってきた途端、重い木箱を渡してくる。

一体なにかと尋ねると、ナイフだと言う。

「チャンスは一度しかない」

「何のチャンスだ」

「家に入ってきた瞬間に刺し殺せ」

なんてことを言うんだ、と怒鳴ろうとするが、もう気力がなかった。

彼にとっては希彦は化け物なのだ。

口だけで肯定してナイフを受け取ると、「どうせ殺さないだろう」と言われる。当たり前ではないか。希彦は私たちの子供だ。

正彦に、冷静になって今までのことを振り返ってほしいと言われる。

分かっている。

私は希彦のことを愛している。血の繋がった子供ではないが、愛している。

それと同時に。

恐ろしい。

妻には言えない感情だった。

希彦は恐ろしい。

希彦はなんでもできる。

誰も教えていない古ラテン語を話す。

動物を殺す。

他人を攻撃することに躊躇《ちゅうちょ》がない。

何度も何度も繰り返し起きる、悲惨な事故。さすがに偶然なわけはない。

希彦がやっている。

希彦と一緒にいる時間が長ければ長いほど、生命力を吸い取られる。妻の温室の花はすぐに枯れる。私たちはひどく老けてしまった。

希彦は元から美しかったが、最近では目を見張るほどだ。

その美しさも恐ろしいのだ。

呪われた村や、魔女の存在など、そんなものを信じたわけではない。

私はずっと希彦のことが恐ろしかった。

認めたくなかった。

希彦は私たちの子供なのだから。

「殺したくない」

私の口から出た言葉は情けなく震えていた。

神父が大きく溜息を吐いた。

では、教会に連れて来なさい、と言った。

五月二十三日
希彦を教会に入れてからの記憶はない。
ただ、どうにかうまく行ったようである。
どうにかだ。
トロイ神父にはどれほど感謝してもしきれない。

勿論、治療費は全額負担する。彼は本物の聖職者だ。

トロイ神父の目が覚めたら、改めてお礼を言わなくてはならない。

妻も理解してくれるだろう。

五月二十四日
トロイ神父の左の母指《ぼし》、示指《じし》、中指《ちゅうし》は永久に失われた。

手術費用も、その後も面倒を見させてくれと言うと、神父は厳しい顔をして言った。

「二度とこの国に足を踏み入れないでくれ」

私は傷付いたし、妻も何か言いたげではあったが、命の恩人に何を言い返すことができると言うのか。

私たちは年内に日本に帰ることになるだろう。そして、二度とイギリスには戻って来ない。

「眠らせただけだ」

神父は未だ生々しい顔の傷をなぞって言った。

「毎週教会に通わせなさい」

そう言って、一つの連絡先を渡してきた。

日本の住所だ。

日本にはバチカン公認のエクソシストはいないが、東京に、自己流でエクソシズムを行っているアイルランド系の牧師がいるらしい。

私は何度も頭を下げてから、教会を後にした。

どうか、神のご加護がありますように。

3

気が付くと日付が変わっていた。

私は文字通り半日かけてこの資料を読んでしまった。目の前に座る高木のことが意識から消えたのはいつのことだっただろうか。

ハッと顔を上げると、高木は私のことをじっと見ている。まさか、私がこれを読んでいる間中、ずっと見ていたのだろうか。

「理解したか？」

「理解……」

「内容だよ」

私は膨大な枚数のうち、ほんの数枚に付箋《ふせん》を貼っていた。その部分に目線を落としながら、

「希彦という少年の、成長記録のようですね。希彦の父親はイギリスで開業医をしている。奥様も一緒に。それで……ええと、希彦は、怪しい伝説のある場所の正体不明の……」

「もういい」

高木は呆れたように言った。

「ピックアップした部分は良かった。お前、要領がいいタイプだな。でもそれだけだ。頭が悪い。何も気付かないのかよ」

高木はもしかして、本当に私が資料を読んでいる間ずっと私のことを観察していたのかもしれなかった。だから、私が付箋を貼った場所を把握しているのだ。

何も答えられず黙っていると、高木は苛ついたように貧乏ゆすりを始めた。

「お前、いまいくつだ？　何年目だ？　二十歳そこそこに見えるが」

「二十七です、高卒なので」

私が何年働いているか答える前に、高木は大げさに、一音一音切って、ははは、と口だけで笑った。嘲笑《あざわら》った。

「若く見えるな。まあどっちにしろ、デジタルネイティブってやつじゃねえのかよ」

デジタルネイティブ。生まれたときからインターネットが当たり前にある世代、と言う意味だ。

「それに、ちょうど世代もドンピシャだ。お前、まさか」

私はなんとなく、どうして馬鹿にされているのか察してしまった。

「あの、私は確かに、ネットには疎《うと》いです。学生時代はパソコンどころか携帯すら持っていなかったですし、今も、ほとんど見ないけど……でも、それが何か関係ありますか？」

高木は真顔で溜息を吐いた。

「何堂々と言ってんだよ。お前、刑事だろ。ネット見ないなんて俺の同期だって言わねえだろうよ。勉強不足だろうが。ちょっとは恥ずかしいと思え」

ぐうの音も出なかった。嘉納さんにも、他の人にも言われたことがある。ネットやSNSは確かに犯罪を誘発する要因が多く、恐ろしいものだ。だが、だからこそ、常にチェックしていないといけない。

私がびくびくと高木の顔色を窺っていると、高木はふたたび馬鹿にしたように笑った。

「まあ、携帯も持ってなかったってことは、よっぽど家が貧乏か、親が厳しかったんだろ。仕方ねえよ。でも、今のお前の行動には家も親も関係ねえ。そこだけは分かっとけ」

私が何度も頷くと、高木は紙袋から一枚の紙を取り出した。

一枚の写真が貼ってある。

やや不鮮明だが、初老の男性のバストアップで、その下に男性の名前と経歴らしきものが書いてある。

「その……つまり、この日記を書いた男性は、この写真の、川島通泰医師ということですか」

高木は深く頷いた。

「あの、まず、なんですけど」

私は一旦言葉を切った。

高木の刺々しい目線が肌に突き刺さる。

「正直、信じられないです」

ダン、と音がして机が揺れた。高木が膝で蹴り上げたのだ。

「だって、仕方ないじゃないですか！　こんな、ファンタジーみたいな……突然、怖い、魔女とか……どうやって信じたらいいか」

確かに興味深かった。

ひたすら長く、他人の私にとってはどうでもよい育児の記録なども交ざっているから読みにくくはあるが、そこがリアリティとして機能していて、読み物としては面白いかもしれない。

でも、「魔女」なんて出てきてしまっては、リアリティなどあったものではない。

魔女をファンタジーの生き物――ドラゴンだとか、ユニコーンだとか――だと思ってしまうのは、私だけではないだろう。きっと、日本人なら誰でもそうだ。

古風な文体で綴られた中世だか近世だかの「魔女狩り」エピソードだって、学校で習ったことがある。財政難に陥っていたカトリック教会が、コミュニティから疎外されていた人などを中心に異端扱いし、財産を没収することで盛り返していた。しかしそういったことを続けているうちに本来の「財産没収」という目的を離れ、修道士や、市民にまで迷信を固く信じ、魔女を排除しようとする運動が広まった。魔女とされ、処刑された人々は全員が無実の人間だ。厳しい拷問から逃れるためにやってもいないことをやったと自白させられたのだ。

だから、いかに詳細に描写してあろうと、魔女の伝説は嘘、でっち上げなのだ。

悪魔と契約し、悪いことをする魔女なんてものはいない。

現代日本で魔女と言うと、やはり『ハリー・ポッター』を思い浮かべる人が多いかもしれない。

坂本さんを思い出す。坂本さんも『ハリー・ポッター』が大好きだと言っていた。影響を受けて小説を書き始めたのだ、と。坂本さんは、真剣に小説を書きたい、それが完成したら出版社の賞に応募すると言っていた。書き上げたかっただろうな、そう思うと、鼻の奥がツンと沁《し》みる。

「大体、事件の犯人が、魔女の力を持った少年で、今事件を起こしている危険人物なら、すぐに」

「危険だからだよ」

高木が抑揚のない声で言った。

「今、本部に誰がいる？　宮田《みやた》か？　杉浦《すぎうら》か？　安西か？　とにかく、そいつらはこのヤマに関わっちゃいけないと知ってる。だから、捜査する気はない。しても意味がないからな」

「私帰ります」

私は高木に呆れていた。いや、呆れを通り越して、憐《あわ》れんですらいた。きっと、彼が警察官をやめた原因は足の怪我ではない。その証拠に、私よりずっと機敏に動いていた。本当の原因は、こんな妄想に取り憑《つ》かれたことだ。高木が名前を出した三人とも、今は課長クラスの上官だ。きっと元は同期だったのだろう。妄想に取り憑かれ、一人だけこんなことになるなんて。

高木は立ち上がろうとする私の目の前に、何か紙切れのようなものを放った。写真だ。

そして、何も言えなくなった。

一瞬、写真の中の人物に、完全に思考を奪われてしまった。

大きな黒い瞳。濡れたような黒髪。透き通るような薄く白い肌。

実在を疑いたくなる、この世のものとは思えない。

「希彦だよ」

性別や年齢、全てを超越した、美しい少年が、写真の中で微笑んでいた。

「ちょっとは信じる気になったか」

信じられないことに、私は頷くしかなかった。百聞は一見に如《し》かずという言葉通り、その写真は半日かけて読み込んだ資料よりも雄弁に、希彦が人智を超えた存在であることを語っていた。

「こんなものとよく生活していたと思うよ。川島家の人間もおかしいな。分かるだろ。タレントみたいな、綺麗だな、好きだな、ってタイプとは違うだろ」

「怖い……です」

私の口から、はなはだしく原始的な言葉が漏れた。でも、そうとしか言いようがなかった。美しい双眸《そうぼう》から、まっすぐな鼻筋から、花弁のような唇から、全てから何も善が読み取れない。彼の顔に人間を褒める言葉はどれもふさわしくなく、美しい景色などに感じる神秘的なものに限りなく近いのに、この美しさは邪《よこしま》な美しさだとはっきりと分かる。

「そうだ。これは、怖いものだ。悪いものだ。良くないものだ」

「でも……でもっ」

私は最後の抵抗を試みた。

「こういう、けた違いに美しい人がいたからと言って、そんな、超常現象みたいなものを信じるのは、無理ですよ。飛躍してます。事件だって……そう、仮に、犯人だとして、むしろ、これだけ綺麗な人だから、希彦に唆《そそのか》された実行犯がいると考えるのが普通では」

「俺もそう思った。奴と対峙するまでは」

高木は乾いた声で笑った。

「強行犯係巡査部長、塚本雄太郎《つかもとゆうたろう》。いや、今は警部だな。あいつに、今なんてないが。ちょうど奴が——そのときは男子中学生失踪事件、っていうことになってたが、それを一緒に追ってたんだ。責任感の強い、いい奴だった。現場から十五㎞ほど離れたコンビニの防犯カメラに奴が写りこんでいた。だから二人で、周辺を張ってたんだ。近くに、川島医師が奴を熱心に連れて行ったエクソシスト牧師のいる教会があったから、行動パターンとしては不思議はなかった。中学生が一人で家を出たところで、頼る場所が教会しかなかったんだと考えてな。でも、それが間違いだったよ」

高木の手が小刻みに震えていた。目が充血し、今にも喚きだしそうな、異様な表情をしている。

「最初に奴を視界に入れたのは塚本だった。大きな公園の、ドーム状の遊具の中に座り込んでたんだ。それを見ただけで、塚本はおかしくなった。急に奴に覆いかぶさって……恐ろしかった。必死に引きはがそうとしたが突き飛ばされて、頭を強く打った。気が付いたら、目の前に奴が膝立ちになって、俺を見下ろしていた」

高木は人差し指を立てて自分の口元に持って行った。

「こうやって、言ったんだ。『ちのまじわり』……その瞬間、頭が爆発したように熱くなった。心臓がどくどく言って、制服を脱ぎ捨てた。もうなんでもいい、この目の前の、美しい生き物と……頭が完全に支配される直前に、背中に激しい衝撃を受けて、目が覚めた。血まみれの塚本が、渾身の力で俺の背中を殴ったんだな。それで、気付いた。自分は今、とんでもないことをしている。どう考えてもおかしい。それで、地面に投げ捨てた装備に手をかけた。本能で分かった。これが何者かなんてのはどうでもいい。今ここで、絶対に殺さなくてはいけない。でもなあ、駄目だったんだ」

すう、はあ、と荒く、何度も、高木は呼吸を繰り返した。

「立ち上がろうとして、足に力が入らないことに気付いた。足元から激痛が這いあがって来て、口から情けない悲鳴が漏れた。それで、奴は心底不思議そうな顔をして、そのまま立ち去った。追いかけることもできなかった。無理だったんだ。あんなものを、殺せるはずがなかった」

「塚本さんは……」

「言っただろう。今は警部だって。二階級特進だよ。多分、最後の力を振り絞って、俺を守ってくれたんだなあ」

ご愁傷さまです、と言うのも違う気がした。私はなんとか言葉を紡《つむ》いだ。

「じゃあ本当に、高木さんの言ったことが全て本当だとして……塚本さんの仇を取ろうとか」

「お前、馬鹿か？　なんで塚本が守ってくれた命をドブに捨てなきゃなんねえんだ。とはいえ、馬鹿はお前だけじゃねえ。宮田も杉浦も安西も、俺を責めたよ。弔《とむら》い合戦だなんだってな。でもな、無駄だって言っただろう。詳しくは知らない。でも、あいつらも奴を見た。それで、皆分かったんだよ。無駄だって。何をしてもどうしようもないって」

「そんな……」

「お前もお巡《まわ》りのとき巡回やっただろ。そのとき、『家の前に女が立っていて声をかけるとふっと消えた』とか『車の前を横切る子供に足がなかった』とかそういう案件に当たったことが数回はあるはずだ。魔女、なんていうから分かりにくいんだろうが、そういう案件だよこれは。何もできることはねえ。書類作って終わりだ。川島家から出てきたこれだってもう誰にも見せるつもりはなかった」

「だったらどうして私に見せたんですか?」

「お前が馬鹿の顔してたからだよ」

高木はそう吐き捨てた。

確かに、これらの資料と、希彦の写真、高木が刑事を辞めることになったエピソードなど併せると、希彦が人智を超えた怪物だというのは本当のことなのかもしれない。

「もう分かっただろうが、『とらすの会』という団体の名前も、奴の故郷『トラス村』からつけたものだろう。奴は人を集めて――具体的に言うと、負け組だな――人生の負け組を集めて、そいつらがそうなった原因の人間を奴が殺している。そんなのはもう、調べがついてるんだよ。お前らぺーぺーには知らされないだろうがな」

無性に腹が立った。上層部に意図的に情報を隠されていたことではない。希彦がとてつもない力を持っていて、人間の力では太刀打《たち》ちできないのは、百歩譲って飲み込むとしてもだ。

「とらすの会」にいる人間のことを考えないのだろうか。確かに、一瞬は気持ちがいいはずだ。気に食わない人間に、自分の手を汚さず復讐できる。しかし、そんなことを繰り返していたら？

きっと、エスカレートしていくだろう。徐々に、自分を不幸にした人間だけでなく、例えば道でぶつかっただとか、そういった些細《ささい》なことでも殺意が湧き、希彦に殺してもらおうとするだろう。そしてきっといつか、正気に戻る。怖くなる。誰も信じられなくなる。自分もいつか殺される、そう思うことだろう。

坂本さんはまさにそういう状態だったと、今なら分かる。

彼女は怯えていた。両親、弟、恋人、その浮気相手、五人殺して、そこで正気に戻ってしまったのだ。

怯えて怯えて……最終的に、会の誰かの怒りを買って殺された。

そんな状況、どう考えても健全ではない。どんどん死人が増えていくだけだ。

希彦のことはどうにもならない。そもそも、こんな非現実的なことを証明する手段がない。証明できない方法で人を殺しても、法律で裁けない。

メンバーは違う。希彦と違い、超越的な力を持っているわけではない。坂本さんのような一般人だ。しかも、ほとんどの人たちは、社会に深く傷つけられ、馴染めない人々だ。そういう人たちを公的な支援に繋げるのは、通常なら私たち警察の仕事ではないかもしれない。でも、今回は違う。私たちの仕事の範疇《はんちゅう》だ。私たちの仕事は、治安を維持することだ。事実を知っていて、全て分かっていて、何もしない。彼らに猛烈な怒りを感じた。

「馬鹿はあなた達ですよ」

私は立ち上がって、

「情報、ありがとうございます。私は行ってみますから」

「やめとけ。放っておけ。そもそもなんで怒ってるんだ？　いいじゃねえか、奴は今、悪い奴を殺してるだけだ。被害者の共通点はそこだよ。イジメの加害者、不倫女、レイプ犯——そういう連中だよ。運よく法で裁かれなかった犯罪者だ。お前の友達にしたってそうだろう。奴に頼んで人殺しをさせた悪人だよ」

「アドバイス、どうも。何の参考にもなりませんでしたけど」

私がドアに向かって歩き出そうとすると、ドン、という音がした。振り返ると。高木が足を机に乗せていた。

私が振り向いたのを確認して、高木は靴下に手をかけた。ゆっくりと下ろしていく。

「ちょっと、何を……」

気持ち悪い、と非難しようとして、言葉に詰まった。

靴下を脱いだらあるはずのものがそこにはなかった。左足の五指全てがない。もぎ取られている。引き攣《つ》ったような傷跡がそれを証明している。

「お前もこうなる」

はははは、という耐えがたい笑い声が耳を攻撃する。

私は耳を塞いで、取調室を立ち去った。

川島希彦③

川島希彦は[redacted]だ。

1

電車に乗り、最寄りの駅の改札を出ると、倉橋たちが待ち構えていた。

倉橋浩平《こうへい》。

矢内葵。

佐藤智弘。

関口《せきぐち》正《ただし》。

新井《あらい》正博《まさひろ》。

松崎《まつざき》亮太《りょうた》。

石橋《いしばし》貴志《たかし》。

中井《なかい》太一《たいち》。

西川《にしかわ》耕平《こうへい》。

九人いた。希彦は一人一人の顔をじっくりと見る。彼らは一様に、底意地の悪い笑みを浮かべていた。

「まれこちゃん、初仕事お疲れ様！」

倉橋が大声で言う。

「どうだった？　あーあ、随分可愛がってもらったんだね、これじゃマフラー巻かないとね」

希彦の首筋を指で何度も突く。希彦は微笑《ほほえ》んだ。特に中指は美味しそうに見えた。

「なに笑ってんだよ。早く金」

矢内が乱暴に鞄をひったくる。中には男の財布の中身がそのまま入っているから、きっと喜ぶだろう。

倉橋たちは歓声を上げた。焼き肉の食べ放題に行く、などと言っている。しかし、矢内の顔は険しいままだった。

「なんかこいつ全然反省してなくない？」

矢内は希彦の顔を睨《にら》みつける。

「余裕ぶってニヤニヤしてる。こいつ、もしかして警察とかに言うつもりなんじゃないの」

警察、という言葉で急に倉橋たちがおどおどと顔を見合わせる。

「そんなわけねえだろ」

語気は強いが、自信のなさが滲《にじ》み出ている。しばらく誰も言葉を発しなかった。

「こ、こいつの家に行った方がいいと、俺は思うっ……思います」

静寂を破ったのは佐藤だった。全身汗だくになりながら、

「ほ、放っといたら、親に、い、言う！　こいつの親、過保護だから、絶対、通報とか、すると思う、だ、だからっ」

「ブタのくせにいいこと言うじゃん。あたしは賛成」

　矢内が佐藤の尻を蹴飛ばしながら言った。

「もういいじゃん、こうなったらさ。バレても。こっちにはブタの撮った動画があるし。こいつの親からもお小遣い貰えるかもしんないじゃん。倉橋、アンタどうすんの？」

　矢内は倉橋を正面から見据えて言った。

「ブタは行くのに、アンタは行かないなんてこと、ないよね？」

「い、行くよ！」

　倉橋は乱暴に希彦の肩を叩き、早く歩けと言った。

　佐藤が案内しますよ、などと言っている。

　倉橋は骨が太そうだし、佐藤は歯を当てたらぷつりとはじけて舌触りが良さそうだった。

　いずれにしろ、美味しそうで、希彦は微笑んだ。

　カルワリオ、ゴルゴタ、頭蓋骨に向かっている。

　しばしば後ろから蹴られ、転ばされながら希彦は家に向かう。

　希彦は苦難の道を歩いている。

　ここはイエス・キリストが罵《ののし》られながら十字架を背負い歩いたヴィア・ドロローサなのか？

　恐らくそんなことを考えるのは神の子羊だけだ。

　心の底から馬鹿にしてしまう。希彦は力尽きない。キレネのシモンもいない。

　インターフォンを押すと、母が返事をした。

自動開閉式の門がゆっくりと開いていく。完全に開くのを待たず、矢内を先頭にぞろぞろと九人は押し入った。

玄関から最初に出てきたのは父だった。往診から帰ってきたばかりなのか、仕事用の白いシャツを着ている。父は、九人の誰よりも小柄だった。

希彦はじっと父の顔を見た。父も希彦を見つめ返す。笑顔はなかった。

父の後ろには母もいる。母とは目が合わなかった。

佐藤がどもりながら、希彦が井坂としていたこと、売春をしたことを身振り手振りをつけて話している。そして、金を出さないと、近所中に公表すると言った。

「帰りなさい」

父は何の感情も籠らない声で言った。

「夏は日が長いけれど、もう遅い。君たちの親御さんが心配する。早く帰りなさい」

恐らく、希彦の両親は怯えて、金を出す、という筋書きだったのだろう。予想外の父の行動に気圧《けお》されて、倉橋たちは黙ってしまう。佐藤だけは違った。父の冷静な態度で、逆に興奮したようだった。

「いいんですか? こいつがホモで、売春してるクズだってことが近所にバレても!」

父は冷たい目で佐藤を見ていた。

「ま、まあ、平気か! アンタたち、いい年して、こ、子供作るような、気持ち悪いジジイとババアだもんな!」

「希彦！　何もするな！」

父が叫ぶように言った。

「希彦、私たちは大丈夫だから、家に入って休みなさい」

「ふ、ふざけんなよ！　何が大丈夫だよ！　見下しやがって！」

佐藤は短い脚を振り回して、子犬の置物を蹴り倒した。陶器でできた子犬は首が捥《も》げ、ばらばらになった。

「か、金出さないなら、そうやって、余裕ぶってるなら！」

佐藤は落ちていた金属製の如雨露《じょうろ》を拾い上げ、タイルに向かって振り下ろした。白く整然と並んだタイルにひびが入る。佐藤は次々と庭の備品を破壊していく。

呆然《ぼうぜん》と見ていた倉橋たちも、やがて取り憑《つ》かれたように佐藤の破壊行為に参加する。鉄製のテーブルセットが倒され、鈍い音がする。ブランコを吊るしている縄が千切れ、ベニヤでできた座面が叩き折られた。これは父が、子供を遊ばせながらゆっくりお茶でも飲んでもらおうと、近所の子供連れの母親のために作ったものだった。

薔薇《ばら》は根元からへし折られ、何度も踏みつけられて泥に塗《まみ》れている。母が丹精込めて大事に大事に育てた庭園だった。

倉橋が父の腹に膝を入れる。

うめき声とともに父は膝をついて倒れた。

「なあ、お前言えよ。お前のクソ親父に、誠意を見せろって」

「希彦！」

倉橋の言葉を遮《さえぎ》って父は怒鳴った。

「怒ってはいけない！」

父は倉橋のことなど視界にも入れず、希彦の目をまっすぐに見ている。

母も同じだ。膝をつき、胃液を吐いた父のことを気遣うことなく、縋《すが》るような眼差しを希彦に向けている。

「あなたは異邦人」

希彦は言った。

「人を愛して、助けて、良かったですね。ありがとうございます」

希彦は地面に手を当てた。毒の巡りが速くなるからだ。勿論、彼らにとっての毒だ。

「まれひこ！」

最後に呼んだのは、父か、母か、別の誰かか、分からない。

でも、仕方なかった。仕方なかった。仕方なかった。

仕方なかった。

或る悪夢

第一発見者は被害者Sの母親だった。

ちょっと友達の家に行ってくると言ったきり帰ってこない息子を連れ戻そうと、Sの唯一の友人である少年Aの家に行ったのだという。少年Aの父親は訪問診療・在宅診療を行うKクリニックの院長で、妻と少年Aの三人暮らしだった。

K家は一年前に土地に越してきたが、少年Aの父親の大らかで優しい人柄から、昔からいる地元民と馴染んでいた。

少年Aは近所でも評判の美少年で、近寄りがたいほどの異様な美貌《びぼう》を持っていたという。筆者も事件直後ネット掲示板に公開されている写真を見たことがあるが、真っ黒な瞳と美しい黒髪が印象的な、花もかくやというような美少年だった（当時少年Aは未成年であったためすぐに消され、残念ながらこの写真を現在見ることはできない）。少年Aは父親に似て賢く、成績も学年トップクラスだった。美しい少年AがSと仲良くしている様子は、馬車の窓から貧民にパンを与える姫のようだった、というのは元同級生の証言だ。

不釣り合いな二人の関係は中学二年生の初めまで続いたが、やがて袂《たもと》を分かつことになる。Sがイジメに遭うようになったためだ。聖母の如き優しさを持つ少年Aも、わが身可愛さには勝てなかったのだろう。

しかし、奇妙なことに、事件当日、Sへのイジメの主犯格グループと、S、少年Aは一緒に行動している。

近所に住む主婦の証言に、当日、主犯格グループに背中を蹴られ、囃《はや》し立てられながら歩く少年Aの姿を見た、というものがある。何か些細《ささい》なきっかけでイジメのターゲットが交替してしまうことはよくある。かくいう筆者も経験者だ。

話をK家に戻そう。

Sの母親はK家の外の門が開けっ放しになっていることを不審に思い、まず警察に連絡してから中に入った。結果として、これは正しい行動だったと言わざるを得ない。

門の中には異様な光景が広がっていた。

豚の生肉が散らばっていると思った、と一年後にSの母親は証言した。

K家の庭園はちょっとした休憩スペースのようになっていて、声をかければ誰でも招き入れてくれた。しかし、庭園の家具や遊具はめちゃくちゃに破壊され、惨憺《さんたん》たるありさまだった。さらにSの母親が驚いたのが、七月だというのに、庭園を彩る草花が全て枯れ果て、冬のようになっていたことだった。

「Kさーん」

何度か呼び掛けても一向に家の者が出てくる様子はない。それどころか、人間の気配がどこにもなかった。

そうこうしているうちに、Sの母親は自分が未だかつてないほど気分が悪くなっていることに気付く。K家にいつも香っていた薔薇の香りに加えて、吐き気を催《もよお》すような悪臭が漂っている。恐らく、原因は散らばったものだと考えた。

Sの母親はおそるおそる、散らばった生肉のようなものに顔を近付ける。彼女がもしひどい近眼でなかったなら、そのような愚行を犯すことはなかっただろう。

それが何か分かってしまったとき、Sの母親は胃の中身を地面にぶちまけた。

よく見ると毛が生えていたそれは、探していたものの「一部」ではあった。

人間の裏表が、ひっくり返っている。

Sの母親は記者にそう言った。最初に見付けたのが息子の頭部だったのは偶然だ。小学生の時から着用していた青い縁《ふち》の眼鏡が「裏返った」眼窩《がんか》から突き出していた。

『警察官が現場に駆け付けたところ、全身を切り刻まれたような状態の体が複数見付かり』と、大手新聞社の記事には書いてあるが、実際にはそのようなありさまだったわけだ。

骨と内臓を抜き取られ、頭部だけ切り離されたような遺体がちょうど人数分並んでいる光景は彼女の精神を壊すのに十分だった。それから一年間、Sの母親は口がまともに利《き》けなくなり、現在も精神科に入退院を繰り返している。

ちなみに、ちょうど人数分と言うのは、K夫妻も含めた人数だ。

少年Aは、実の両親をも手にかけたのである。

十一人という人数と、あまりにも猟奇的で奇怪な殺害方法から、少年Aの犯行であると考える人間は少ない。筆者も、少年Aの写真を見た後だと、あの細腕でこのような事件が起こせるとは思えない。しかし、複数にしろ単独にしろ、少年Aが関わっているのだという動かぬ証拠がある。少年Aが残酷な方法で殺害したのは十一人だけではないのだ。

十二人目――ではない、一人目だ。一人目がいる。

実はこの事件の数時間前に、K区内のラブホテルで同様の、異常な死体が発見されているのだ。死体の生前の名前は金岡《かねおか》といって、どうしようもない男だった。

金岡は出会い系アプリやSNSで相手を見繕《みつくろ》い、児童買春を繰り返していた。相手は必ず十代の少年だったという。筋金入りの同性愛者兼、小児性愛者である。金岡に関しては同性に対する準強姦《ごうかん》の前科もあり、今でも顔写真が確認できる。興味のある読者は検索してもいいが、あまり気持ちの良い人相ではないから、筆者は勧めない。

少年Aと金岡がどのような経緯で出会ったのかは後述するが、ともかく金岡は少年Aを買い、十一人と同様の手段で殺された。期待と股間を膨らませてラブホテルで待機していた金岡のことを思うと憐憫《れんびん》の情がこみ上げてくる。やってきたのは美しい顔をした悪魔だったのだから。

さて、ここからは筆者の独自取材で、どこの新聞も週刊誌も知らない情報だ。

被害者十一人のうちの一人、Yという女子生徒のスマートフォンには、少年Aのあられもない姿の写真が保存されていた。正確に言うと、金岡が少年Aと性交をしている様子が写っていた。前後のメッセージから判断して、Y含むイジメの主犯格グループが、少年Aに売春を強要していたのは明らかだった。

全く、末恐ろしい（残念ながら亡くなった被害者たちに末はないのだが）とはこのことだ。

彼らはまだ中学二年生、十三や十四の子供なのである。

筆者が彼らの年齢のときは、友人とカードゲームをすることしか考えていなかったし、性的な妄想をするにしても、テレビに出てくる可憐なアイドルがもし彼女になったら……というような実に可愛らしいものだった。

いかにイジメの対象であったにしても、売春を強要するなど考えもしなかっただろう。

少年Aの行動にしろ、被害者の行動にしろ、この事件はどこか外国の治安の悪い地域で起こった事件のように思える。

しかし、これは紛れもなく日本は東京の下町で起こった、世にも悍《おぞ》ましい事件なのである。

警察の捜索も空しく、その後の少年Aの行方は杳《よう》として知れない。

成長し、現在二十代になっている少年Aの姿を見てみたいと思うのは筆者だけだろうか？

（個人ホームページ〈猟奇殺人博覧会「にほんの、じけん」〉より抜粋）

白石　瞳②

白石瞳は女性警察官だ。
白石瞳は真実が知りたい。

1

人を拒絶するような鉄製の門の隙間から中を窺《うかが》うと、「とらすの会」の建物は異様な外観をしている。

門の外から覗くと近代的な豪邸《ごうてい》か、あるいはイベントスペースかなにかのように見える建物。それが母屋で、中庭を挟んで離れがある。それが、六角柱の建物なのだ。どうして不思議に思わなかったのだろう。この一角は他にも個性的な建物が並んでいるからだろうか。あの資料を見た後だと、この場所には本当に希彦がいて、「トラス村」を再現しているのだ、と思ってしまう。

ここに来ることは嘉納さんには言わなかった。

嘉納さんは今、「都内無差別連続殺人事件」の被害者遺族から話を聞いている。一刻も早く根本を叩かなければいけないと思ったが、彼に希彦の話を信じてもらうのには、時間がかかりそうだった。

体調を言い訳に半休を取り、もし午後七時までに連絡がなかったらとらすの会に来てくださいという連絡だけメッセージアプリに残した。嘉納さんは信頼できる人だ。私が死ぬか、それに相当することがあれば、とらすの会の実態の信憑性《しんぴょうせい》も上がるだろう。安心して後を任せられる。

腰のホルスターを触る。何の意味もないし、使うつもりもない。それでも、拳銃の重みは私を安心させた。

「何か御用?」

振り向くと、私よりやや身長の低い老女が立っていた。口調に剣呑《けんのん》さは感じられない。

「ええと……とらすの会は、ここですよね」

私は一瞬のうちに考えを巡らせて、結局、正直に言うことにした。とらすの会のメンバーはある意味希彦に洗脳されているようなものだ。メンバーは皆、普通の人だ。この女性だって、急に攻撃してきたりはしないだろう。

「誰から聞いたの」

氷のように冷たい声だった。

女性は先ほどとは打って変わって冷たい目で私を睨《にら》みつけている。

「誰からその名前を聞いたの」

「坂本美羽さんからです」

私は目を逸《そ》らさなかった。

しばらく、睨み合いのような状態が続いてしまう。次にいう言葉を探していると、

『入っていただいて』

女性の声だ。少し低いが、そこが心地よい。インターフォンのスピーカーからでも、美しい人の声なのだろうなと感じる。

「でも、まれちゃん」

口から空気が漏れた。

まれちゃん。

希彦だ。

希彦はやはりこの中にいるのだ。

『いいの。お母さん、入っていただいて』

「お母さん」と呼ばれた老女は顔を顰《しか》めながらも、鍵を取り出して門を開けた。本当のお母さんではない。希彦の戸籍上の母親である佳代子は、十年前の葛飾事件で亡くなっている。

「お母さん」の後を付いていく。

「お母さん」が玄関を開けると、ばたばたと色々な人が集まってくる。

「おかえりなさい！」

中学生くらいの女の子が、ひと際大きな声で言った。

「どうしたの？　その人、新しい人？」

「お母さん」は柔らかい笑みを浮かべて言った。

「ただいま、皆。ごめんね、まれちゃんがこの人とお話ししたいと言っているの。二階に上がっていてくれるかしら？　勿論お菓子は好きに食べていいわよ」

集まってきた人々は、全員子供のようにはあい、と返事をして、次々に二階に上がっていく。何とも言えない不気味さがあった。

「靴を脱いでくださる」

刺々しい口調で言われて慌てて靴を脱ぐ。「お母さん」は脱いだばかりの靴を持ち、靴箱にしまってしまった。本当は持ち歩きたいくらいなのだが、今そんなことを言いだすのは得策ではないだろう。

「準備をしますから、こちらに座っていてください」

階段のすぐそばにある扉の前に木製の椅子が置いてあり、そこに座るよう指示される。下り階段があるので、地下にもフロアがあるのだろう。私の返事を聞くことなく、「お母さん」は扉の中に入って行った。

言われた通り椅子に座り、目線だけ動かす。

やはり、部屋数は多いが何の変哲もない民家だ。

メンバーは驚くほど従順で不自然なほどだが、それだって先入観から穿《うが》った見方をしてしまっているだけかもしれない。

「入ってください」

扉の向こうから声が聞こえた。

私は深呼吸をしてから、ゆっくりと開けた。

薄暗くて、良く見えない。ただ、ぼうっと何か光っているのだけは分かる。

そろそろと近寄ると、それは人の顔だった。

美しい顔。黒目黒髪で、清純そうな中に、妙に擦《す》れた生々しい色気を感じる。

希彦だ、と思った。年を取ったのか、少し顎のラインがくずれている。しかし、この美貌《びぼう》は、間違いなく希彦だ。長く髪を伸ばし、うすく化粧をした姿は女性にしか見えないが、そもそも彼は性別の規範を超えている。そんなことはどうでもいい。

「希彦」

彼が口を開く前に私は彼を呼んだ。

「あなたが、希彦ね」

希彦は何も答えなかった。ただじっと私の顔を見ている。

「私、あなたにお願いをしにきたの」

希彦はかなり背が高いのだろう。座っていても、私と目が合う。

「あなたがやっていることは分かってる。虐《しいた》げられた人たちを集めて、代わりに復讐のようなことをしているんだよね。でももう、こんなことはやめてください。坂本さんもそう……皆、普通の人なの。普通の人は、間接的にでも人なんて殺さないの。そういうことを始めると、おかしくなっちゃうの」

希彦の傍《かたわ》らに高齢の男性が何も言わずに控えていた。

あの女性が「お母さん」なら、この男性は「お父さん」なのかもしれない。

勝手な推測だ。でも、もしかして、希彦はこの男女を、川島夫妻と重ね合わせていたのではないだろうか。もしそうなら、説得の余地はある。彼にも、親を恋しいと思う、ごく当たり前の感情が残っているということだから。

私は希彦に近寄り、手を握った。

やめなさい、という声が聞こえる。「お母さん」のものだ。

私はそれを無視して、

「お願い、お願いします。もうこんなことはやめて。何か目的があるなら、話を聞くから」

希彦の形のいい唇の両端が持ち上がる。

「ふ、ふふ」

ふふふ、ははは、と希彦は笑った。少女のような可愛らしい顔で笑う。

ひとしきり笑ったあと、私の手を外して、逆に包み込んでくる。

「ああ、可愛い。あなた、とても可愛いですね」

希彦の黒い瞳に私の姿が映っている。馬鹿みたいにぽかんと口を開けていた。

「まず一つ。私は希彦ではありません」

「う、嘘です、そんなの……あなたは、葛飾事件の、犯人で……」

「本当です。私は嘘は吐きません」

嘘だ。間違いなく嘘だ。様々な嘘吐き、犯罪者たちを見てきたから分かる。いや、違う、きっと何の経験もない、幼子ですら分かる。彼は嘘しか言わない。一言も本当のことがない。

「次に一つ。あなたは私たちの活動をさも、悪いことのように仰《おつしや》るけど、私は手助けをしているだけ。幸福追求権というのでしたっけ。私は今、不幸のどん底にいる人が死んでしまわないように、楽しく生きられるお手伝いをしているだけなんです。責められる謂《いわ》れはない」

「それは間違ってる！」

私は希彦の手を振りほどいた。

「誰かに踏みつけられても、踏みつけ返したら、それは同じように悪いことです！　そんなことをしたら、どんどん忘れられなくなる。どんどん自分から不幸になっていくのと同じ。幸せなんかじゃない」

「それは、ご自分の経験から言ってらっしゃるんですね」

希彦はふう、と溜息《ためいき》を吐いた。笑顔は消えていた。

「最後に一つ、皆さんがあなたのように強いわけではありません」

そう言って希彦は手を三回叩いた。

希彦の背後からぬっと大きな影が現れた。

目を凝らして見ると、奥にも扉があるようだった。そんなことはどうでもいい。

私の視界に飛び込んできたもの。

「嘘……なんで」

暗がりでも見間違えるはずがない。信じたくない。でも、目の前にいる。

弟だ。

私の弟。

何よりも大事な、守りたいもの。

白石悟《さとる》が、希彦の背後に立っている。

強制されてここにいる、という感じはしない。そうだったら、希彦の肩に手をかけたりしない。

「どうして、悟が」

悟は私を見ると、あからさまに目を逸らした。

嫌な考えが頭を過《よぎ》った。違う。絶対に違う。

でもこの場所にいることそのものが、違わないということを証明している。

「ねえ、人を殺したの?」

私は縋《すが》るように尋ねた。

悟は答えない。

希彦の横に控える老人が噎《む》せている。

「悟、答えなさい!」

「悟君を責めてはいけません」

希彦は立ち上がった。見上げる首が痛くなるくらい背が高い。

「私が代わりにお話ししましょう。悟君、ずっとお友達が羨ましかったんです。奨学金をもらって、バイトをしながら大学に通って。悟君がそんなふうに頑張っているとき、周りのお友達は、親のお金を使って楽しそうに遊びまわっている。でも、遊ぶお金が欲しいなんて頼めると思う？　あなたに。自分を犠牲にして、一生懸命働いているお姉ちゃんに」

　悟はぼんやりと床に目を落としていた。希彦に同調するでも、それを否定するでもなく。それが一番、情けなかった。

「悟……何か言うこと、ないの」

　悟も希彦も、私の問いかけに答えるつもりはないようだった。

「そんなとき、悟君が見つけたのが、健康サプリの広告です。ほら、あるでしょう、初回五百円でサンプルをお届け……みたいなもの。それを、正規ルートより少し安く設定して売ったら、すぐに売れたんですって。一生懸命お皿の上げ下げをして手に入る一万円が、一瞬で手に入った。だから、悟君はネット上にお店を開いて、もっと大々的に売り出したの。でも、ネットにはうるさい人が多いでしょう？　段々、扱うお薬の種類も増えてきたから、そういう細かいことを……買いもしないのに、これは違法なんじゃないかとか、文句を言ってくる人がいた。だから、会員制にしたみたいなんですよ。大学の知り合いから、口コミで広まって、すぐに一年分の学費くらいは稼げた。賢い稼ぎ方だと思いませんか？」

　安く手に入れたものを高く売りさばく、所謂《いわゆる》「転売」行為は、法律的にはグレーだ。顰蹙《ひんしゅく》を買う行為だが、違法ではない。しかし、希彦が言っていることが本当なら、その後のことは犯罪だ。医薬品ではないもの、効果の定かでないものをあたかもそうであるように宣伝したり、本当に医薬品であっても許可なく個人で販売したりすることは薬機法に違反している。

「それで悟君は、他のお友達と同じように――いえ、自分でお金を稼いでいるのだから、他のお友達より立派ですね。とにかく、飲み会に行ったり、そういう学生らしい遊びができるようになった。でも、ある日、口コミで広めてくれたお友達がね、『売上と口止め料を渡せ』って言ってきた。ひどいですよね。本人たちは、恵まれた、一般家庭で育った人たち。そんな人がなお、お金を要求してくるなんて、恐喝ですよね。悟君は本当に困って、私たちに相談してきた。それで」

「友達を殺したのね」

悟は黙ったままだった。

「なんで私に相談しなかったの？　相談してくれたら」

「あなたに何ができるの？」

希彦は顔を近付けてくる。ほとんど、鼻の先が付きそうだった。

「正義感の強いあなたはきっと、自首を勧めるでしょう。やることとしては、謝罪と、友達や商品を買った人全員に返金、かな。でも、それで誰が幸せになるの？」

「幸せとか、そういう問題じゃないでしょ！　そんな、そんなことっ」

「誰も幸せにならないでしょ。あなたは生命保険を解約して、色々なところからお金を借りて、そういうことをするんだろうけど、そんな姿、悟君が見たいと思う？　そもそも、悟君とあなたが相談できるような関係なら、悟君はこんなことしなくて済んだんですよ」

悟の口がもぞもぞと動いた。そうだよ、と言ったように見えた。

「強い人と一緒にいると疲れるんですよ。坂本さんもそうです。確かにあなたのことを友達として好きだったかもしれない。でもね、彼女が死を選んだのは、あなたのせいですよ。あなたみたいに、辛い目に遭っても前向きで、努力して自分の人生を切り開いていく人のことを見ていたら、誰だって、自分が惨《みじ》めで死にたくなるんじゃないかしら。眩しいのですよ。あまりにも正しくて。正論を粛々と体現していくあなたはとても暴力的だ」

何も言い返せなかった。

薔薇《ばら》のような香りが鼻腔《びくう》を埋め尽くす。希彦の全身から漂っている。

彼の言うことが全て正論のように感じられた。

私はとらすの会の人たちを救いたかった。坂本さんのように、辛い目に遭って、復讐というネガティブな方法に頼るしかなかった人たちをどうにかしたかった。しかし、もしかして、どこかで彼らのことを見下していたのかもしれない。

坂本さんの気持ちを理解した気になって、寄り添ったつもりでいて、私は彼女を死に追い込んでしまっていたのかもしれない。彼女は私に一度だって頼らなかった。死ぬまで、とらすの会の話をしなかった。

何より、悟が――小さいころから、宝物のように思ってきた、心の支えが今、私ではなく、とらすの会を、希彦を頼っている。

私はどこかで「悟のために頑張っている自分」に陶酔《とうすい》していなかっただろうか。自分のことを、他の人よりずっと努力していて、立派な人間なのだと思わなかっただろうか。きっと、そうだった。だからそれが悟にも伝わった。「私がお前のためにこんなに頑張っているのだからお前もちゃんとしろ」――悟はそれを感じ取ったのだ。私が悟を引き取り、生活費を出しているのは私が勝手にしたことなのに、恩を売るような真似をしていたのだ。

足に力が入らなかった。

視界が涙で歪《ゆが》む。悲しくて泣いているのか、情けなくて泣いているのか分からない。どちらでも構わなかった。

「ごめんなさいね、傷付いたでしょう。でも、幸せには色々な形があって、私たちのものと、あなたの考えるものとは少し違っただけ。私たちも、あなたも、悪いわけではないのですよ。落ち着いて、もう一度考えて見るといいでしょう」

希彦は隣の老人と悟に二、三言耳打ちした。

彼らは私の腕を取る。足に力が入らない。ほとんど引き摺《ず》られるような恰好《かっこう》で、希彦がどんどん遠ざかる。

希彦は微笑《ほほえ》んでいた。微笑んで、手を振っていた。

2

「お姉ちゃんには悪いと思ってるよ」

私を引き摺りながら、顔も見ないで悟は言う。

「でもさ、俺、マジで迷惑かけたくなくて。それだけは、本当だから」

悟は「後は俺がやりますから」と老人に言ってから私を抱きかかえ、階段を下りていく。悟の体は筋肉質で大きい。きっともう、何でもできるのだろう。私なんか、いなくても。

階段を下りてすぐに、金属の扉があった。通常の鍵穴とは別に、金属扉の横に二重、三重のロックが装着されていた。

悟は私を一旦下ろして、三つの鍵を開ける。扉を開けて、

「絶対に怖いことは起こらないから。マレ様がいいって言ったら呼びに来るから。トイレも飲み物も食べ物もあるから、ここにいてくれよな」

私を押し入れてから、扉が閉まる。鍵を閉める音と、足音が消えた。

「もう駄目だ」

私の口から自然に諦めの言葉が漏れた。

あの日、家を出た日から、絶対に言わないようにしていた言葉だった。無理、駄目、できない、そういうことは言わないように。でも、全て無駄で、自己満足で、むしろ、私の周囲の人にとっては、迷惑だったのだ。

全身の力を抜くと、頭を床に打ち付けた。でも痛くはない。コーティングされた木製の床は奇妙なほど暖かい。眠気が押し寄せてくる。そういえば、ずっと満足に寝ていない。

高木の話を聞いたのが随分前のことのように思える。高木は行くなと言った。その通りだった。来なければよかった。

瞼《まぶた》が落ちてくる。このまま――

「あの」
目が覚めた。
か細い声だった。でも、頭に響くような、脳が揺れるような声。
体を起こして振り返る。
勉強机、本棚、ちゃぶ台、床に転がったぬいぐるみ——まるで子供部屋だ。
いや、そんなものは、全てがどうでもよかった。ここが子供部屋であるはずがない。
異質なものが私の目の前にいるからだ。
「大丈夫ですか?」
吐く息さえ美しいと思った。
全ての人間の理想を集めたような顔。こんな人間、実在するはずがない。
でも動いて、喋っている。
「頭を打っちゃったのかな……どうしよう」
その眉間《みけん》に寄った小さな皺《しわ》に触れたい、そんなことを思ってしまう。
手を伸ばしかけて、正気に戻った。
おかしい。
血管の脈打つ音が聞こえそうなくらいだった。
怖い。自分のことがとても恐ろしい。
私はこんな気持ちになったことはない。

誰とも付き合ったことがないと言うと、同情される。誰か紹介するよ、と言ってくる人もいた。でも、同情されても困ってしまう。私は誰に対しても恋愛的な好意を抱いたことはないからだ。男性だけでなく、女性にも。

顔が整っているとか、服装や髪型のセンスがいい、というようなことは分かる。

しかし私には、その先の感情が欠落していた。

それは私の思い込みだったのだろう。警察学校の同級生に言われた、「今まで忙しかったからだよ」「まだいい人に会っていないだけだよ」――それを思い出す。その通りだった。

私のこの気持ちは、間違いなく。

私は目を逸らした。視界の外に追いやることで、どうにか平常心を取り戻そうとした。何回も深呼吸して、やっと話せるようになる。

「大丈夫です」

絞り出した声は震えていて馬鹿みたいだった。

「それは良かった」

声の主は私を嘲笑《あざわら》うことなく言った。

「さっき、大きな男の人に運ばれてきたから、また、何か彼女の機嫌を損ねてしまうことがあったのかと思いました」

「彼女……」

「マレ様ですよ。彼女、最近怒りっぽくて、怖いんだ」

「かの……じょ？」

思わず顔を上げる。きらきらと輝く深い色の瞳が私を見つめている。また鼓動が速くなる。

「だ、だって……彼でしょ。希彦は……マレ様は」

考えも言葉もまとまらない。この人の顔を見ると、何も。

「希彦は、僕ですが」

まれひこは、ぼくですが。

聞いたことが文字列になって、脳内にテロップみたいに流れる。

超越的な何かが、初めて目の前に現実のものとして現れたような気がした。

白いカッターシャツとゆるやかなシルエットのズボン。服を着ていても、限界まで脂肪を落としたような儚《はかな》い、折れそうな体型なのが分かる。

少し伸びた髪が耳と首筋を殊更美しく見せている。混じりけのない黒髪と真っ白な肌のコントラストは目が痛くなるほどだ。

目も鼻も口も、私の知る言葉では「美しい」以上の表現ができないのがもどかしい。

顔の印象は、先ほど見た希彦《マレ様》に似ている。しかし、これに比べれば、あんなものは紛《まが》い物だ。

僕、と言っている。僕が希彦だと言っている。そうなのだろう。

私もそう思う。

高木に見せられた、一瞬にして魅入られてしまうような少年。きっと彼は成長したら、こうなる。だから彼が希彦なのだろう。

でも。

あまりにも柔らかすぎる。

写真に写っていた中学生の希彦は、見るだけで障りがありそうだった。

しかし、実際の彼は、超越的な外見に比して、可憐な少女のようにすら思える。資料に書いてあったことが本当なら、彼は今年二十四歳になるはずだ。そのような年に見えない。

「本当に……希彦……さん、なの」

「僕を探しに来たんですか？」

希彦の声は震えている。

「僕を捕まえるために？」

希彦は私から距離を取り、自分を守るように身を竦《すく》めた。

「警察の人……ごめんなさい、ごめんなさい、でも、僕は……」

「落ち着いて」

今度は私が声をかける番だった。

つい先ほどまで感じていた病的な興奮はもう収まっている。

本物の希彦は、確かに見た目は恐ろしいほど美しい。しかし、怯える様子はただの子供だ。

「確かに、最初は捕まえようというか、どうにか止めようと思っていました。でも、何か、私が思っていたのとは、全然違うみたいだから、とても困っています。どうしたらいいのか」

希彦はきょろきょろと目を動かし、まだ怯えているようだった。

私は、かいつまんで話した。

都内無差別連続殺人事件——改め、無差別連続殺人事件を追っている刑事であること。

友人が死んだこと。彼女がとらすの会を教えてくれたこと。

高木から渡された日記のこと、ファンタジーのような話。

そして、葛飾事件のこと。

私は高木のことを、ショックでおかしくなってしまった人だとは思うが、同時に彼の言葉には一定の説得力があり、恐らく刑事として有能だったのだろうとも感じた。そんな人物からの「ちょっとは恥ずかしいと思え」という言葉は、相当効いた。

反省して、自分なりにきちんと、インターネットを使って調べてみたのだ。

本当に、いとも簡単に見付かった。

当時中学二年生である少年Aが起こしたとされる大量殺人事件だ。一番トップに出てきたネットの記事では「或る悪夢」と銘打ってあったが、公式には「葛飾事件」と呼ばれて、未解決事件ということになっている。

私は自分の担当事案や、それに関連したものでもない限り、詳しくは知らない。

しかし、どうも葛飾事件は異例の犠牲者の多さに加えて、被疑者が少年であったこと、しかも何不自由ない家庭環境で育ったとても美しい人間だったこと、殺害方法が残虐だったこと——とにかく色々な要素が、一般人の興味を駆り立てる類《たぐい》のものであったようなのだ。

高木の言わんとしていたことが分かった。

私がもし、一般的な人と同程度にネットに触れていれば、高木の用意した紙束を読んですぐ、葛飾事件の被疑者少年Aは希彦のことだと分かっただろう。

葛飾事件の話をすると、希彦の顔があからさまに曇《くも》った。

「ごめんなさい、そういう、ネットの記事があって……だから、あなたを犯人だと決めつけるような言い方に」

「僕がやりました」

静かな声で希彦は言った。

「お父さん。お母さん。金岡祐《ゆう》。倉橋浩平。矢内葵。佐藤智弘。関口正。新井正博。松崎亮太。石橋貴志。中井太一。西川耕平。全員、僕が殺したということになるでしょう」

「ことになる？」

希彦は首をかすかに揺らした。

「正確に言うと、僕ではなく、僕の中にいたものですね」

胸元が開いている。見てはいけないような気がして、視線を自分の膝に集中させた。

「刑事さんの調べたことは、全部合っています。本当のことです。僕はずっと昔からそうでした。何か悪い感情を持つと——そうなってしまう。悪いことが起きてしまう。僕の中にいた何かが、そうしているんです。あのときもそうでした。知らない男に体を滅茶苦茶に掻《か》き回されて……そうしたら、頭の中で何かが破裂したみたいになりました。気が付いたら、家に帰っていて、皆の死体がありました」

「それは、その……」

「ええ、こんなことを言っても信じてもらえるわけがない。いや、この言い方も違いますね。僕がやったことではないみたいに聞こえる。僕がやりました。でも、やったという感覚がない。いつも気付いた時には全て終わっているんです。そのとき……家に転がっている沢山の死体を見たとき……蛇口から水が溢《あふ》れ出すみたいに、色々なことを思い出しました。僕が中学生になる前の記憶、ですね。主に、僕が色々な人を傷付けた記憶です。自分が気持ち悪くて仕方がなかった。バケモノじゃないですか……刑事さんの話を聞いて、少し嬉《うれ》しかった。父も母も、こんな僕でも、愛してくれていたんですね」

私は頷いた。

「そうですよ。私は、ざっと読んだだけだけど……川島医師、あなたのお父さんは、間違いなく、あなたを大切に思っていました。日記は、あなたのことばかり」

「嬉しい」

希彦は一瞬、心底幸せそうに微笑んだが、すぐにその微笑みは消えた。

「僕は結局、その父も手にかけた、最低の人間です」

言葉を探していると、希彦は何も言わないでください、とかすかな声で言った。

「今思えばそうすればよかったんですが、当時は自殺という発想自体がなかった。かといって、とても一人では生きていけなかった。中学も出ていない、何より名前すら名乗れないんです。

家を出るとき持ってきたお金もなくなって、途方に暮れているところにあの人が来たんです。今はマレ様と名乗っているけれど、本名は沙織《さおり》さんといいます。美人で、背も高いでしょう？　昔、モデルさんだったらしいです。彼女はそのとき、仕事が忙しくて、家事をやってくれるなら住んでもいい、と言いました。僕は本当にありがたいと思って、彼女の家に転がり込みました。疲れて帰ってきた彼女のために風呂を沸かし、掃除をし、食事を用意しておく。いわゆる、ヒモですね。そういう生活は、長くは続きませんでした。僕のせいですが」

希彦は一旦言葉を切って、天を仰いだ。

「ある日、沙織さんはひどく酔っぱらった状態で帰って来て、僕を殴りました。お前のせいで仕事が減った……みたいな。八つ当たりだったんでしょうね。でも僕は、普段の優しい彼女が豹変《ひょうへん》したのが怖くて、どうしたら元に戻ってくれるのか考えて、こう言ったんです。『僕は超能力みたいなものが使えるんだ』って。最初は鼻で笑っていましたけど、僕が願った結果、沙織さんを手ひどく捨てたテレビプロデューサーの男性が死にました。それで、信じるようになったみたいです。ほとんどの人は、今のとらすの会の人たちのように、どんどん味を占めて気に食わない人を殺していく、とかだと思うんですが、沙織さんは違いました。こんなすごい力があるなら、独り占めしないで皆のために使わなきゃ、と言ったんです」

「じゃあ、とらすの会は」

「そうです。沙織さんが作りました。あの皆が『お母さん』と呼んでいる人は、沙織さんの本当のお母さんです。最初はうまく行かなかった。というのも、僕自身、どういう仕組みで人が死ぬ……人を殺しているのか、分からなかったから」

「あくまで資料を読んだ感想ですけど、その、あなたには、あ……」

希彦は頷いた。

「そうですね。悪魔、みたいなものが、僕の中にいます。女性の顔をしています。何度か繰り返すうちに、分かってきました。どうやったら、この生き物を、コントロールできるのか」

何度か繰り返す――それの意味することは、分かる。

川島医師の日記を思い出す。真っ黒な女が小学生に次々に覆いかぶさり、小学生は動かなくなる。死ぬ。

「僕のことが怖いですか?」

怖くない、とは言えなかった。

話を聞く限り、彼は自分の意志ではなく、生きるために、沙織という女に半ば強要されて事件を起こしているようだ。しかも、罪悪感も持っている。その証拠に、「自分が殺したのだ」というニュアンスの言葉を意図的に選んでいる。

しかし、いかに強要されていたとしても、限度がある。一体これまでに、何人の人が犠牲になったのか。言葉こそ申し訳なさそうだが、彼も段々、感覚が麻痺してしまっているのではないだろうか。

「安心してください。僕にはもうそういう力は残っていません」

「どういうことですか」

「言葉通りの意味です。僕はもう、強く望んだとしても、人を殺すことなんかできませんよ」

希彦は手のひらを大きく開いたり閉じたりを繰り返した。手の皮膚《ひふ》も薄く、美しい血管が青く浮いている。

「僕の中にいるものは、確かに悪魔でしょう。悪いものです。悪いものは、悪い場所に流れるんです。段々、僕が何もしなくても、あれは沙織さんの言うことを聞くようになりました。そうなると僕は、お払い箱ですね。多分、あれが僕に紐づいたものだから、殺されないだけです。だから僕はずっと、ここにいます」

希彦はそうだ、と言って立ち上がった。学習机の上に置いてある電気ケトルを取り、マグカップに注いだ。

「お茶どうぞ。ティーバッグですけど、美味しいですよ」

笑顔でマグカップを差し出してくる。

「あなたは……それでいいの？」

「それ、とは？」

「こうやって、ずっと、ここにいること」

希彦は困ったように笑った。

「殺されたり、いじめられたりしないですもん。こうやって、飲み物も食べ物も用意してくれる。トイレもあるし……ケータイも、持たせてくれています。電話しかできないですけど、僕はインターネットより小説の方が好きだから、いいかな。それに、今刑事さんと話して、なんだか楽しいし。こういうこと、たまにあるんです。とらすの会に良くない印象を持った人がたまに、この部屋に連れて来られるんです。皆、そのあとメンバーになってしまうんですけど、ここにいる間に、ちょっとお話とかできます。そういうわけで、刑事さんも大丈夫ですよ。ちょっと経ったら出してもらえますし、暴力とかそういうのは絶対にないです」

「良くないでしょう」

自分でも驚くほど大きな声だった。自分に言い聞かせている部分もあった。

「こんなところで、全部諦めて、いいわけないですよ」

希彦はマグカップを持ったまま固まっていた。何を言われたのか分からない、そういう表情だった。

「今まで辛いことが沢山あったと思います。殺されないように、機嫌を損ねないように、怯えて暮らして……沙織、という女の人にはもう何を言っても駄目かもしれない。メンバーの人にも、言葉は届かないと思う。でも、希彦さん、私は、あなただけは聞いてくれるんじゃないかと思ってる。あなたを助けたいです。おこがましいし、図々しいし、迷惑かもしれない。でも、なぜあなたがずっと、縮こまって生きなきゃいけないの？」

一気にまくしたてると、希彦は目線を床に落とした。

マグカップを持っていない方の手で転がっているぬいぐるみを拾い上げ、胸に押し付けている。

「それは……僕が悪いから……」

「お願い、あなたの口から言って。そしたら、約束する。絶対、あなたを守ります」

希彦の黒い瞳から真珠のような涙が零《こぼ》れ、マグカップの中に滴《したた》った。この光景は誰でもずっと見ていたいと思ってしまうのではないだろうか。

「もう、人が死ぬのは、嫌です」

希彦は一言一言絞り出すように、

「ここから、出たいです」

急に力が湧いてくる。

私は「頼られる」ということが大好きなのだ。人に頼りにされている間は、自分が価値のある人間だと思える。善意や義侠心からではない。単なる欲望だ。そのせいで悟は――いや、反省会は後だ。

ここの人間は、甘い。人を信用しすぎている。私は自分の臀部《でんぶ》に手を当てる。鞄は取られてしまったが、それだけだ。彼らは確認を怠った。

ホルスターには拳銃がささっているし、尻ポケットにはスマートフォンが入っている。

時間を確認すると、ここに来てから約一時間が経過していた。

「希彦さん」

「なんですか」

涙で目が潤み、周りの皮膚が少し赤くなっている。そんな状態でも彼は美しかった。

「ここに私みたいな人が投げ込まれるとき、いつもどれくらいで出してもらえるんですか？」

「そうですね……三十分から、一時間程度かな。もうすぐだと思います」

「ありがとう、分かりました」

私は嘉納さんに電話をかける。三回ほどかけなおしても、出なかった。

本当は出るまでかけ続けたいところだが、時間がない。留守電にメッセージを残し、スマートフォンをしまった。

「希彦さん、今から作戦を言います。作戦と言うほど、立派なものではないけど」

「はい」

希彦が顔を近付けてくる。必死に湧き上がってくる衝動を抑えながら、私は続けた。

「向こうの人が扉を開けたら、思いっきり体当たりしてください。私は小柄だし、希彦さんもとても細いけど、二人分の体重が急に直撃したら、突き飛ばせると思う。そしたら、全速力で走って外に出ましょう」

「それだけですか?」

「ええ、それだけです」

「じゃあ、できそうです」

希彦と私は、顔を見合わせて微笑んだ。

ふと、外から足音が聞こえてくる。

目配せをすると、希彦はゆっくりと頷いた。

ガチャガチャと、鍵を外す音が聞こえる。やがて、扉が開く。隙間から白い厚底のスニーカーが見える。悟のものだ。

悟の体が半分まで見えたところで、私は床を蹴った。背中に感じる衝撃で、希彦も一緒に体重をかけてくれているのだと分かる。

「うっ」

私の頭が悟の腹にめり込んだ。悟はくぐもったうめき声を上げて蹲《うずくま》る。突き飛ばすことはできなかったがこれでいい。

私は希彦の方を振り返る。長いこと閉じ込められていて、運動機能が著しく低下しているかもしれないと思ったが、彼の足はきちんと前に進んでいるようだった。

私も前を向く。

階段を駆け上がり、そのまま玄関まで走り抜けようとしたところで、何かに足を取られ、転んでしまった。とっさに腕をついて頭を守ったものの、強く打ちつけた肘がびりびりと痺《しび》れた。

「どこに行こうというんですか」

中学生くらいの女の子が、敵意を持った目で睨んでいる。恐らくこの子に足を引っかけられて、情けないことに転倒したのだ。その後ろに、背の高い女が立っている。

大きな瞳に整った鼻と口。誰が見ても美人というだろう。

しかし、明るいところで見ると、肌のくすみや頬に生えた産毛が目立つ。必死に希彦に似せていても、ただの人間だ。

わらわらと人が集まってくる。若い女性が多かった。でも、中年男性もいる。よろけながら、悟が階段を上がってくるのが見えた。

この人数では逃亡は無理だ。

私一人ならなんとかなるかもしれない。でも、希彦がいる。彼は小動物のように小さくしゃがみこんでいる。

私はゆっくりと立ち上がった。

「外に決まっているでしょう」

「あなた、帰るつもりなの？」

背の高い女——沙織は嘲《あざけ》るように言った。

「帰って、仕事でもするの？　必死に働いても、悟君はいないのに？」

悟の方を見ると、他の人たちと同じように、私を睨んでいる。私を庇《かば》うでもなく、気まずそうに顔を逸らすでもなく、ただ皆と同じように行動しているだけ。失望で胸が痛んだ。彼がこうなったのは私のせいだ。私が彼のすることをなんでも決めてしまっていたから。

「刑事さん」

細い声が聞こえた。

希彦が私を見つめている。今守らなくてはいけないのは。

「悟は大人です。やったことの責任は自分で取れる。だから、大丈夫」

何が大丈夫なのか分からなかった。それでも、そう言うしかない。

沙織は何も答えない。ただ、眉間に深く皺が刻まれている。

しばらく睨み合っていると、若い女性があっと声を上げた。

「音……」

遅れて私の耳が、音を捉えた。

パトカーのサイレン。どんどん大きく、近付いてくる。

そして、チャイムが鳴った。何度も、何度も。

「そういうことを、するのね」

やがて、大きな声が聞こえる。門の外から声を張っているのは、嘉納さんだろう。

私は玄関まで歩いていき、鍵を開けた。不思議なことに、誰も止めようとしなかった。

遠目に嘉納さんのいかり肩が見える。

「希彦さん、こちらに」

希彦はよろよろと立ち上がった。

「あなたが出て行くのはいいわ」

沙織が冷え冷えとした声で言った。

「帰って、何の意味もない仕事をすればいい。でも、一人で帰りなさい」

「外に出るとは言ったけど、帰るとは言ってませんよ」

私はまっすぐに沙織の目を見つめた。

「刑法二二〇条、逮捕・監禁罪の現行犯であなたを逮捕します」

沙織の目が大きく見開かれた。下唇をわなわなと震わせている。

「何を、勝手に……ここにいる人たちは、皆さん、自分の意志で」

そうだそうだ、と野次が飛んだ。帰れ、とか、死ね、とか程度の低い罵倒《ばとう》が飛び交う。

「メンバーの人の話はしていません。希彦さんのことです」

私がそう言ったのとほぼ同時に、開け放ったはずの玄関ドアが大きな音を立てて閉まった。

少し遅れてドンドンとドアを叩く音がする。

「白石！」

嘉納さんだ。恐らく、門を飛び越えて来たのだ。

私は再びドアを引こうとして、ドアのレバーが動かせないことに気付いた。渾身の力を込めても、一ミリも下がらない。

「白石！　開けろ！」

「やってます！」

鍵は開いている。それなのに、どうして。

ふふふ、と耳元で笑い声が聞こえた。

振り返ると、目の前に、何かがいた。

それが何であるか考える間もなく、頭がある考えに支配される。

死ぬ。

死なくてはいけない。

価値のない、どうしようもない人間。

蹴られて壁に頭を何度も打ち付けられると目の奥に星が飛ぶ何度も飛んでから急に痛くなる。痛みと涙と鼻水はセットで鼻水で鼻腔が埋まって息が吸えなくなる喉の奥が痙攣《けいれん》して変な音がする泣いても誰も来ない目の前の手が悟を摑む足に縋りついてやめろと叫ぶそれでも誰も助けに来ない誰も来ないお風呂に入れない臭い服虫歯だらけの口同級生に馬鹿にされ顔が腫れあがっていると面白いと言われる豚と言われる泣いても誰も助けに来ない胸が膨らんでくるそれを隠すために強くタオルで巻き付ける最近はお風呂に入っても文句は言われないけれど一緒に入ってくる先端に太い指が触れる身を捩《よじ》ると頭をタイルに打ち付けられるいつもこうだまた星が飛ぶ星にお願いをする何かが私の中に入ってくる星にお願いをする悪いものが来ませんように全て夢でありますように何もかも全て早く終わりますように誰も来ない誰も助けに来ない体を引き摺って裸のままベッドに入る眠れない私は世界で一番汚いゴミだ誰も助けに来ないのはゴミだからだ汚い誰か助けてほしい星が飛ばないお願い誰か誰か誰か誰か誰か誰か誰か誰か

「刑事さん」

左手が温かい。

希彦が私の手を包み込むように握っている。

「刑事さん」

希彦は言葉を知らない子供のように――いや、実際そうであるかもしれない。希彦は子供の純粋さをもって、刑事さん、刑事さん、とそれだけを繰り返した。

この子を守らなくてはいけない。

そう思うと、目の前のものがはっきりと見えた。

川島医師の日記に「黒い女」と書いてあったのが分かる。肌が黒いわけではない。規格がこの世の理《ことわり》から外れている。ここにいてはいけない。だから黒い。その女の部分にだけ闇がかかっている。

おおければおおいほどよい
女は口を開けた。開けたというより、開いた、と言った方が正しい。

口には様々な種類の歯が滅茶苦茶に詰まり、奥に蛇体のように赤くうねっているものがあった。

沙織は笑っている。私のことを指さして爆笑している。他の人間もそうだ。

この女のことは見えていないのかもしれない。

見えていたら分かるはずだ。

笑っている場合ではない。

これは悪いものだ。

人を殺すだけの装置ではない。もっとなにか、恐ろしいものだ。

「刑事さん」

私は希彦の手を優しく離して、ホルスターに手をかけた。

拳銃を取り出すと、爆笑が止んだ。

まっすぐに構える。技能検定で、拳銃操法の成績は良かった。上級だ。

「この女、銃持ってる！」

中年の女性が悲鳴を上げた。

私はいっそ、滑稽《こっけい》さを感じてしまう。警察官が拳銃を持っているのは当然だ。それに、私は震えている。指が強張って、全身から汗が流れている。濡れたシャツが不快だ。拳銃を持つだけで震えるような女に怯えるなんて。

目の前には足の関節が逆向きについている黒い女がいる。蛇のような舌をくねらせて、嬉しそうに彼らを眺めている。

こんなものより、私の方が怖いとでも言うのだろうか。

「白石、大丈夫か！」

嘉納さんが何度もドアを蹴っている。

「動かないで、離れなさい。撃ちますよ」

「撃つな！」

嘉納さんが怒鳴っている。

嘉納さんは以前話していた。嘉納さんの同僚の男性は、ある日繁華街で薬物で錯乱した男に刺されそうになり、発砲した。それで男は死んでしまった。彼は当然のことをした。そうしなければ彼も刺されていたし、大勢の通行人が犠牲になったかもしれなかった。警察もそう発表した。それなのに、彼は警察を辞めてしまった。殺人と特別公務員暴行陵虐《りょうぎゃく》致死の罪に問われたのだ。結局無罪判決が出たものの、彼は心に大きな傷を負った。

「こんなもの、一生使わない方がいい」

嘉納さんはそう言った。

「撃つなよ！」

今も嘉納さんは同じことを言っている。

「どうせ撃てないから大丈夫よ。日本の警察は拳銃を撃ったら出世できなくなるんだから。ドアの向こうのお巡《まわ》りさんもそう言ってるわ」

嘉納さんの声が聞こえたのか、余裕を取り戻した表情で沙織が言った。

私はそうは思わない。

安全ゴムを外し、天井を撃つ。顔に埃《ほこり》と木片が当たった。

甲高い悲鳴が聞こえ、何人かが階段を登って避難している。

「撃ちますよ。動かないで」

「あなた、く、狂ってるわ！」

耳元で聞くに堪えない悍《おぞ》ましい声が囁《ささや》いている。黒い女の声だ。

開け放たれた胸部から複数の乳房が投げ出されて、そこに虫が蠢《うごめ》いている。

こんなものを放置している方がおかしい。

粘ついた唾液が糸を引いている。この女はここにいる全員を食い殺そうとしている。

これは今、何があっても、殺さなくてはいけない。

女が猛然と突進してくる。涎《よだれ》をまき散らして。糞尿のような臭いを垂れ流して。

「撃つな！」

私は引き金を引いた。

白石　瞳③

白石瞳はもう警察官ではない。

帽子を目深にかぶり、色付き眼鏡とマスクで顔を隠していても、希彦のことはすぐに分かった。肌の質感が明らかに周りと違うのだ。

尤《もっと》も、私は彼の顔を知っているからそう思うだけで、特に他の客や店員は注目していなかったから、そう目立つわけでもないのかもしれないが。

希彦さん、と声をかけると、彼は読んでいた文庫本から顔を上げて軽く会釈をした。

テラス席を花壇が囲っているこの店は、以前坂本さんが「一緒に行きましょう」と誘ってきた店で、確かに雰囲気の良い素敵なたたずまいをしていた。残念ながらそれは叶わなかったが。

希彦の前にはホイップクリームの載った薄桃色の飲み物が置かれている。それは何かと尋ねると、彼は聞いたこともない長い名前をすらすらと口にした。ずっとこういう飲み物を飲んでみたかった、と子供のような声で言う彼は、実際の年齢よりずっと幼く感じる。

私も同じものを頼んで一口飲む。あまりにも甘くて、唾液腺が破裂しそうだった。

飲み物の感想や彼が読んでいる文庫本（二年前話題になったミステリ小説だった）の話などをしてから、話題は自然と自分たちの身の振り方に移行した。

私は一昨日、警察官を辞めた。懲戒免職ではないが、ほぼそれに近い状態だった。

あの日、私の撃った弾丸は、悍《おぞ》ましい魔物の心臓を撃ち抜いてから、沙織の右太腿を貫通した。彼女はすぐに病院に搬送されたが、一時は大量出血により命も危ぶまれるほどだったという。現在、意識は回復しているが、記憶が曖昧《あいまい》で、何より今後普通に歩けない可能性があるという。

嘉納さんが言葉を尽くして釈明してくれたようなのだが、それでも丸腰の女性に発砲したという事実は消えない。

沙織――沙織・ディクソンは数年前の「ハーフタレントブーム」の折に売り出されていたタレントだったこともあり、彼女が病院に搬送されたことは全国区のニュースになった。やはり事実は隠され、錯乱した状態で襲い掛かってくる彼女を制止するために警察官が発砲したということになっていた。私のことは「女性警察官（27）」と報道されている。かろうじて匿名で守られていたものの、ネット上のバッシングは凄絶だった。《撃つ必要がない》《華奢《きやしや》な女一人制圧できない無能》《犯罪者のくせに名前が出ていないのは警官が特権階級だから》……これらはましな方で、もっとひどい、性差別的な書き込みもいくつもあった。私のことを特定しようとして、公式ホームページに載っていたたまたま同じ年齢の女性警察官の写真が晒《さら》し者になり、攻撃されてしまったのが決定打だったかもしれない。私は、嘉納さん以外の同僚全員から、無視されるようになった。

無視された本当の理由は別にある。

私は高木と同期だった幹部たちに呼び出され、退職を迫られたのだった。

彼らは全て知っている。希彦のことも、沙織が何をしていたのかも。

私は最初、それを突っぱねた。事情を知っているからこそ、私は何も間違ったことをしていないと堂々と言って。あまりにも幼稚だった。それに、そんなことは無意味だった。

その後すぐ、悟が逮捕されたのだ。例の会員制サイトは薬機法違反で摘発され、さらに複数の詐欺で刑事告訴された。当然、大学は退学処分になった。

初犯ということで減刑されたとしても刑務所に行くことは確実で、刑期が終われば詐欺の被害者に賠償する生活になる。悟がやったことを考えれば、あまりにも甘い処遇だ。

勿論私も必死に働いて、加害者家族として被害者に返金していくつもりだ。悟の罪は私の罪でもある。沙織に言われたことが未だしこりのように残っているのは、それが少なからず本当のことだからだ。悟に何不自由なく生活させる、大学を卒業させると息巻いておいて、全くできていなかった。私の自己満足で、悟はこうなったのだ。

そういうわけで、私は警察を辞めることになった。私を取り巻く全てが、私が警察官として相応しくない状態だった。嘉納さんだけが最後まで私を庇《かば》ってくれた。本当に優しい人だった。

「本当に……良かったんですか」

希彦がおずおずと口を開いた。

「刑事さんには感謝しています。僕を、あの人から救ってくれて、あの部屋から出してくれて。でも、その代わりに」

色付き眼鏡越しでも希彦の瞳が輝いているのが分かる。

「それに僕は……結局人殺しです。それなのに、僕は何も裁きを受けていない」

「殺人とは、殺意をもって、自然の死期に先立って、他人の生命を断絶すること」

希彦はきょとんとした顔で私を見た。

「殺意もない、凶器もない、証拠もない。あなたは人殺しじゃない。少なくとも、この国では」

希彦は何か言いたげに目をきょろきょろと動かした。しかし、何も見つからなかったのか、マスクに隙間を作って、そこからストローを挿し入れた。

「あなたはどうするの？」

そう尋ねてみる。

希彦は確かに裁かれなかった。その場にいたのに、事情聴取すらされていない。幹部たちの指示に違いない。彼らは「厄」に関わることを避けたのだ。もう、彼にそんな力はないのに。

今の希彦は、眩《まばゆ》いばかりの美貌《びぼう》を持っているだけの青年なのだ。

「まずは、学校に行こうと思っています」

「学校……ええと、その、保護者とか、そもそも、戸籍は」

「よく分からないんですけど、どうも大丈夫みたいです。それと、保護者は……覚えてますか？　沙織さんの横にいた男の人」

私は頷いた。沙織の横に控えていて、「お母さん」と対になるとしたら「お父さん」ではないか、と思った老人だ。

「彼が、なってくれるって。一緒に暮らすんです」

「大丈夫なんですか?」

「はい」

希彦の声ははずんでいる。

「彼もずっと、すごく気に病んでいたんです。『とらすの会』がどんどん肥大して、歯止めが利《き》かなくなっていることを」

「そうなんですね……それは、良かった」

とらすの会の他のメンバーがどうなったかは分からない。嘉納さんの話では、誰もとらすの会については一言も話さなかったらしい。話したとしても希彦と同様、彼らを裁く法律がこの国にはない。

あの老人も希彦と同じように良心の呵責に苦しんでいたというのなら、きっとこれからは人を恨んで極端な行動に走ったりせず生きていってくれるだろう。同じような気持ちの仲間がいれば、不安も軽減される。希彦と老人が親子のように暮らしていくのは、素直に賛成できた。

「それで、高認っていうのを取ったら、専門的な資格の取れるところに行って、心理学の勉強をしたいと思っています。公認心理師、っていうのがあるんですよね。嘉納さんに聞きました。カウンセラーになって、とらすの会にいた人たちや、同じように苦しんでいる人たちを、慰められたらいいなと思って……彼らがああなったのは、僕のせいでもあるから、僕がそんなことをするのは変かもしれませんが」

実はこの話は既に嘉納さんから聞いていた。

私は、嘉納さんに、希彦の相談に乗ってほしいと頼んだのだ。希彦は年齢こそ今年二十四歳だが、中身は中学二年生のまま時が止まっている。彼に、将来の指針を示してあげてほしいと思った。信頼できる人は嘉納さんしかいない。私にはできない。私は、悟を駄目にしたような女だ。嘉納さんのように真面目で、真っ当な人生を歩んできた、何の歪《ゆが》みもない人に、希彦を導いてほしいと思った。

それに嘉納さんなら、希彦を特別扱いしないと思った。

予想通り、嘉納さんは希彦の美貌によって正気を失うような人ではなかった。

「嘉納さんっていい人ですね。何でも教えてくれる」

明るい声で希彦が言った。私も笑顔で同意する。

「うん、すごくいい人なんです」

「こうやって顔を隠してるのも、嘉納さんに勧められたからです。『見た目のとんでもなくいい奴は、望まない苦労を引き寄せやすい』とか言われて。自分で言うのもなんですが……その」

「なんじゃないですよ。本当にそう思います。希彦さんのこと初めて見たとき、息が止まりそうでした。綺麗すぎて」

希彦は照れたように顔を逸《そ》らして、小さな声でありがとうございます、と言った。

希彦は本当に、素直な人格なのだろう。

カウンセラーになりたいという動機も、単純で安易かもしれないが、人を思いやる気持ちに溢《あふ》れている。

今の希彦からは私が高木に見せられた写真に感じた、噎《む》せ返るような悪質な色気は微塵も感じられない。あの写真は多分、彼の中にいた悪いものが写りこんだだけだったのだろう。

「刑事さんは、どうするんですか」

「やめて下さい。もう刑事じゃないんですから、『刑事さん』は」

私は努めて明るく言った。本当は辞めたくなかった。拳銃を返し、制服を返し、資料を全てシュレッダーにかけて、最後は嘉納さんしか見送ってくれなかった。今までの思い出が溢れて、涙が止まらなかった。

それでもこれは希彦のせいではない。彼が知る必要はない。

「警察学校時代の友達が、今は居酒屋を経営しているの。とりあえずはそこで働かせてもらうことになりました。おいおい、きちんとした仕事も探さなくてはいけないけど」

「僕、その居酒屋に行きます……だから、その、連絡先を」

希彦は、新しくスマートフォンにしたんです、と言って嬉《うれ》しそうに赤いカバーを見せてくる。私は少し逡巡した。本当はもう二度と希彦に会うつもりはなかった。

希彦は前を向いて生きていかなくてはいけないし、そのためには私のことなど忘れるべきだ。私を見れば、どうしても彼は「刑事さんに申し訳なかった」と感じてしまうのだから。

でも、こんなに嬉しそうにまた会いたいですと言われて、誰が断れるだろうか。

それに、よく考えれば、わざわざ距離を置く必要はないかもしれない。この、超越的な美貌に惹《ひ》かれない人間はまずいない。だからきっと、彼の周りには自然に人が集まってくる。今後社会性を身に付け、彼は外見だけではなく、中身も魅力的な人間になるに違いない。友人や恋人もできれば、私のことなど自然に忘れていく。そのときまで連絡を取るくらいなら、彼の人生の支障にはならないだろう。

私は自分のスマートフォンを取り出して、希彦とメッセージアプリのＩＤを交換した。デフォルト設定のアカウントの友達欄に（1）と表示される。なんだか、誇らしいような気持ちだった。

「僕は、この後迎えが来るので」

希彦は立ち上がってにっこりと笑った。

私も行きます、と言うと、飲み物を残したら駄目ですよ、とテーブルを指さして希彦は笑った。

希彦は私の方を向いて手を振った。

「さようなら、白石瞳さん」

私も笑顔で手を振り返した。

そして、歯が溶けそうなほど甘い飲み物を一口啜《すす》る。

苺味でもないのに何故《なぜ》赤みがかっているのか分からない。

もう一口飲もうとして、飲み物が先ほどより余計に赤くなっていることに気が付いた。

だらだらと、何かが口から垂れている。

口だけではない、鼻からも。目からも、赤いものが。

全身の力が抜けていく。

立つことどころか、姿勢を保つこともできない。

そのまま頭をテーブルに打ち付ける。

スマートフォンの画面には、デフォルトのアイコンの上に、井坂希彦、の文字。

耳がごうごうと鳴っている。

視界の端に希彦がいる。楽しそうに、あの老人と歩いている。老人と希彦の唇が合わさったように見えた。

なぜ、どうして、そんなことばかりが頭に浮かぶ。

それも、すぐに消える。なくなる。

ゆっくりと、意識が薄れていくのが分かる。

最後に見えるのは花ではない。

花壇の花は全て枯れている。

Maleficos。魔女だ。魔女に性別はない。

まれひこ

解説

織守《おりがみ》きょうや

デビュー作からずっと、芦花公園作品を追いかけて読んでいる。

デビュー作『ほねがらみ』は発売前からネットで人気を博していて、おもしろそうだと思っていた。読んでみたら、やはりとてもおもしろかった。怪談実話を取り入れたドキュメンタリータッチの小説で、主人公が趣味で怪談を収集しているうちに、自分自身も怪異に浸食されていくというストーリーなのだが、いくつもの——それも、一つ一つがクオリティの高い——怪談が一つの怪異につながっていく様は読みごたえがあった。無関係に見えたエピソードがどうつながるか、というミステリ的な要素の楽しさや、複数の人物の視点が入り混じることで、中心に在る怪異が浮かび上がっていく様、外から事件を追う立場だった人間が、気づけばどっぷりと浸かって引き返せなくなっているというおそろしさを描いている点は、本書とも共通している。

本書やデビュー作に限らず、芦花公園作品において特徴的なのは、全体を通して漂う不穏さ、嫌あな空気、そしてやがて姿を現す、恐怖の対象としての異形の存在だ。圧倒的な力を持った人外の存在と、それに対峙する人間の無力感、恐怖を通りこした絶望。それが、芦花公園のホラーの中核にあり、その「どうしようもなさ」こそが、一つの作風、芦花公園節であると言える。怖くて嫌な話を読みたい読者の期待を裏切らない。しかも、怖いだけでなく、しっかりと小説としておもしろい、エンターテインメントになっているのだ。私はそれを、絶望と希望のコントロール、その匙《さじ》加減のうまさによるものではないかと分析しているが、いずれにしろ、デビューからわずか三年程度で、ここまで作風を確立させ、読者の信頼を勝ち取っているというのは、本当にすごいことだ。

著者は本書を含む著作の中で、一貫して、人間の弱さや醜悪《しゅうあく》さを生々しく描いている。芦花公園の描く「異常」な人間はものすごく怖い。異常な人間、あるいは、人間の異常な行動を書かせたら今一番うまい作家ではないかと思う。しかし、「普通」だったはずの人間が、ときにひどく残酷になる様子もまた、おそろしい。自身が傷つけられ、虐《しいた》げられた側であっても、平気で虐げる側に回り、自分より弱い相手を暴力的に踏みにじり、その行為を正当化する。本書にも、平気で他人を踏みつける人たちの無神経さや、卑屈《ひくつ》な人間の他罰的な思考や、踏みつけられて傷ついた人たちが、力を手に入れたとたんにいかに醜悪に変化するかが、しっかりと嫌らしく描かれている。

しかし、著者が描こうとしている恐怖は、人間の怖さではない。著者本人でもないのに断言してしまえるのは、著者の作品がどれも、あきらかに、人間などよりよほどおそろしいものが確かに存在することを前提としているからだ。これだけ人間のおそろしさをリアルに描いておいて、それすら凌駕《りょうが》する圧倒的な恐怖を、芦花公園は常に見せつけてくる。

こうなると、もしや、著者は、人間をおそろしいものとして描こうとは思っていないのではないか、とすら思えてくる。ただ、人間はそういうものだ、あるいは、そういう面もある、と「現実」を描写しているだけなのではないか。

私は常々、「結局人間が一番怖いよね」という言説に疑問を持っていた。異常な人間や、人間の悪意も確かに怖いが、それ以上に怖いものはある。私は、人知の及ばないものの方が怖い。とりわけ一番怖いのは、わけのわからないもの、論理の通じない存在が、こちらに悪意を持ったら、ということだ。話が通じず、物理的に殴って撃退することもできず、理《ことわり》の外にある存在。多くの場合、わけのわからないものはそれだけで恐怖の対象だが、それが悪意を持ってこちらへ干渉しようとしてくることが怖い。対抗しようのないものに悪意を持たれてしまったら、どうしようもないからだ。

そして、芦花公園作品には、必ず、人の悪意などちっぽけに感じるほどの、いや、もはや比較もできないほどに圧倒的な何かが、恐怖の対象として存在する。だから怖い。

本書も例外ではないが、その「何か」の正体は、物語の終盤まで明らかにはされない。事件にかかわってしまった人たちの目を通して、少しずつ浮かび上がっていく。

本書は、都内で起きている不可解な無差別連続殺人事件について取材することになったオカルト系雑誌のライター、事件を追う女性警察官、そして、裕福な家庭に育つ、美しく謎めいた少年希彦《まれひこ》の三人の視点でつづられる。

最初の視点人物となる坂本美羽《さかもとみう》は、小説家への憧れを胸に秘めながらオカルト系ライターとして生計を立てているものの、編集部では日常的なセクハラとパワハラを受ける日々で、恋人にも別れを告げられてしまう、「不幸な女性」だ。自尊心が著《いちじる》しく低く、劣等感に押しつぶされそうな彼女は、幸せそうな、成功している（ように見える）人間には嫉妬《しっと》し、敵意を持ち、自分より劣《おと》ると思う相手には苛つく。好感を持てる人物とは言い難い。しかし、非常に人間味がある。

坂本は、無差別連続殺人事件の真相を知るという女子中学生ミライに接触し、社会に疲れた人の憩《いこ》いの場、「とらすの会」のことを聞く。会で黒いドレス姿の美女「マレ様」に学校でのいじめのことを話したら、いじめっ子たちが全員死んだこと。「とらすの会」のメンバーが「マレ様」に言いつけた人は必ず死ぬこと。怖くなって会を抜けた自分も殺される、と助けを求めてきたミライは、坂本の目の前で異常な死に方をする。このシーンのインパクトは鮮烈で、映画的だ。一気に物語世界に引き込まれる。ここからはもう目を離せない。スクープ目的で「とらすの会」に近づいた坂本が、沼に落ちるように「マレ様」にはまっていく様子や、事件を追う女性刑事白石《しらいし》に友情を抱き始める様子を、読者は、はらはらしながら見守ることになる。

二人目の視点人物は、美しい中学生の川島《かわしま》希彦だ。彼は、小学生のころに遭った交通事故のせいで記憶が虫食い状に欠けているものの、裕福な家庭で、善良な両親と穏やかに暮らし、クラス内でのいじめに心を痛めている。

彼が連続殺人事件や「とらすの会」にどう関係するのかは、彼視点のパートを読んだだけではわからない。人並外れて美しい希彦の成長した姿が「マレ様」なのか？「マレ様」と「まれひこ」という名前の一致に意味がないわけがない。しかし、彼の視点で物語を追っている限り、希彦は、美しいだけで、普通の子どものように見える。醜悪な人間たちの象徴であるかのように描かれる、友人をいじめるクラスメイトたちやいじめっ子たちに同調するような教師、恵まれた希彦に憎しみをぶつけるいじめられっ子の佐藤智弘《さとうともひろ》たちと比べると、むしろずっと善良であるようにも思える。しかし、読み進めるにつれ、不穏な気配が漂い始める。果たして、本当に、そうなのか？

ある種の超越した存在として、美しい人（特に、男性）が登場するというのは、芦花公園の作風の一つだ。美しいものには力がある。よくも悪くもだ。そこに人は魅かれる。著者自身もそうだろう。自覚的に書いているのがわかる。

芦花公園の作品に登場する「美しい存在」が、只者であるわけがないのだ。

本書でも、思わぬところから希彦の過去が開示され、物語の背景が明らかになる。

三人目、最後の視点人物となるのは、刑事の白石瞳《ひとみ》だ。彼女は健康的で明るい、「正しい」人として描かれる。虐待されていた過去があるにもかかわらず、前向きで努力家で、とことん善良な彼女と、坂本は、やがて友人になる。それは、坂本の人生に、そしてこの物語に初めて差し込む一筋の光だ。

白石という友人を得たからこそ、物語の中で、坂本はある選択をする。

そして、「正しい人」白石もまた、選択を迫られる。

デビュー作となった『ほねがらみ』以降、芦花公園の作品においては、たびたび、キャラクターが作品を跨《また》いで登場する。佐々木《ささき》事務所シリーズと呼ばれる『異端の祝祭』『漆黒の慕情』『聖者の落角』には、事件を解決する役割を担うシリーズキャラクターが登場し、はっきりと物語もつながっているし、『ほねがらみ』や『極楽に至る忌門《いみもん》』では、佐々木事務所シリーズにも登場する最強の拝み屋・物部斉清《もののべなりきよ》が重要な役割を果たしている（ちなみに、小説サイトカクヨムで読むことができる『とらすの子』の後日談にも、物部斉清はメインキャラクターとして登場している。本書しか読んでいなくてもおもしろいし、物部斉清の登場する他の作品も読んでいると、さらに楽しめる一篇だが、必ず『とらすの子』本編を読了した後に読むこと。さまざまな意味で、著者のサービス精神に感謝したくなるはずだ）。

本書『とらすの子』は独立した作品だが、物語に深くかかわることはないものの、作中に登場するあるキャラクターの存在で、この世界が、佐々木事務所シリーズをはじめとする著者の他作品と地続きの世界であることがわかる。

つまり、この世界には、人外の存在と渡り合える力を持った人間も存在するということだ。

しかし――関係者たちが救いの手を拒絶したからというのもあるが――本書では、おそろしい人外の存在に立ち向かうのは普通の人たちだ。

普通の人たちが、自分にできる限りのことをする。自分と向き合い、犠牲を払い、どうにかして、誰かを助けようと動く。その結果、物語がどこへ行きつくのか。

ホラーは幕引きが大事である。もちろん、あらゆる物語においてどう終わるかは重要なのだが、中でもホラーの場合、どこで幕を引くかによって、その物語の本質さえ変わってくるといっていい。幕を引くタイミングは言うまでもなく作者次第だ。作者が読者をどんな気持ちにさせたいのかによって変わってくる。はらはらして、ぞっとして、でも最後は、ああ助かった、よかった、とほっとして終わりたいのか、一安心はできたけれど、じわりと不気味な余韻《よいん》を残す終わりにしたいのか、それとも……。本書において、作者がどんな結末を選んだか、是非読んでみてほしい。

参考・引用文献

『魔女狩り』森島恒雄著　岩波新書
『魔女とキリスト教』上山安敏著　講談社学術文庫
『魔女狩り』ジャン＝ミシェル・サルマン著　富樫瓔子訳　池上俊一監修　創元社
『聖書　新共同訳』共同訳聖書実行委員会訳　日本聖書協会
trasmoz.com

本書は二〇二二年、小社より刊行された作品の文庫化です。

検印
廃止

著者紹介　東京都生まれ。Web小説サイト「カクヨム」で公開していた「ほねがらみ―某所怪談レポート―」が注目を集める。同作が編集者の目に留まり、2021年4月に『ほねがらみ』で書籍デビュー。著作に『異端の祭』『パライソのどん底』『食べると死ぬ花』などがある。

とらすの子

2024年6月28日　初版

著者　芦《ろ》花《か》公《こう》園《えん》

発行所　(株)東京創元社
代表者　渋谷健太郎

162-0814/東京都新宿区新小川町1-5
電話　03・3268・8231-営業部
　　　03・3268・8204-編集部
URL　http://www.tsogen.co.jp
DTP　キャップス
暁印刷・本間製本

乱丁・落丁本は、ご面倒ですが小社までご送付ください。送料小社負担にてお取替えいたします。

ISBN978-4-488-54905-3　C0193

創元推理文庫

第17回ミステリーズ！新人賞受賞作収録

THE WEIRD TALE OF KAGEFUMI INN◆Kiyoaki Oshima

影踏亭の怪談

大島清昭

◆

僕の姉は怪談作家だ。本名にちなんだ「呻《うめ》木《き》叫子《きようこ》」というふざけた筆名で、民俗学の知見を生かしたルポ形式の作品を発表している。ある日、自宅で異様な姿となって昏睡する姉を発見した僕は、姉が霊現象を取材していた旅館〈K亭〉との関連を疑い調査に赴くが、深夜に奇妙な密室殺人が発生し——第17回ミステリーズ！新人賞受賞作ほか、常識を超えた恐怖と驚愕が横溢する全４編。

収録作品＝影踏亭の怪談，朧《おぼろ》トンネルの怪談，
ドロドロ坂の怪談，冷凍メロンの怪談

20世紀最大の怪奇小説家H・P・ラヴクラフト
その全貌を明らかにする文庫版全集

ラヴクラフト全集

1〜7巻／別巻 上下

1巻：大西尹明 訳　2巻：宇野利泰 訳
3巻以降：大瀧啓裕 訳

H. P. LOVECRAFT

アメリカの作家。1890年生。ロバート・E・ハワードやクラーク・アシュトン・スミスとともに、怪奇小説専門誌〈ウィアード・テイルズ〉で活躍したが、生前は不遇だった。1937年歿。死後の再評価で人気が高まり、現代に至ってもなおカルト的な影響力を誇っている。旧来の怪奇小説の枠組を大きく拡げて、宇宙的恐怖にまで高めた〈クトゥルー神話大系〉を創始した。本全集でその全貌に触れることができる。